KB113332

봉명도
鳳鳴刀

FANTASTIC ORIENTAL HEROES

송진용 新무협 판타지 소설

봉명도 4

송진용 新무협 판타지 소설

초판 1쇄 찍은 날 § 2009년 3월 27일
초판 1쇄 펴낸 날 § 2009년 4월 7일

지은이 § 송진용
펴낸이 § 서경석

편집장 § 문혜영
편집 § 서지현

펴낸곳 § 도서출판 청어람
등록번호 § 제1081-1-89호
등록일자 § 1999. 5. 31
어람번호 § 제2-1705호

주소 § 경기도 부천시 원미구 심곡동 163-2 서경B/D 3F (우) 420-010
전화 § 032-656-4452 팩스 § 032-656-4453
http://www.chungeoram.com
E-mail § eoram99@chollian.net

봉명도(鳳鳴刀)를 찾아서

4

FANTASTIC ORIENTAL HEROES

송진용 新무협 판타지 소설

봉명도(鳳鳴刀)를 찾아 종횡강호하는 중에 드러나는 어둠의 실체.

대체 누가 적이고 누가 동지인 것이냐?

내공 없이도 잘 싸운다. 그러나 내공이 있으면 더 잘 싸운다.

봉명도
鳳鳴刀

난세를 종역시킬 봉명도의 비밀은 하늘에 있으니, 봉황이 날아오르는 날 운명은 그를 영원히 잊히지 않을 전설로 만들어주리라.

청람
도서출판

目次

第一章

달갑지 않은 동행

鳳鳴刀
봉명도

달갑지 않은 동행

모두 떠난다.

죽기 살기로 싸웠던 자들이 언제 그랬느냐는 듯이, 서로 잡아먹을 듯이 미워하던 자들이 친한 친구처럼 다정하게 어깨를 나란히 하고 떠난다.

앞선 자들은 의기양양했고, 뒤에서 오는 자들은 희희낙락한 얼굴들이었다.

"뭐야? 저게 대체 어떻게 된 거냐?"

산 능선의 수풀 속에 몸을 감추고 그것을 내려다보는 옥기린(玉麒麟) 곽서언(郭瑞堰)은 어리둥절해지고 말았다. 제 눈을 마구 비벼댄다.

그건 그를 따라 천검보에서부터 이곳까지 쉴 새 없이 달려온 수하들도 마찬가지였다.

"소보주, 저게 대체 무슨 말도 안 되는 일이란 말입니까?"

절강의 강자로 꼽히는 뇌정철검(雷精鐵劍) 전사릉(全賜陵)도 어리둥절한 얼굴이 되어서 오히려 되물었다.

그는 곽서언의 심복이 되어 있었는데, 천검보의 미래가 자신이 모시고 있는 이 대단한 소보주에게 있다는 걸 일찍부터 알았기 때문이다.

알 수 없는 일이고, 전혀 예측하지 못했던 기막힌 상황이 지금 눈 아래에 펼쳐지고 있다는 데에 그들 두 사람은 할 말을 잃었다.

지금쯤은 군웅들이 서로 죽고 죽이는 아비규환을 이루고 있어야 했다.

이보삼장에서 내보낸 정예한 무사들이 모두 이 좁은 산골짜기에 몰려 있으니 그들 간의 싸움은 강호의 그 어떤 싸움보나 치열하고 잔인해야 했다.

그러면 그 와중에 슬그머니 삼절문에 들어가 간단히 장팔봉을 제압할 생각이었는데, 모든 계획이 틀어지고 말았다.

"저놈이 미친 게 아닐까?"

그런 생각이 드는 건 지금쯤 달아나느라고 정신이 없어야 할 장팔봉이 당당하고 의젓하게 군웅들 앞에 서서 걸어가고 있었기 때문이다.

일이 이렇게 믿을 수 없는 상황으로 돌변했으니 계획을 전면 수정하지 않을 수 없다.

"어떻게 할까요?"

전사릉의 물음에 잠시 낯을 찌푸리고 있던 곽서언이 어깨를 으쓱했다.

"이렇게 된 이상 할 수 없지."

그의 눈길은 이제 장팔봉을 떠나 군웅들 한쪽을 응시하고 있었다. 거기 진소소와 그녀의 네 호위가 있었기 때문이다.

그녀의 모습을 바라보는 곽서언의 두 눈에서 이글거리는 불길이 타올랐다.

탐욕이면서 욕망이고 집념이기도 한 그런 것이다.

"어떻게 하시겠습니까?"

언덕 위에서 전사릉이 곽서언에게 했던 것과 똑같은 물음을 진소소 또한 듣고 있었다.

그녀의 곁에 바짝 다가선 풍곡양으로부터다.

그의 심사는 영 편치 않았다.

이곳에 올 때 은밀히 동행해 왔던 살곡의 수하 스무 명 중 살아남은 자가 겨우 다섯에 지나지 않았기 때문이다.

열다섯 명이나 되는 그들을 모두 찾아내어 죽인 게 바로 저 앞, 장팔봉 곁에 찰싹 달라붙어 있는 젊은 놈이라는 걸 이제는 똑똑히 안다.

그의 이름이 당가휘이고, 정체를 감춘 채 대우진의 저자에 숨어 건달패의 두목 노릇을 하고 있던 자라는 것도 알게 되었다.

그래서 더욱 화가 나 미칠 것 같았다.

하지만 풍곡양의 얼굴은 아무 일도 없었던 것처럼 태연하기만 했다.

제 마음을 감출 줄 아는 자인 것이다.

그의 질문에 담겨 있는 것은 그래서 함축적이었다.

어떻게 하겠느냐는 그 단순한 질문 속에 수많은 의미가 숨어 있다.

진소소는 그것을 하나하나 생각해 보았다.

그리고 심사숙고한 끝에 그녀 또한 한마디로 대답했다.

"조금 더 지켜보도록 해요."

아무 생각 없이 편하고 쉽게 던진 말 같았지만 풍곡양도 그녀의 말속에 숨어 있는 의미가 적지 않다는 걸 즉각 알아챘다.

언제나 그렇다.

가장 단순하며 쉬운 말 한마디 속에 가장 오묘한 뜻이 들어 있게 마련 아니던가.

그래서 두 사람은 다시 말이 없어졌다.

풍곡양이 슬그머니 진소소의 곁을 떠났고, 그 자리를 가중악이 대신한다.

지마 종자허와 우문한은 그녀와 열 걸음쯤 떨어진 곳에서 느긋한 얼굴로 뒤따르고 있었다.

지마의 창백한 얼굴에 한줄기 미소가 떠오른다.

그가 턱짓으로 앞을 가리키며 중얼거렸다.

"정말 기상천외한 놈이라니까. 도대체 속을 알 수가 없어. 안 그래?"

우문한이 말없이 고개를 끄덕인다.

그의 얼굴에 떠올라 있는 건 우울한 그늘이었다. 무엇 때문인지 당최 속마음을 알 수가 없다.

"쳇."

한동안 그의 단단한 옆얼굴을 응시하던 종자허는 혀를 차고 말았다.

'이놈에게는 무언가 커다란 비밀이 있는 게 틀림없어. 그게 대체 뭘까?'

그런 의문과 함께 그것을 알기 전에는 이놈을 믿을 수 없을 뿐더러, 한시도 방심해서는 안 된다고 스스로에게 일러둔다.

"어떻게 할 거냐?"

이번에는 당가휘다. 그가 장팔봉의 귀에 속삭이듯이 낮게 물었는데, 진심으로 걱정하고 있다는 마음이 느껴지는 어조였다.

장팔봉이 그를 힐끔 바라보았다.

"쳇, 나한테 말 시키지 마라. 나는 너하고 이야기하고 싶은 마음이 조금도 없거든."

"쩨쩨한 놈 같으니."

"너처럼 음흉한 것보다는 쩨쩨한 게 낫다."

한껏 흘겨본 장팔봉이 보기도 싫다는 듯 외면했다.

그를 따르고 있는 건 당가휘 한 사람뿐이었다.

건풍과 만성 노스님은 왕 노인을 데리고 어디론가 사라져 버렸는데, 장팔봉은 그것이 자신들을 노출시키지 않기 위해서임을 잘 알았다.

아직까지도 구천수라신교의 존재는 세상에 알려져서는 안 되는 존재인 것이다.

그러니 그것을 지키고 있는 장로들도 마찬가지다.

당가휘가 위험을 무릅쓰고 이렇게 장팔봉과 동행하고 있는 건 예외였다.

하지만 그는 물론 장팔봉도 자신들이 수라신교의 제자라는 걸 철저히 함구했으므로 아무도 눈치챈 자가 없었다.

당가휘의 존재를 의심하고 경계하지만 그가 설마 수라신교의 장로이리라고는 꿈에도 생각하지 못한다.

그건 지혜가 남다르다는 진소소도 마찬가지였고, 세상에서 제가 모르는 일은 없다고 큰소리치는 풍곡양도 마찬가지였다.

그러니 다른 사람들이야 말할 것도 없다.

그들이 그렇게 감추고 숨기면서 향하고 있는 곳은 기련산이었다.

급히 진로가 수정되었으니 각자 바쁘게 처리해야 할 일이 생겼다.

이보삼장의 무리 중 천검보의 곽서언은 물론이고, 어부지리를 노리고 은밀하게 행동했던 흑룡장주 양광추에게도 그렇다.

그는 건풍에게 죽은 세 명의 심복에 대한 뒤처리를 살아남은 두 명에게 일임하고 홀로 군웅의 무리에 섞여 장팔봉을 따르고 있었다.

그와 당가휘를 노려보는 눈에서 원한의 불길이 이글거린다.

삼절문 앞에서 자신을 가로막았던 늙은 도사가 장팔봉과 관련이 있는 자라는 걸 짐작했기 때문이다.

지금 당가휘라는 저 애송이가 그렇게 하고 있는 것처럼 그 늙은 도사도 장팔봉을 지키기 위해서 자신의 수하 세 녕을 무참히 죽였다는 걸 짐작할 수 있었다.

도대체 장팔봉을 싸고도는 그놈들의 정체가 뭐란 말인가? 그런 놈들이 얼마나 더 있단 말인가? 하는 의문 때문에 머릿속이 터질 것만 같다.

그 늙은 도사만 해도 무위가 이미 화신지경에 이르렀다고 할 만큼 대단해서 자신으로서도 승리를 점치기 어려울 정도 아니었던가.

그런 자들이 더 있다면 이 문제는 심각하게 다루어야 할 것이다.

그래서 양광추는 봉명도를 손에 넣은 다음에는 가장 먼저 그자들의 정체를 파헤치겠노라고 결심했다.

이보 중 또 한 곳인 천룡보에서만 유일하게 아무도 오지 않았다.

아니, 그들도 이미 암영사신 최곡도를 시켜서 열 명의 수하를 은밀하게 파견했다.

하지만 도중에 정체가 드러나 지마 종자허에게 모두 잡혀 죽었다는 건 하늘과 땅만이 알고 천화상단만이 아는 비밀이었다.

암중에서 그러한 일들이 있었다는 걸 까맣게 모르는 군웅들은 그 일을 두고 의아해하는 한편, 천룡보라는 막강한 경쟁 상대가 빠졌다는 것만 다행으로 여기고 있었다.

*   *   *

그들이 이렇게 한 무리가 되어서 싸움을 멈춘 것은 장팔봉의 일갈(一喝) 때문이었다.

"여기 나 말고 봉명도를 찾을 수 있는 자가 또 있느냐?"

뚝.

협곡을 뚜벅뚜벅 걸어나온 장팔봉이 우뚝 서서 눈을 부라리며 외친 그 우렁찬 한마디에 군웅들의 움직임이 그렇게 멎었다.

그리하여 죽음 직전에서 서문한과 황대려는 구함을 받았고, 군웅들은 모두 장팔봉의 눈치를 보는 신세가 되었다.

그들을 매섭게 꾸짖은 장팔봉이 나시 말했다.

"너희들이 나를 원하는 건 바로 봉명도를 원하는 것이겠지? 그래서 대의니 명분이니 하는 건 죄다 개에게 줘버린 것 아니냐?"

아무도 대답하지 못했다.

"좋다! 보물에는 임자가 없다는 게 강호의 법칙. 그렇다면 따르자. 누구든지 그것을 갖는 놈이 임자가 되는 거야. 아직 그게 나타나지도 않았는데 이렇게 죽고 죽이다가는 귀신만이 그것을 가질 수 있을 게다. 그래, 안 그래?"

역시 아무도 대답하지 못한다.

"가자! 다 같이 가는 거야!"

그 말에 당가휘가 흠칫 놀라 장팔봉의 옷자락을 잡아당기며 속삭였다.

"미쳤어? 그랬다가는 봉명도가 저놈들의 손에 넘어가게 될 게 뻔하잖아."

장팔봉이 그를 매섭게 쏘아보았다.

사람으로 여기지도 않는 그런 눈길이다.

"너도 똑같은 놈이야. 봉명도를 지키겠다고 이 많은 수하들을 개죽음시켰단 말이냐? 진작 나에게 말했으면 이런 일이 생기지 않을 수도 있었다."

"그건, 그건……."

"아가리 닥치고 있어라. 그렇지 않으면 수라신교고 뭐고 죄다 까발려 버릴 테니까."

"으헛!"

그 말에 당가휘가 핼쑥해진 안색으로 주춤주춤 물러섰다. 지금 그에게는 그것보다 무서운 협박이 없었다.

장팔봉이 군웅들에게 다시 말했는데, 어느새 들끓어 오르던 분노를 가라앉힌 차분한 모습이었다.

"싸움을 하는 놈은 데리고 가지 않을 테다. 음흉한 술수를 부려서 분란을 조장하는 놈도 데리고 가지 않는다. 봉명도가 있는 곳에 도착할 때까지는 내 말이 법이다. 그게 싫은 놈은 지금 당장 여기를 떠나라. 데리고 가지 않을 테니까."

군웅들이 멍해진 얼굴로 장팔봉을 바라본다. 그 따가운 눈길을 온몸에 받으면서도 장팔봉은 태연했다.

그는 군웅들을 사람으로 취급하지 않았다.

먹이를 보고 졸졸 뒤따르는 동네 개새끼 정도로 여길 뿐이다.

그 안에는 나이 많은 자도 있고, 절정의 무공을 지닌 자도 있으며, 이미 강호의 명숙 반열에 올라 있는 자도 있으나 개의치 않는다.

장팔봉의 눈에는 다만 욕심에 사로잡혀 인성을 잃어버린 개새끼들이나 다름없었던 것이다.

어린 개는 걷어차도 되고 늙은 개는 존중해 주어야 하는 건 아니지 않은가.

'개는 개일 뿐이다. 저것들은 사람이 아니야.'

사람다운 짓을 하지 않고, 사람다운 생각을 하지 않으며, 사람다운 양심을 갖고 있지 못한 자들은 사람으로 여기지 않아도 된다.

그게 군웅들을 대하는 장팔봉의 생각이었다.

그러니 가릴 것 없이 반말을 하고 윽박지른다.

하지만 누구도 거기에 대해서 분노를 나타내지 못했다.

하도 어이가 없어서 제정신이 아닌 건지도 모르고, 장팔봉의 기세에 완전히 제압당했기 때문인지도 모른다.

개중에는 장팔봉의 꾸짖음을 듣고 저의 부끄러움을 느낀 자도 있을 것이다.

어쨌든 그래서 군웅들은 침묵했고, 그게 장팔봉의 기세를 더욱 등등하게 해주었다.

그가 눈을 부라리며 다시 소리쳤다.

"왜 대답들이 없어? 아니꼬우냐? 그럼 와서 나를 죽이던가! 너희들이 제일 잘하는 게 그 짓이잖아? 자, 해봐!"

장팔봉이 제 가슴을 활짝 열어젖히고 뚜벅뚜벅 군웅들에

게 다가갔다.

군웅들이 우르르 뒤로 물러선다.

지금의 상황은 묘하기 짝이 없었다.

장팔봉의 함부로 하는 말에 화가 난 자가 어디 한둘이랴. 하지만 그들은 감히 발작하지 못했다.

어이가 없기도 하려니와, 지금의 상황에서 누구든지 장팔봉을 해치려고 하면 모두의 적이 될 게 뻔하기 때문이었다.

봉명도가 있는 곳을 아는 자는 이 넓은 천하에서 오직 장팔봉 한 사람뿐이다.

그러니 그를 죽일 수도 없거니와, 다치게라도 한다면 그에게 잘 보이고 싶어서 안달이 난 자들에게 몰매를 맞고 죽을 것이다.

'일단은 저놈의 비위를 맞춰준다. 봉명도를 찾을 때까지만.'

그게 군웅들이 한순간에 공통적으로 갖게 된 생각이었다.

그 즉시 폭 넓은 공감대가 형성된다.

누가 말 한마디 하지 않았어도 저절로 그런 마음이 된 것이고, 그 마음이 마음으로 통해서 하나가 된 것이다.

눈치를 보던 자들 중 한 사람이 앞으로 나섰다.

군웅들 중에서 가장 연장자인 십면철권(十面鐵拳) 조위풍(趙委風)이었다.

삼장 중 한 곳인 하남 낙수장의 장로이면서 강호에 이미 명성이 드높은 고수이니 무리를 대표하기에 부족함이 없다.

우문장을 대표해 이곳에 왔던 냉혈도객 진천운이 당가휘의 검에 찔려 죽었으니 더욱 그렇다.

신분으로 따지자면 군웅들 속에 그보다 높고 고귀한 사람도 있었다.

바로 흑룡장(黑龍莊)의 장주인 호남신권(湖南神拳) 양광추(楊光追)다.

비록 삼장 중 말석을 차지하고 있다고 하지만 흑룡장의 장주라는 신분은 십면철권 조위풍이 함부로 할 수 없는 위치였다.

게다가 그의 무공 수위 또한 강호의 오대고수에 당당히 꼽히지 않는가.

그러나 양광추는 나설 마음이 조금도 없었다.

데리고 왔던 흑룡오신이 이름도 알지 못하는 늙은 도사에게 패해 세 명이나 죽어버렸으니 의기소침해질 만했다.

게다가 남은 이신마저 장으로 돌려보내 버리고 지금은 혼자의 몸이 아닌가.

나서봐야 체통이 서지 않는다.

그래서 양광추는 제 눈치를 보는 사람들을 무시하고 십면철권 조위풍에게 눈짓으로 대표 역할을 넘겨주었다.

그래서 앞으로 나선 조위풍이 수염을 쓰다듬으며 의젓하게 말했다.

"과연 장 소협은 기개가 출중하오. 가히 인중룡이라 하기에 부족함이 없지."

우선 입에 발린 소리로 장팔봉의 비위를 맞추어준다.

장팔봉이 겸양하는 기색도 없이 머리를 끄덕였다.

"커흠."

헛기침으로 무안함을 감춘 조위풍이 다시 말했다.

"장 소협의 제안을 받아들이기 전에 우선 한 가지 확실하게 해둘 게 있소이다."

"뭔데?"

늙은 조위풍 앞에서도 서슴없이 반말이다.

듣기 거북했던지 잠깐 낯을 찌푸렸던 조위풍이 근엄한 신색을 되찾고 말했다.

"정말 우리 모두를 봉명도가 있는 곳으로 안내해 주겠다는 약속을 하게."

"하지. 나는 이래 봬도 한 번 한 약속을 절대로 어겨본 적이 없는 사내대장부라 이 말씀이야. 개새끼하고 약속을 했어도 반드시 지킨다. 그걸 어기는 놈은 사람도 아니라고 생각하지."

"끄응—"

조위풍이 된 숨을 내뱉었다. 장팔봉 앞에서 체면이 여지없이 구겨졌지만 참을 수밖에 없다.

분노를 뜨거운 한숨으로 거듭 내쉰 조위풍이 결연하게 말했다.

"좋다. 그렇다면 봉명도가 있는 곳으로 갈 때까지 우리 모두는 네가 한 그 말을 지키겠다. 약속하지."

"당신이 저 많은 사람들을 대표할 수 있어? 나중에 나는 그런 약속 한 적이 없다고 헛소리하는 놈이 없겠냐고."

과연 확실히 해둘 필요가 있겠다고 여긴 조위풍이 군웅들에게로 돌아섰다.

"모두 방금 내가 여기 장 소협과 한 말을 들었을 것이오. 나는 여러분 모두를 대표해서 약속했는데, 그것에 따르지 않겠다는 사람이 있다면 지금 즉시 이 자리를 떠나주기 바라오."

군웅들 속에서 작은 술렁거림이 있었지만 곧 가라앉았다.

한 명도 제자리를 이탈하는 자가 없다.

"그럼 모두 동의한 것이오. 이 문제로 다시 말하는 자가 있다면 신의를 저버린 자이니 우리 모두로부터 질타를 받게 될 것이오."

조위풍이 다시 한 번 다짐해 두는 건 뒤끝을 확실히 하기 위해서였다.

"좋소, 조 대협을 우리의 대표로 내세웠으니 조 대협이 장 소협과 맺은 약조를 반드시 지키겠소!"

무리 중에서 누군가가 호기있게 소리쳤다.

그러자 기다렸다는 듯 모두 '와—' 하는 함성으로 동의한다.

"됐소."

장팔봉이 손사래를 쳤다.

그렇게 해서 잠시 휴전과 함께 이상한 동맹이 맺어졌다.

이제 모두는 하나의 목표를 향해 평화롭게 나아갈 수 있게 된 것이다.

그 선두에 장팔봉이 있고, 그를 지키는 당가휘가 있었다.

그리고 서문한과 황대려가 뒤를 따른다.

강호의 내로라하는 고수들이 이렇게 신분과 소속과 연령의 차이를 떠나서 한 덩어리가 되어 움직이는 일은 유례가 없는 일이었다.

그들이 가는 곳마다 신기하게 바라보는 사람들의 눈길이 떠나지 않는다.

그리고 소문을 듣고 허겁지겁 찾아온 강호의 무리로 인해 일행의 수는 점점 늘어갔다.

뒤늦게 합류한 자들 역시 장팔봉과 군웅들 사이에 맺은 약속에 대하여 동의하지 않을 수 없었다.

그렇게 하지 않으면 무리에 낄 수가 없기 때문이다.

며칠이 지나자 장팔봉을 따르는 무리는 백여 명으로 불어났는데, 고수는 물론 요행수나 기적을 바라는 어중이떠중이까지 뒤섞여 엉망이 되었다.

그리고 그 숫자는 날이 갈수록 자꾸 불어나기만 했다.

―장팔봉이 봉명도를 찾아 떠난다.

―그와 동행하는 무리 속에 천화상단의 진소소도 있다더라.

그런 소문이 중원을 들끓게 했다.

말만 들어도 누구나 군침을 흘리고 탐욕을 견디지 못하는 천하삼보 중 제일인 봉명도를 찾을 수 있는 자와 이보인 삼선밀교(三仙蜜嬌) 진소소(秦素昭)가 같은 곳에 모여 있지 않은가.

그것만으로도 사람들은 눈이 뒤집히고, 그들이 흘리는 군침으로 홍수가 날 지경이었다.

그러니 그 무리에 끼어드는 사람들의 머릿수가 갈수록 늘어나지 않을 수 없다.

마치 장팔봉이 강호의 고수란 고수는 죄다 쓸어 모아서 중원 밖으로 데리고 나가는 것 같은 형상이었다.

사정이 있어서 그들 속에 끼어들지 못한 자들은 하나같이 이 별난 일의 결과가 어떻게 될지 궁금해서 미칠 지경이었다.

귀를 활짝 열어놓고 새로운 소문이 들려오기만을 학수고대한다.

강호의 모든 이목이 장팔봉 한 몸에 집중되었던 것이다.

그 장팔봉은 언제부터인가 진소소 곁에 찰싹 달라붙어 있었다.

쇠붙이가 자석에 이끌리듯이 저절로 그렇게 된 것이니 자연의 현상이라고 해야 하리라.

"대단해요."

진소소의 나긋나긋한 말에 장팔봉의 코가 벌름거렸다.

"어떻게 그런 생각을 하게 된 건지 정말 대단했어요."

"사람이 하늘을 우러러 한 점 부끄러움이 없으면 누구나 그렇게 되는 거라오. 내가 광명정대하니 어둠이 어찌 두려우리오. 커흠."

"파하―"

그 말에 콧김을 내뿜는 건 풍곡양이었다.

진소소는 그저 배시시 웃을 뿐이다.

그러면서 장팔봉을 힐끔 바라보는데, 그 반짝이는 눈빛이며 몽롱한 얼굴 표정이 그대로 장팔봉의 애간장을 녹여 버리기에 충분했다.

하지만 그녀의 그러한 눈빛과 표정은 한순간에 사라져 버리고 다시 냉랭한 모습으로 돌아가 있었다.

'아쉽구나, 아쉬워. 이거야 원, 사막에서 신기루를 본 건가, 꿈속에서 보살을 잠깐 만난 건가.'

장팔봉의 마음속에 그린 안타까움의 강물이 철철 흐르지 않을 수 없다.

그녀의 그와 같은 눈빛과 표정을 다시 한 번 보고 싶어서 온갖 헛소리를 지껄이지만 진소소는 그저 배시시 웃기만 할 뿐이었다.

그게 장팔봉의 애를 더욱 태운다.

장팔봉이 그렇게 낮이나 밤이나 진소소 곁에 붙어서 시시

덕거리는 걸 아니꼽고 못마땅하게 여기는 자들이 한둘이 아니다.

나이가 들었든 젊었든 가릴 것 없이 사내란 사내들의 눈과 마음은 온통 그녀에게 쏠려 있는 것이다.

그래서 하나같이 매우 아니꼽고 질투심에 불타 장팔봉을 노려보지만 내색하지 못했다.

그런 자들 중에 으뜸은 단연 옥기린 곽서언이었다.

그는 혼자서 장팔봉을 독차지하려는 욕심을 버리고 뒤늦게 슬그머니 장팔봉을 따르고 있는 무리 중에 끼어들어 와 있었다.

수하들도 모두 변장시켜서 사방으로 흩어놓은 뒤다.

그들은 어디에도 속하지 않은 강호의 고수로 행세하면서 무리의 동향을 파악하여 곽서언에게 은밀히 보고한다.

곽서언은 그 배경이 이보삼장의 으뜸인 천검보의 공자라는 것만으로도 명숙의 대접을 받기에 충분했다.

그래서 그는 조위풍과 양광추 등이 있는 소수의 명가 집단에 속해 있는 중이었다.

교분을 쌓아두면 언젠가는 큰 힘이 되어줄 사람들과 함께 있지만 곽서언의 이목은 온통 장팔봉과 진소소에게만 쏠려 있다.

진소소가 한사코 명가의 집단에 들어오려고 하지 않았기 때문에 더욱 신경이 쓰인다.

그녀는 네 명의 호위와 함께 작은 무리를 이루고 있었는데, 누구도 감히 그녀 주위에 가까이 다가올 엄두를 내지 못했으므로 무리 중에서 고립되어 있었다.

그러면서도 일정한 거리를 두고 군웅들이 그녀를 항상 둘러싸고 있으니 드넓은 바다 한복판에 외로이 솟아 있는 작은 섬 같았다.

그런 그들에게 장팔봉이 끼어들었던 것이다.

"나는 당신이 벙어리 소저인 줄만 알았지 뭐야."

그가 풍우주가에서의 일을 꺼내자 진소소가 다시 한 번 힐끔 바라보고 배시시 웃었다.

장팔봉의 넋이 그 즉시 천리만리 달아나 버린다.

"쿨룩—"

종자허의 기침 소리가 없었더라면 그만 그녀의 손을 덥석 잡고 말 뻔했다.

'손대면 죽는다.'

종자허의 그 무시무시한 말이 들리는 것 같아서 아주 잠깐 등줄기가 서늘해진다.

'음, 저놈이 아직도 그 말도 안 되는 고집을 부리고 있구나.'

종자허가 미워졌다.

저놈이 저 혼자서 세우고 고집스레 지켜 나가고 있는 그 풍우주가의 법칙이 과연 여기에서도 통하는 걸까 하는 의심도 들었다.

이곳은 풍우주가가 아니지 않은가.

'한번 골려줄까? 제가 어쩔 거야? 설마 이 많은 사람들의 공적이 되는 걸 무릅쓰고 나를 죽일 배짱이 있겠어?'

"상공."

그런 엉뚱한 생각에 빠져 있던 장팔봉이 그녀의 한마디에 즉각 제정신으로 돌아온다.

"할 말이라도 있소?"

"상공은 정말 봉명도에 대해서 아무런 욕심도 없나요?"

"그게 무슨 말이오?"

"그렇기에 이처럼 공개적으로 사람들을 이끌고 가는 것 아니겠어요? 만약 저라면 아무도 모르게 슬쩍 그 장소로 가서 봉명도를 찾아 갖겠어요."

누구라도 그렇게 할 것이다. 하지만 장팔봉은 그렇게 할 수가 없었다.

이미 만천하에 저의 면면이 죄다 알려진데다가, 아직 빛 좋은 개살구에 불과한 무공으로는 저를 쫓는 온갖 고수들을 따돌릴 수 없었기 때문이기도 하다.

제 처지를 생각한 장팔봉이 한숨을 쉬었다.

"이건 내가 군웅들을 이끌고 가는 게 아니라 그들 모두의 인질이 되어서 끌려가고 있는 거라오. 그러니 낸들 무슨 수가 있겠소? 무슨 수로 저 많은 사람의 이목을 속이고 나 혼자 슬그머니 그곳에 갈 수가 있겠소? 에휴, 내 팔자야."

그 말에 진소소가 다시 힐끔 그를 바라보며 배시시 웃었다.

장팔봉의 눈이 그 즉시 개개풀린다.

조건반사나 다름없었다.

언제든지, 어디서나 그녀가 저렇게 살짝 흘겨보며 몽롱한
얼굴이 되거나 배시시 미소를 지으면 그 즉시 눈이 반응하고
가슴이 반응하는 것이다.

정신이 나간다.

그날 저물녘에 강호의 무리는 긴 띠를 이루고 행진하여 한
성읍에 이르렀다.

백 명이 이백 명이 되더니 어느덧 삼백여 명이나 되는 숫자
로 불어나 있었던 것이다.

연안(延安)을 지난 지 사흘째 되는 날이었다.

그들이 도착한 곳은 섬서의 서쪽 끝에 있는 정변(定邊)이라
는 곳이었는데, 장성에 직면해 있는 군사석 요충시었나.

장성을 수비하는 정예한 병사 수만 명이 주둔하고 있으니
분위기가 여느 성읍과는 확연히 다르다.

그 정변성을 십여 리 앞에 두고 군웅들이 걸음을 멈추었다.

십면철권 조위풍이 수염을 휘날리며 장팔봉에게로 다가왔
다.

"문제가 생겼네."

"뭐가 말이오?"

"우리가 이렇게 떼로 몰려가면 정변성을 관장하는 총병부의 병사들이 긴장할 걸세."

"그게 무슨 상관이야?"

"그들이 어떤 식으로든 트집을 잡아올 텐데, 그러면 곤란하지 않겠는가?"

"흥, 나는 상관없소."

"그렇지 않네. 지금쯤은 우리의 동향이며 동선이 낱낱이 총병부에 보고되고 있을 것이네. 우리를 이끌고 있는 사람이 바로 자네라는 것도 잘 알고 있겠지. 그러니 문제가 생기면 그들은 제일 먼저 자네를 잡으려고 할 걸세. 적과 전투를 벌이게 되면 항상 우두머리부터 친다는 게 예로부터 변하지 않는 병영의 전술 아니던가."

"흠—"

듣고 보니 그렇다.

장팔봉의 인상이 잔뜩 구겨졌다

'염병, 여기까지 무사히 왔나 싶었더니 이제는 별게 다 속을 썩이는구나.'

장성을 통과하는 일이 커다란 걱정으로 다가왔다.

미처 생각하지 못했던 일이다.

"어떻게 하면 좋겠나? 남쪽으로 틀어서 돌아가면 좋은데 육반산이 가로막고 있으니 그걸 넘을 수도 없고 말일세."

그렇게 방향을 잡으면 장성 수비군과 조우하는 일은 피할 수 있겠지만 옥계(玉鷄)까지 내려가야 하니 무려 일천여 리나 빙 도는 게 된다.

이 늑대 같은 무리를 이끌고 가는 일이 하루가 지겨운 형편에 그건 말도 안 된다.

네가 과연 어떤 결정을 내리는지 두고 보겠다는 듯이 조위풍이 물끄러미 장팔봉을 바라보고 있었다.

은근히 재촉을 하고 압박을 가하는 것이다.

고민이 된다.

하지만 장팔봉에게 불가능은 없었다. 쉬운 일이 있거나 어려운 일이 있을 뿐이다.

그리고 결국에는 제 뜻을 이루고 만다.

여태까지 그래 오지 않았던가.

잠시 이맛살을 찌푸리고 있던 장팔봉이 얼굴을 활짝 폈다.

"간단한 일이네."

"응?"

능글맞던 조위풍의 얼굴이 그새 답을 찾았단 말이냐 하는 놀라움으로 바뀐다.

第二章
흑점(黑店)에 떨어지다

鳳鳴刀
봉명도

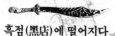

흑점(黑店)에 떨어지다

"헤쳐 모인다니?"

"말귀를 못 알아듣는 양반이군."

"⋯⋯."

"이렇게 떼거리로 몰려가면 눈길을 끈다면서?"

"그러니까 장 소협 말은 한곳을 지정해 둔 다음에 각자 이 곳을 통과하자는 것 아닌가?"

"그렇소."

"흠, 장 소협이야말로 내 말을 못 알아들었군."

"안 된단 말이오?"

고개를 갸웃거리는 장팔봉을 바라보는 십면철권 조위풍의

안색이 싸늘해졌다.

"군웅들이 장 소협의 그 제안을 수용할 것 같은가?"

"안 될 게 뭐요? 아주 간단한 일인데."

"그들은 장 소협이 이 기회에 모두를 따돌리고 슬쩍 달아나려는 게 아닌가 하고 의심할 걸세."

"흥, 그 말은 지금 당신의 생각을 드러낸 것 아니오?"

"뭐, 그거야 아무래도 좋지. 어쨌든 모두 그렇게 의심할 것일세. 그게 중요하지."

"그러니까, 나를 아무도 믿지 않는다 이 말이로군."

"……."

"그러면 왜 나를 따라왔소? 내가 엉뚱한 데로 끌고 다닐지도 모른다는 생각은 안 해봤소?"

"그건……."

"다들 지쳐 죽을 때까지 끌고 다니면 어쩔 건데?"

지금으로서는 장팔봉을 믿을 수밖에 없는 상황이라는 걸 새삼 확인하게 된다.

들리는 말로는 기련산 어느 골짜기에 봉명도가 감추어져 있다고 하는데, 기련산이 어디 동네 뒷산 같던가.

동서로 뻗어 있는 길이만 이천여 리에 달하고, 우뚝 솟은 봉우리가 수천 개, 깊은 골짜기가 수만 개다.

그걸 다 뒤지려면 평생이 걸려도 모자랄 것이다. 대를 물려가며 뒤지고 다닌다고 해도 봉명도가 깊이 감추어져 있을 테니 찾을 수 없을지 모른다.

그러니 장팔봉의 말을 믿고 따르지 않을 수 없는 상황인 것이다.

조위풍이 그런 제 처지를 확인하고 한숨을 쉬었다.

어쨌거나 장팔봉에게 목을 매고 있는 형편이니 그가 흰 것을 검은 것이라고 해도 믿어야 할 입장 아닌가.

"알았네. 내가 저 사람들을 설득해 보지."

조위풍이 풀이 죽어서 무리에게로 돌아갔다.

세 사람이 따라붙었다.

장팔봉의 감시 역이다.

그들은 모두 병장기를 감추고 봇짐을 진 행상으로 변복하고 있었다.

장팔봉도 마찬가지다.

조위풍이 보낸 사람들인데, 그중 한 명은 천검보의 무사로서 곽서언을 따라온 뇌정철검 전사룽이었다.

절강의 강자로 꼽히는 그의 명성은 장팔봉도 들은 터라 긴장하지 않을 수 없다.

'제기랄, 이놈들이 나를 이렇게 믿지 못하는구나. 좋다. 그렇다면 나도 너희들을 믿지 않겠다.'

그런 생각을 하지 않을 수 없다.

다른 두 명 중 한 명은 하남 낙수장의 뇌음태보(雷音太步)

이어곤(李魚鯤)이라는 자였다.

경공신법이 특출하게 높은 자로 이름난 고수다.

'흥, 내가 달아나.봐야 이어곤이라는 이놈의 손바닥 안일 거라는 얘기로군. 좋다, 언제든 누구의 경공신법이 더 고명한 지 한번 시험해 봐야겠다.'

장팔봉이 빙글빙글 웃고 있는 이어곤을 흘겨보며 그런 생각을 한다.

조위풍이 이어곤을 보내온 이유가 뻔하기 때문이다.

제가 달아날까 봐 미리 대비한 것 아닌가.

그리고 마지막 한 명은 이보삼장에 속하지 않은 자였는데, 소속 없이 개인적으로 따라온 군웅들을 대표한 게 분명했다.

그는 낙화검(落花劍) 양사명(陽斜明)이라는 자였다.

사십대 중반의 점잖은 선비같이 생긴 사람으로서, 검법의 고수로 알려진 자다.

그들 세 사람이 장팔봉의 감시로 따라붙자 군웅들은 비로소 안심하고 뿔뿔이 흩어질 수 있었나.

장팔봉의 호위로는 당가휘의 수하이며 만인객잔의 장궤였던 서문한이 동행했으므로 모두 다섯 사람의 행상이 탄생한 셈이다.

진소소 일행은 군웅들의 질시에 찬 눈길 때문에 장팔봉과 동행할 수 없었다.

헤어지면서 은근히 바라보던 진소소의 그 애틋한 눈길은

장팔봉의 가슴을 천근만근 무겁게 했다.

비록 정변성을 벗어날 때까지의 이별일 뿐이라고 해도 이미 풍우주가에서부터 진소소에게 푹 빠져 버린 장팔봉에게는 이 하룻밤이 천 날 밤처럼 길고 답답하게 느껴졌다.

*　　　　*　　　　*

무사히 정변성에 들어온 장팔봉 일행은 우선 객잔부터 찾았다.

먹고 마신 다음에 이곳에서 하룻밤을 묵고 내일 아침 일찍 성을 나갈 작정인 것이다.

성을 나가는 데에는 수비군의 총책임자인 참장의 통행증을 발급받아야 하는 절차가 남아 있다.

장팔봉은 신경 쓰지 않았다.

아쉬운 놈이 우물 판다고 하지 않던가. 통행증이야 이놈들이 알아서 가져다줄 테니 기다리면 된다.

그가 초조해하는 건 오직 진소소를 한시라도 빨리 보고 싶다는 생각 때문이었다.

정변성 내에서 가장 크고 화려하다는 객잔에 들자 훅 끼쳐 오는 음식 냄새와 술 냄새 때문에 머리가 어질어질할 지경이었다.

객잔을 가득 채우고 있는 사람들 중 반은 병사들이었다. 어

흑점(黑店)에 떨어지다 39

디에 가도 넘쳐 나는 게 병사들이다.

과연 이곳이 변방과의 경계이고, 군사적인 요충지라는 걸 실감하지 않을 수 없다.

드문드문 낯익은 자들도 보였는데, 이곳까지 동행해 왔던 자들이었다.

무려 삼백여 명이나 되는 자들이 대부분 정변성 안으로 무사히 들어온 모양이다.

그래서 어디를 가든지 병사들 못지않게 넘쳐 나는 게 또한 그들이었다.

서로 마주쳐도 모른 척하며 쉬쉬하고 몸조심을 한다.

이래서는 따로 감시를 붙일 필요도 없었던 것 아닌가 하는 불만이 장팔봉에게 생기는 건 당연했다.

그래서 장팔봉은 병사들과 저를 따라온 무리가 북적거리는 객잔이 싫어졌다.

간단히 요기를 하고 몇 잔의 술을 마셨을 뿐, 벌떡 일어나자 그의 감시 역으로 따라붙은 자들이 의아하게 바라본다.

"나는 사람들이 많은 게 싫어. 혼자 있을 수 있다면 제일 좋은데 그럴 형편이 못 되니 그건 어쩔 수 없고. 아무튼 저 인간들이 보이지 않는 곳으로 가겠어."

힐끔힐끔 이쪽을 바라보는 군웅들에게 눈을 부라리더니 감시 역들이 뭐라고 하건 말건 옷자락을 펄럭이며 객잔을 나가 버린다.

서문한이 급히 국물을 마시고 장팔봉을 뒤따랐다.

그쯤 되자 나머지 세 명의 감시도 어쩔 수 없었다.

그래서 장팔봉은 어둠이 짙게 깔린 정변성의 저자를 어슬 렁거리며 걸었다.

가는 곳마다 저를 바라보는 시선들이 따갑게 느껴지더니, 어느 순간부터 드물어지기 시작했다.

정변성 외곽의 인적 드문 곳에 다다른 것이다.

드문드문 서 있는 소나무 사이로 희미한 불빛이 흘러나왔 다.

딛고 서 있는 땅이 푸석거린다.

모래가 반 넘게 섞여 있는 땅인 것이다.

그곳에 낡고 허름한 객잔 하나가 있었다.

다 쓰러져 가는 것이 금방이라도 무너질 것 같은 곳이다.

대체 저런 집에서 사람이 살까 싶을 정도로 위태로운 나무 집이고, 후미진 곳에 있는 객잔이었다.

금방이라도 부서질 것 같은 문을 밀치고 들어가자 퀴퀴한 냄새와 어둠이 왈칵 달려든다.

찬바람이 씽 도는 주청에는 거미줄이 휘장처럼 늘어졌고, 몇 개 되지 않는 검은 탁자마다 먼지가 수북하게 쌓여 있었 다.

도대체 이곳이 영업을 하는 곳인지 버려진 곳인지 알 수가 없다.

"계시오?"

그래도 안에서 음식 냄새가 나는지라 소리쳐 부르자 과연 인기척이 났다.

그리고도 한참 뒤에야 늙은 노파가 눈을 비비며 나왔는데, 하고 있는 행색이며 생긴 꼴이 영락없는 귀신이다.

노파가 들고 있던 유등을 높이 들어 올리며 장팔봉 일행을 유심히 바라보았다.

그러나 짓무른 눈으로는 제대로 보이지 않는지 바짝 다가왔는데, 장팔봉은 노파에게서 나는 고약한 냄새 때문에 코를 쥐지 않을 수 없었다.

노파가 듬성듬성 빠진 누런 이를 드러내고 히죽 웃었다.

"손님일세?"

그러더니 안에 대고 까마귀가 우는 것 같은 소리로 외친다.

"영감, 이리 나와봐! 손님이 왔다니까!"

안에서 끙끙거리는 소리가 들리더니 또 한 노인이 거의 기어나오다시피 했다.

등이 굽고 눈처럼 흰 머리카락이 마구 헝클어진데다가 지팡이에 의지하지 않고서는 한 발짝도 옮길 수 없는 그런 상노인이다.

"흘흘, 정말 손님이구나. 이게 대체 얼마만이야?"

노인이 짓무른 눈을 비벼가며 웃었다. 음침하고 으스스한 그런 웃음이다.

장팔봉이 잔뜩 눈살을 찌푸리고 투덜거렸다.

"제기랄, 하필 피해온 객잔이 이 모양이냐? 이건 귀신들의
소굴이나 다름없구나."

그 말을 들은 뇌정철검 전사룽이 잘되었다는 듯이 말했다.

"다시 돌아가자. 이런 곳에서 어떻게 하룻밤을 유숙한단
말이냐? 사람은 사람 사는 곳에서 어울려 살아야 하는 법이
야."

제법 의젓하게 말하지만 그게 오히려 장팔봉의 비위를 건
드리고 말았다.

그가 발끈해서 전사룽을 쏘아보았다.

"뭐라고? 네 눈에는 저 불쌍한 노인들이 사람으로 보이지
않는단 말이냐?"

조금 전에 제 입으로 귀신 운운한 건 까맣게 잊은 듯하다.

그가 삿대질까지 해가며 열을 올렸다.

"너는 천년만년 늙지 않을 줄 아느냐? 너도 늙으면 영락없
이 저 꼴이 되는 거야."

"뭐라고? 너!"

장팔봉의 말에 전사룽이 벌컥 화를 냈다. 당장 살기가 풀풀
날린다.

"그래, 내 눈에는 네가 인간으로 보이지 않는다! 나는 짐승
한테까지 공대하는 얼빠진 놈이 아니야!"

"뭐? 뭐? 짐승?"

인내의 한계에 이른 전사릉이 이를 악물고 철검을 움켜쥐었다. 손등에 불끈 힘줄이 솟는다.

"그만둬."

그것을 본 낙화검 양사명이 눈에 힘을 주어 노려보며 일갈했고, 장팔봉의 뒤에 있던 장궤 서문한은 재빨리 앞으로 나와 장팔봉과 어깨를 나란히 하고 섰다.

여차하면 장팔봉을 대신해서 전사릉과 한바탕하겠다는 기세다.

전사릉의 마음속에는 그 서문한이나 낙화검 양사명에 대하여 한 가닥 꺼림칙함이 없지 않아 있었다.

양사명이야 이미 강호에 이름이 쟁쟁한 검법의 고수이니 무시할 수 없는 자라는 걸 누구나 다 아는 바이다.

하지만 서문한에 대해서는 그가 대우진의 만인객잔 주인 노릇을 하고 있던 자라는 것밖에는 알려진 게 없었다.

하지만 장사릉은 그가 자신들이 야영하고 있던 송림 속으로 소리없이 숨어들었던 자이고, 천검보의 뛰어난 검사들을 마음껏 농락하고 유유히 빠져나갔던 장본인이라는 걸 알고 있었다.

복면이 찢겨졌을 때 언뜻 보았던 그의 얼굴을 잊지 않고 있었던 것이다.

그렇기에 더욱 궁금하면서 경계심이 들기도 한다.

결국 전사릉은 검을 뽑지 못했다.

"끄응—"

장팔봉을 잡아먹을 듯이 노려보다가 된 숨을 내쉬며 외면한다.

그런 전사릉을 흘겨본 장팔봉이 언제 무슨 일이 있었느냐는 듯이 천연덕스럽게 노인에게 물었다.

"대체 이곳은 뭐 하는 곳이오?"

"흘흘, 자네 같은 손님이 묵어가는 곳이지. 술도 있고 밥도 있고 방도 있네."

"노인장은 이미 내가 뭘 원하는지 알고 있었던 것 같구려?"

"흘흘, 이 밤중에 객잔에 찾아오는 사람이 그것 말고 달리 원하는 게 있겠나?"

"하긴."

머리를 끄덕이면서도 장팔봉은 노인의 면면을 세심하게 뜯어보았다.

무언가 수상하다는 느낌이 왔기 때문이다 하지만 아무리 살펴보아도 명줄 놓을 날이 오늘내일하는 노인일 뿐, 달리 의심할 만한 구석이 없다.

저런 노인이 흉계를 꾸민들 뭘 할 수 있겠나 하는 생각도 든다.

그래서 어느 정도 마음을 놓은 장팔봉이 천연덕스럽게 물었다.

"그런데 이런 곳에도 찾아오는 손님이 있기는 있는 거요?"

"왜 없어? 바로 자네 같은 사람들이 단골로 찾아온다네."

"우리 같은 사람들이라니?"

"척 보면 알지. 관병의 눈을 피해서 숨어 다니는 사람들 아닌가? 무언가 은밀한 거래를 하려는 거지?"

"음, 그렇군."

노인의 말에서 장팔봉은 물론 그의 일행은 모두 한 가지 짐작을 할 수 있었다.

이 빌어먹게 생긴 객잔에 그래도 찾아오는 자들이 있고, 그런 자들은 대부분 관병의 눈을 피해 무언가 수상쩍은 짓을 하려는 자들이라는 것을.

그런 자들에게 이처럼 후미진 곳에 있으면서 을씨년스러워 사람의 발길이 끊어진 외진 객잔이야말로 최고의 장소 아니겠는가.

"먹을 것과 마실 것을 좀 주고 방도 주시오."

징필봉이 옷소매로 탁자 위의 먼지를 대충 털어내고 털썩 주저앉으며 그렇게 말하자 노인 부부의 얼굴에 비로소 웃음이 번졌다.

주름으로 뒤덮인 깡마른 얼굴에 웃음이 떠오르니 그 용모가 더욱 기괴해진다.

장팔봉이 혀를 차고 외면했다.

탁자에 유등을 내려놓은 두 노인이 서로 부축하고 끌며 주방으로 걸어 들어갔다.

그들의 뒷모습을 보던 장궤 서문한이 장팔봉의 귀에 대고 속삭였다.

"장 공자, 이곳의 음식은 입에 대지 않는 게 좋겠습니다."

"어째서?"

"흑점일지도 모른다는 생각이 드는군요."

"으응?"

흑점(黑店).

은밀한 곳에서 은밀한 거래가 이루어지는 곳인데, 특히 인육(人肉) 만두를 판다고 알려진 곳 아니던가.

그것만을 찾아 먹는 자들도 있다고 하니 그런 자들을 위해서 흑점이 존재하는 것이고, 온갖 범죄자들에게 모일 장소를 제공하기 위해 존재하는 곳이기도 하다.

장팔봉이 잔뜩 낯을 찌푸렸다.

서문한의 속삭임을 엿들은 다른 자들도 마찬가지다.

"제기랄, 흑점이라니. 소문은 들었지만 이렇게 내 눈으로 보기는 처음이군."

낙수장의 뇌음태보 이어곤이 역겹다는 얼굴로 투덜거렸다.

낙화검 양사명도 마찬가지이고, 장팔봉으로 인해 불쾌해진 기분을 가까스로 억누르고 있는 천검보의 뇌정철검 전사룡도 바짝 긴장했다.

주방에서 딸그락거리는 소리가 나더니 잠시 후 노파가 김이 무럭무럭 나는 만두 한 접시와 절인 야채, 한 병의 화주를 쟁반에 담아 들고 왔다.

모든 사람의 눈길이 그 만두에 쏠렸다.

주먹만 한 것이 아주 먹음직스러워 보인다.

만두를 특히 좋아하는 장팔봉으로서는 고민되는 일이 아닐 수 없었다.

먹자니 서문한의 말이 걸리고, 참자니 입 안에 자꾸만 군침이 고이지 않는가.

결국 그들은 만두에는 손도 대지 못하고 쓰고 독한 술만 몇 잔씩 나누어 마신 채 서로의 눈치를 보며 말없이 앉아 있기만 했다.

객잔에 딸린 방이라곤 고작 두 개뿐인데, 한 개는 노부부가 사용하고 있으니 소용없고, 남은 한 개가 대체 헛간인지 방인지 분간할 수 없을 정도로 지저분하고 더러워서 당최 들어갈 엄두가 나지 않았던 것이다.

게다가 세 사람이 누우면 더 이상 낄 자리가 없을 만큼 작다.

그래서 일행은 그냥 주청에서 밤을 새기로 하고 뻣뻣하게 앉아 있었다.

시간이 얼마나 지났을까.

슬슬 졸음이 밀려들기 시작했다. 무공의 높고 낮음을 떠나서 자연현상을 이길 장사는 없다.

먼저 내공이 없는 장팔봉이 풀썩 탁자에 머리를 처박았다.

그 뒤를 비교적 내공이 약한 뇌음태보 이어곤이 곯아떨어
졌고, 다음으로는 서문한과 낙화검 양사명, 뇌정철검 전사릉
이 거의 동시에 탁자에 머리를 처박았다.

그들의 코 고는 소리로 지붕이 들썩거릴 지경이다.

그러자 방 안에서 노파가 머리를 삐죽 내밀고 기웃거렸다.

"히히, 죄다 잠들었다."

노인도 고개를 내밀고 주청을 살핀다.

"흘흘, 잘들 자는구나."

"영감, 저만 하면 두어 달 만두소 걱정은 하지 않아도 되겠
지?"

"어디 두어 달뿐이겠어? 통통한 것이 두 개나 되니 적어도
한 반년은 거뜬할 거야."

"그래, 그래. 이제 곧 겨울도 올 테니 상할 염려두 없지 뭐
야. 아주 잘됐어. 히히, 착한 녀석들 같으니."

노파가 손뼉까지 치며 좋아하더니 성큼 방에서 나왔다.

걸음걸이가 멀쩡하다.

노인도 마찬가지였다.

언제 지팡이에 의지해서 비틀거렸나 싶게 성큼성큼 다가
온다.

탁자 위에 엎어진 다섯 사람을 바라보던 노파가 먼저 서문

한을 손가락으로 가리켰다.

"이놈 먼저 해. 통통한 게 살도 아주 야들야들하게 생겼잖아? 이런 놈으로 만두소를 만들면 다들 맛있다고 난리일 거야."

노인이 머리를 가로젓는다.

"틀렸어. 이렇게 비계가 많은 놈은 다져 놓으면 물만 줄줄 흐르지. 고기가 탄력이 없고 물컹거려서 씹는 맛이 별로야."

"그래?"

"에그, 이 멍청한 할망구야. 이 장사를 어디 하루 이틀 해 봐? 이제는 척 보기만 해도 어느 게 좋은 고기인지 알아볼 수 있어야지."

"영감도 참."

노파가 꼴에 어울리지 않게 새침하니 눈을 흘긴다.

"내가 눈이 침침해 잘 안 보여서 그래. 그럼 어떤 게 쓸 만한 고기를 가지고 있는 거야?"

"흘흘, 저기 저놈이야. 서놈 고기는 아주 쫄깃쫄깃하겠어, 미끈거리거나 푸석거리는 것보다 저런 게 훨씬 맛있지. 씹을수록 맛이 나거든."

노인이 가리키는 자는 뇌정철검 전사릉이었다.

그는 과연 살이 거무튀튀하면서 단단했다. 체구도 적당하다.

몇 번 그의 볼을 손가락으로 찔러본 노파가 좋아했다.

"정말 그렇구먼. 그럼 이놈부터 합시다. 어서 해. 내가 먼저 맛을 볼 테야."

칭얼거리듯 교태를 떨어가며 보챈다.

끌끌 하고 혀를 찬 노인이 전사릉을 번쩍 안아 들었다. 그 힘이 비루먹은 노인의 그것이 아니다. 여느 청년보다 오히려 좋지 않은가.

제 몸집보다 훨씬 큰 전사릉을 안고 성큼성큼 주방으로 들어갔던 노인이 다시 나왔다.

이번에는 서문한을 그렇게 안아서 옮긴다.

그렇게 네 사람을 차례로 옮기고 나자 장팔봉 혼자 남았다.

노파가 코를 골며 세상모르고 잠들어 있는 장팔봉의 볼을 쿡쿡 찌르며 말했다.

"이놈은 조금 아까운걸."

"왜?"

"아까 이놈이 그래도 우리 편을 들어줬잖아. 노인을 공경할 줄 아는 놈치고 나쁜 놈이 없거든."

"흘흘, 그건 그렇지. 나도 이놈이 마음에 들어. 꼭 십 년 전에 죽은 우리 귀염둥이 같잖아? 나이도 그쯤 되어 보이는군."

"어머나, 정말. 그러고 보니 이 녀석이 죽은 우리 손자를 많이 닮았네? 에그, 불쌍한 것. 쯧쯧."

혀를 찬 노파가 꺼끌꺼끌한 손바닥으로 장팔봉의 볼을 쓰다듬었다.

"그래도 할 수 없어. 이놈 고기도 아주 쫄깃쫄깃하니 맛있게 생겼거든. 비계도 적당히 박혀 있어서 더 야들야들할 거야."

"에휴, 그렇지, 뭐. 아무리 닮았으면 뭐 해? 죽은 손자가 살아온 것도 아닌데."

한숨을 쉰 노파가 신경질 난다는 듯 **빽** 소리쳤다.

"이놈 먼저 다져! 보고 있으니까 자꾸 손자 녀석 생각이 나서 슬퍼지잖아! 그러니까 다른 것들은 놓아두고 우선 이놈부터 잡자고!"

그 말에는 노인도 동의한다.

"나도 그러고 싶었어. 예의 바른 녀석이지만 이 녀석만 풀어줄 수 없으니 그럴 바에야 차라리 일찍 잡아버리는 게 이 녀석에게도 좋은 일을 하는 거겠지."

노인이 장팔봉마저 번쩍 안아 들고 주방으로 옮겨갔다.

음침하고 비릿한 냄새가 배어 있어서 더욱 기분 나쁜 주방에는 네 사람이 매달려 있었다.

무슨 약을 어떻게 썼는지 두 손과 두 발이 묶여 푸줏간의 고기처럼 허공에 대롱대롱 매달려 있는 형편인데도 세상모르고 코를 골고 있다.

노인이 커다란 칼판 위에 장팔봉을 반듯하게 눕혔다.

전문적으로 이렇게 사람을 잡기 위한 것인 듯, 칼판은 그

길이가 딱 어른의 키만 했다.

벽에 날이 시퍼렇게 선 크고 작은 칼들이 십여 개 걸려 있었다.

무겁고 끝이 뭉툭한 절삭용 식도도 있고, 가늘고 예리해서 뼈 사이로 넣어 연한 살을 발라내기 알맞게 만든 것도 있다.

고기를 잘게 다지기 위한 칼과 살을 빌라내기 위한 칼은 물론, 내장을 손질하는 데 쓰는 폭이 좁고 작은 칼까지 모든 종류의 칼이 고루 갖추어져 있었다.

작은 손도끼와 실톱은 뼈를 쪼개고 자르는 데 쓰이는 것이리라.

칼판에는 사방을 빙 둘러서 제법 깊은 골이 파여 있었다.

사람을 잡을 때 나오는 피가 그 골을 타고 흘러서 구멍으로 떨어지는 것이다.

그러면 그곳에 이어져 있는 굵은 대나무 관으로 흘러들게 된다. 그 대나무 관은 주방 밖까지 이어져 있었다.

칼판에서 떨어지는 피를 흘러보내는 하수구 역할을 하는 것이리라.

"물부터 길어올게."

장팔봉을 칼판에 내려놓은 노인이 물통을 들고 나가자 노파가 즉시 아궁이에 걸린 커다란 가마솥에 불을 때기 시작했다.

잠시 후 노인이 맑은 물을 한 가득 떠왔는데, 가마솥이 얼마나 큰지 무려 다섯 통이나 붓고서야 겨우 반쯤 찼다.

장작불이 활활 타오르고 그 후끈한 열기로 주방에 뿌옇게 김이 서린다.

그 속에서 땀을 뻘뻘 흘리며 불을 때고 있는 노파는 물론, 이것저것 칼을 손질하고 숫돌에 갈아대는 노인의 모습은 괴기스럽기 짝이 없었다.

지옥의 한 장소인 게 틀림없다.

칼 갈기를 마친 노인이 날이 시퍼렇게 살아난 식도를 들고 장팔봉에게 다가왔다.

그 무렵 들보에 대롱대롱 매달려 있던 네 사람은 서서히 의식을 찾고 있었다.

가장 먼저 또릿하게 정신을 차린 건 역시 전사룡이다. 그는 처음 제가 꿈을 꾸는 건가 하는 의문에 멍해졌지만 곧 현실 감각을 되찾았다.

눈을 끔벅이며 장팔봉을 내려다보고, 노인을 내려다본다.

'저, 저거!'

눈앞에서 장팔봉이 살과 뼈가 분리될 순간이 아닌가.

그렇게 되었다가는 십년공부 나무아미타불이 된다는 절박함 때문에 기가 막혔다.

'그만두지 못해!' 하고 악을 쓰는데, 입 밖으로는 아무 소리도 새 나가지 못했다.

몸을 비틀며 요동을 쳐보려고 하지만 어찌 된 게 꼼짝할 수가 없었다.

물을 잔뜩 먹은 솜처럼 축축 늘어지기만 할 뿐, 기력이 한 올도 모아지지 않았던 것이다.

꿈을 꾸다가 가위에 눌린 것 같기도 했다.

전사릉이 찢어지도록 부릅뜬 눈을 더욱 부릅떴다. 눈동자만 움직여 다른 사람들을 바라본다.

양사명이나 서문한도 그때는 의식을 차리고 있었는데, 그들 역시 전사릉처럼 눈만 핏발이 서도록 부릅뜨고 있을 뿐 무기력하게 매달려 있었다. 뇌음태보 이어곤이라고 다르지 않다.

'지독한 약물에 당했다.'

그들의 머릿속에 하나같이 그 생각이 떠올랐다.

대체 어떤 약물이 이렇게 지독한 것인지, 내력이라는 내력은 죄다 흩어져 숨결 하나의 기운조차 남아 있지 않으니 미칠 지경이었다.

수면제와 함께 전문적으로 내공을 무력하게 만드는 산공독(散功毒)에 당했다는 건 짐작하겠는데, 어떤 종류의 것인지는 오직 그것을 조제하고 사용한 자만이 알고 있으니 해법이 없다.

평소 내력에 의지해서 생활하는 게 습관화되어 있는 강호인에게 갑자기 내력이 사라져 버리면 그 무기력함이 일반인의 몇 배는 되게 마련이다.

게다가 약물은 내력뿐만 아니라 온몸의 근육마저 흐물흐
물하게 만들었고, 힘줄에 실리는 힘마저도 무력하게 했다.

산공독에 마비산(痲痺散) 계열의 또 다른 독을 가미한 게
틀림없다.

내력은커녕 온몸의 힘마저 모두 빠져나가 버렸으니 네 사
람은 정신만 살아 있을 뿐 죽은 송장이나 마찬가지였다.

그게 더 미칠 노릇이다.

장팔봉은 저에게 닥친 일을 아는지 모르는지 태평하게 코
를 골고 있었다.

아마 배가 갈라져 내장이 밖으로 흘러나온다고 해도 모르
고 쿨쿨 자기만 할 것이다.

이건 최대의 위기였다. 지금 장팔봉의 몸뚱이가 사라진다
면 봉명도고 뭐고 다 소용없지 않은가.

어떻게 해서든 저 노인의 칼이 장팔봉의 몸에 닿지 못하도
록 해야 한다고 생각한 네 사람이 젖 먹던 힘까지 다해 몸을
흔들어내기 시작했다.

하지만 마음만 급할 뿐, 허공에 대롱대롱 매달려 있는 몸은
꿈쩍도 하지 않았다.

푸줏간 천장에 고깃덩이를 달아놓은 거나 다를 바 없다.

전사룡은 지금 장팔봉과 바꿀 수만 있다면 저 세 놈을 몽땅
내주어도 상관없다고 생각했다.

그건 양사명이나 이어곤도 똑같은 생각이었다. 오직 서문

한만이 진심으로 장팔봉을 위해 마음이 급해져 있을 뿐이다.

노인이 칼질을 하기 전에 잠시 장팔봉을 내려다보았다.

"쯧쯧, 이 녀석아. 그러게 하고 많은 객잔을 두고 하필 이곳으로 찾아온단 말이냐? 이게 다 너의 팔자소관이니 낸들 어쩔 수가 없구나. 억울할지 모르겠지만 네 몸뚱이로 많은 사람의 배를 불리게 하니 이주 좋은 일을 하는 게야. 내가 특별히 네 녀석은 아무 고통도 없이 해주겠으니까 그걸 다행으로 여기렴. 그럼 부디 극락왕생하여라."

구시렁거리는 것이 그래도 장팔봉의 배를 가르자니 안타까운 생각이 조금은 드는 모양이다.

드디어 노인이 장팔봉의 가슴에 칼을 댔다. 아래로 죽 긋는다.

가벼운 손놀림이었을 뿐인데 옷이 매끈하게 잘려서 좌우로 흘러 떨어졌다.

피부에는 상처 하나 내지 않고 입고 있는 옷만 깔끔하게 잘라내는 귀신같은 솜씨다.

붉고 음침한 유등 불빛 아래 장팔봉의 맨가슴과 배가 드러났다.

노인이 물을 한입 가득 머금더니 장팔봉의 가슴과 배에 푸웃 하고 뿌렸다.

제 칼에도 그렇게 한다.

물을 머금은 칼날이 더욱 번들거렸다.

드디어 노인이 그것을 장팔봉의 살갗에 대었다.

가슴에서부터 배까지 죽 가른 다음에 간이며 허파는 물론 심장과 비장을 떼어내고 밥통과 내장을 끄집어내 앙상한 갈빗대가 드러나게 할 모양이다.

그런 다음에 텅 빈 속을 물로 깨끗이 씻어서 피를 말끔히 닦아낸 후 작고 날카로운 칼로 속살부터 낱낱이 발라낼 것이다.

노인의 익숙한 칼솜씨로 보아 건장한 장정 한 명이 한 무더기의 고깃점과 수북한 뼛조각으로 변하는 데 향 한 자루 탈 만한 시간밖에는 걸리지 않을 것 같았다.

第三章

도살부부(屠殺夫婦)

鳳鳴刀
봉명도

도살부부(屠殺夫婦)

　이제 곧 노인의 칼에 의해 장팔봉의 몸뚱이가 분해되는 걸 지켜볼 수밖에 없는 신세가 된 네 사람은 극심한 공포에 허탈해지면서 분노와 절망으로 치가 떨렸다.

　끔찍한 광경을 보아야 하는 게 고통이지만, 더 지독한 건 그다음 차례가 자기일지도 모른다는 생각이었다.

　그야말로 미치고 환장할 일이다.

　전사릉이나 양사명, 이어곤은 필사적으로 발버둥질 쳤다. 이곳에서 벗어날 수만 있다면 제 손으로 제 팔다리라도 떼어주겠다고 소리친다.

　기뻐 웃으면서, 머리 숙여 감사하면서 그것을 공손히 바치겠노라고 목청껏 외치지만 그 절박한 아우성은 한마디도 말이 되어 나오지 않았다. 그게 몇 배나 더 큰 공포가 된다.

그들이 처해 있는 현실은 영락없이 산송장 그 자체였다.

겨우 숨만 쉬고 있을 뿐 손가락 하나 까딱할 수 없는 몸인 것이다.

기어이 장팔봉의 살과 뼈가 해체되는 걸 보아야 한다는 절망감에 서문한의 눈에서는 굵고 뜨거운 눈물이 흘러 볼을 적셨다. 턱 아래에 방울져 맺힌다.

톡.

그것이 막 칼에 힘을 주려던 노인의 손등에 떨어졌다.

"웅?"

노인이 의아하다는 듯 위를 쳐다보았다.

핏발 선 눈을 찢어지도록 부릅뜬 채 내려다보고 있는 네 사람을 보고 머리를 갸웃거린다.

"이봐, 할멈. 저놈들이 벌써 정신을 차린 모양인데?"

아궁이 앞에 쪼그리고 앉아 불을 때기에 여념이 없던 노파가 건성으로 대답했다.

"그럴 리가 있어? 내가 쓴 약을 잘 알면서 그래."

"아니야. 저 봐. 저렇게 눈깔들을 부릅뜨고 있잖아. 이거 기분 나쁜걸?"

"이놈의 영감탱이가 일하기 싫으니 또 헛소리를 지껄이는구먼."

'에구, 허리야' 소리를 연발하면서 몸을 일으킨 노파가 노인을 따라서 머리 위를 바라보더니 '어?' 하고 놀란다.

"영감, 정말 이상한 일이구려. 아니, 저놈들이 어떻게 이렇게 빨리 정신을 차렸지?"

"그러기에 내가 약을 넉넉히 쓰라고 했잖아. 쯧쯧, 내 말을 듣지 않더니만……."

"나도 저놈들이 보통 놈들이 아니라는 건 짐작했어. 그래서 평소보다 두 배나 독하게 썼단 말이야. 그런데도 부족했나?"

알 수 없다는 듯 연신 머리를 갸웃거린다.

노인의 얼굴이 심각해졌다.

제 앞에 얌전히 누워 있는 장팔봉을 바라보고 머리 위에 매달려 있는 자들을 번갈아 바라보더니 결론을 내렸다.

"저놈들이 우리가 생각했던 것보다 훨씬 대단한 놈들인가 봐. 그렇지 않고서야 이렇게 빨리 정신을 차릴 수가 없지."

노파가 머리를 끄덕인다.

"그러게 말이야. 저놈들이 제법 이름있는 고수인 모양이네?"

"조금 더 있으면 정신뿐만 아니라 몸의 기력까지 되찾게 될지도 모르겠군. 그러기 전에 저놈들부터 잡아버리자."

"그게 좋겠어. 내가 거들어줄게."

노파마저 이제는 옷소매를 걷어붙이고 나섰다.

그래서 장팔봉은 잠시 목숨을 부지할 수 있게 되었다.

짐짝을 부리듯이 그를 아무렇게나 주방 구석에 내던져 놓은 노인이 뇌정철검 전사릉을 끌어내렸다.

장팔봉 대신 칼판 위에 반듯하게 눕혀지지만 전사릉은 꼼짝도 하지 못했다.

커다란 인형 같다.

"우선 숨통부터 끊어놔."

노파가 훈수를 둔다. 노인도 그럴 작정이었던 듯하다.

하긴, 전사릉의 몸뚱이를 해체하는 동안 다른 놈들이 기력을 되찾으면 곤란하지 않은가.

이럴 때는 우선 있는 대로 죄다 죽여 버린 다음에 느긋하게 하나씩 해체 작업을 할 수밖에 없는 거다.

노인이 작은 칼을 내려놓고 커다란 절삭도를 집어 들었다.

주방용 칼이라기보다는 어지간한 도끼처럼 보이는 것이다.

도마 위의 생선을 다루듯이 단번에 목을 뎅겅 해버릴 작정인 게 틀림없다.

전사릉의 눈이 더욱 커졌다. 핏발이 툭툭 불거지는 것이 움직이기 위해 안간힘을 다하고 있는 기색이 역력하다.

하지만 여전히 몸은 제 의지대로 따라주지 않았고, 공포심이 오히려 정신만 더욱 말똥말똥하게 해준다.

노인이 시퍼런 칼을 들어 올리는 걸 보는 전사릉의 눈에서 기어이 피눈물이 흘렀다.

그럴수록 노인의 손은 더 급해졌고, 마음에 잔혹함이 더 커졌다.

획—

번쩍이는 칼이 사정없이 떨어졌다.

퍽! 하는 끔찍한 소리가 나더니 전사릉의 머리통이 칼판 아래로 뚝 떨어져 데굴데굴 굴러간다.

노파가 그것을 발로 밟아 멈추어 세웠다.

오랫동안 천검보에 몸담았고, 검 하나로 강호를 질타했던 한 사람의 절정고수가 덧없이 목숨을 잃은 순간이었다.

그만한 검법 절기를 지니기 위해서 수십 년 동안 뼈를 깎는 수련을 했고 내공을 키워왔지만 뼈와 고기로 된 물건으로 전락하는 데에는 눈 한 번 깜짝일 만큼의 시간이면 충분했다.

"다음에는 저놈을 잡아."

노파가 손가락을 들어 뇌음태보 이어곤을 가리켰다.

"알았어."

노인이 말 잘 듣는 순둥이처럼 고개를 끄덕이고 이어곤을 끌어내렸다.

그사이 노파는 머리통이 없어져서 이상하게 변한 전사릉의 몸뚱이를 밀어 떨어뜨렸다.

콸콸 쏟아지는 피에 옷이 다 젖지만 상관하지 않는다.

노파가 노인을 도와 이어곤을 칼판 위에 눕혔다.

두 악귀 같은 늙은이를 바라보는 이어곤의 눈에 간절함이 넘쳐 난다.

눈물을 철철 흘리면서 애절하고 불쌍하기 짝이 없는 눈짓으로 애원하지만 이미 인성이라는 게 마비되어 있는 노인과 노파에게는 씨알도 먹히지 않았다.

번쩍—

퍽!

높이 치켜들었던 칼을 내려치는 노인의 깡마른 손에 힘이 넘쳐 난다.

영락없이 생선 장사가 도마 위에 놓인 생선을 잡는 모습이었다.

뚝 하는 두 번째의 끔찍한 소리.

이어곤의 목도 그 한 칼에 뎅겅 잘려 칼판 아래로 데굴데굴 굴러 떨어졌다.

단번에 사람의 목을 자르는 건 결코 쉬운 일이 아니다.

칼날이 들어오면 그 순간 질긴 근육이 긴장하여 더욱 빡빡해진다. 의지와 상관없이 반사적으로 일어나는 현상인 것이다.

어지간한 힘으로는 그것을 쉽게 통과할 수 없을 정도로 경직된다.

게다가 뼈에 정통으로 부딪치기라도 하면 오히려 칼날이 튕겨진다.

뼈와 뼈 사이를 정확하게 통과해야만 칼날도 상하지 않고 매끄럽게 절단할 수 있는데, 그건 아무나 할 수 있는 게 아니다.

완력도 완력이지만 칼에 그만한 속도와 무게를 주어야 하고, 무엇보다 정확해야 하는 것이다.

고도의 훈련을 받은 고수이거나 경험이 많은 자만이 한 칼로 그 일을 해낼 수 있다.

노인에게서 그러한 놀라운 솜씨를 보게 되었으니 나머지 두 사람은 더욱 두렵고 질려서 넋을 잃었다.

문득 그들의 머릿속에 동시에 한 이름이 떠올랐다.

오래전에 잊고 있었던 이름이다.

도살부부(屠殺夫婦).

달리 식인마왕(食人魔王)이라고도 불렸던 한 쌍의 부부에 관한 일이 주마등처럼 머릿속을 스쳐 간다.

도살괴망(屠殺魁魍) 주수겸(朱水鎌).

그게 노인의 이름이었다. 달리 망노(魍老)라고 한다.

도살괴숙(屠殺魁熟) 조약빙(曹藥氷).

노파의 이름이다. 숙파파(熟婆婆)라고 한다.

망노는 주로 사람을 잡았으므로 도깨비 중의 우두머리라는 아름답지 못한 호칭을 얻었고, 요리하는 노파라는 뜻의 숙파파는 망노가 잡은 사람 고기를 만두소로 만들어 요리했으므로 얻게 된 별명이다.

그들이 강호에서 활동한 세월은 그리 길지 않았지만 반드시 죽인 자를 요리해 먹어버리는 엽기적이고 끔찍한 행각 때문에 한때 강호를 떠들썩하게 했다.

강호의 그 많은 마두 중에서도 그래서 가장 악랄하고 두려운 마두이자 마귀로 존재했던 두 사람.

양사명과 서문한은 노인과 노파를 두고 그들밖에는 떠올릴 수가 없다.

결국 강호의 공분을 사 오래전에 사라져 버렸던 도살부부가 틀림없다고 생각하자 절망이 엄습한다.

들리는 말로는 죽었다고 했는데, 이렇게 멀쩡하게 살아서 여전히 저 짓을 하고 있으니 끔찍함이 지나쳐서 체념 상태에 이르게 된다.

"다음 놈."

이어곤을 굴려 떨어뜨린 노파 도살괴숙, 숙파파 조약빙이 충분히 맛본 피로 인해 살심이 극에 달한 듯 소리쳤다.

꼴꼴거리고 콜록거리던 불쌍함은 찾아볼 수가 없다.

저렇게 주름살 가득하고 쪼글쪼글한 얼굴이 악귀 같은 살기로 뒤덮이니 더욱 끔찍하다.

지옥의 야차, 마졸이라고 해도 저보다는 나을 것이다.

노인 도살괴망, 망노 주수겸 또한 다르지 않았다.

짓무른 눈은 간데없고 살기와 광기로 번들거리는 붉은 눈이 되어서 두리번거리는데, 영락없는 야차왕의 형상이다.

온몸이 핏물을 뒤집어써서서 붉게 변해 있는 터라 더욱 무섭다.

'어?'

그런 망노와 숙파파가 주는 공포 때문에 얼어붙었던 양사명이 또 다른 의미로 눈을 부릅떴다.

상쌀봉을 본 것이다.

그는 주방 구석, 식기대 아래 처박혀 있었는데 언제부터인가 눈을 말똥말똥 뜨고 있었다.

그의 시선과 양사명의 시선이 딱 마주친 것이다.

장팔봉이 부지런히 눈동자를 굴렸다.

지금 이 상황을 이해하기 위해 애쓰는 기색이다.

'에그, 불쌍한 놈. 그냥 아무것도 모르고 죽는 게 나았지.'

양사명에게 그런 생각이 들었다.

이제는 장팔봉도 제가 어떻게 죽는 건지 알면서 죽어야 하니 그 두려움이 오죽할 것인가.

'저놈이 무슨 죄가 있다. 그저 봉명도의 위치를 알고 있나는 그 한 가지 때문에 군웅들에게 시달리더니 여기서 저 악독한 도살부부에게 걸려 만두소가 되고 마는구나.'

그런 생각에 장팔봉의 처지가 불쌍하고 연민이 절로 우러난다.

그래서 양사명의 눈에서도 굵은 눈물이 주르륵 흘러내렸다.

모든 걸 체념하고 포기하자 원래의 소박하고 자애로운 심성을 회복한 것이다.

"이놈들이 우는구먼."

망노 주수겸이 그런 양사명과 서문한을 바라보며 머리를 갸웃거렸다.

숙파파 조약빙이 악을 쓴다.

"도살장에 끌려온 소가 우는 것과 뭐가 달라? 괜히 마음 약해지지 말고 어여 잡아! 이번에는 저놈이다!"

손가락으로 양사명을 가리켰다.

쯧쯧, 하고 혀를 찬 망노가 양사명을 끌어내리며 말했다.

어린아이를 달래듯이 다정하고 측은해하는 음성이다.

"슬퍼할 것 없느니라. 누구나 다 한 번은 죽는 게 세상 이치 아니더냐? 죽어서 땅속에 묻히면 그냥 썩어버리는 몸뚱이야."

"……"

"살아생전에 아무리 금이야 옥이야 아끼고 가꾸어도 죽으면 썩어버리지. 고약한 악취를 풍기고 구더기가 파먹는 신세를 면할 수 없는 게다. 그러니 그까짓 몸뚱이에 집착하고 아까워하면 뭐 하겠어? 어차피 썩어버릴 건데 말이다."

양사명은 하고 싶은 말이 너무나 많았지만 한마디도 할 수가 없었다.

머릿속으로만 온갖 생각이 오락가락하고, 눈앞에는 사신

의 검은 그림자가 어른거린다.

'그렇다. 이 미친 망노의 말이 틀리지 않다. 죽으면 썩어 없어지는 몸뚱이 아닌가. 살아서의 부귀영화가 무슨 소용이 있으며, 살아서의 공명이 무슨 소용이 있을 것인가. 썩어 없어질 몸뚱이를 아끼고 사랑하는 게 얼마나 어리석은가.'

절로 그런 생각을 하게 된다.

그러자 봉명도를 얻어보겠다고 이렇게 따라온 자기 자신이 너무나 어리석어 보였다.

봉명도를 얻어서 천하제일의 고수가 된들 무엇 한단 말인가 하는 회의가 든다.

사람이 백 년 천 년 사는 것도 아니고, 그렇게 산다고 해도 죽어버린 다음에는 결국 구더기의 밥이 될 것이 아닌가.

'나는 여태까지 헛살았구나. 헛된 것을 쫓아서 정신없이 달려오기만 했지 내 자신을 돌아볼 시간을 갖지 못했구나.'

차라리 조용한 곳에 깊이 은거하여 마음을 거울처럼 깨끗하게 닦고, 온갖 명리에서 떠나 청정한 삶을 누리다 죽는 게 훨씬 가치있었을 것이라는 자각이 뒤늦게 생겼다.

지독한 허무가 밀려들어 두려움마저 눌러 버린다.

그래서 칼판 위에 눕혀지지만 양사명의 마음에는 더 이상 두려움이 없었다.

죽은 다음에야 들짐승의 한 끼 식사거리가 되면 어떻고 구더기가 파먹으면 어떨 것인가.

육체는 이미 소멸되었으나 고귀한 영혼은 남아 유유히 허공을 떠돌지 않겠는가.

다만 억울한 건 제 마음을 갈고닦을 새도 없이 이렇게 죽는다는 것이었다.

'하지만 지금 이렇게 죽는다면 영혼마저도 혼탁함을 씻을 새가 없어서 무겁게 가라앉아버릴 것이다. 아, 나는 너무 늦게 이러한 것을 깨달았구나. 원통하다.'

양사명은 자기 자신의 어리석은 삶을 뼈저리게 후회했다.

망노가 제 목을 겨누고 허공에 번쩍 칼을 들어 올리는 걸 빤히 바라보면서 후회의 눈물을 줄줄 흘린다.

이제는 삶에 대한 집착에서가 아니라 제 인생이 허망해서였다.

하지만 깨달음은 언제나 늦게 마련이다. 그래서 늘 가슴을 치며 후회하는 게 어리석은 인간의 삶 아니던가.

양사명도 그와 같아서 질끈 눈을 감아버렸다.

그의 귀에 망노의 마지막 말이 들려왔다.

"극락왕생할 거다. 썩어 없어질 네 몸뚱이로 여러 사람의 주린 배를 채워주게 될 테니까 말이야. 몸뚱이를 보시하는 거라고 생각해라. 그러면 죽어서도 마음이 흐뭇할 거야. 좋은 일 하는 거잖아. 제 몸뚱이를 내던져서 다른 사람에게 베푸는 것보다 거룩한 일은 없는 거야. 그러니 너는 반드시 극락왕생할 거다."

양사명의 귀에 망노의 음성은 더 이상 야차의 그것이 아니었다.

하늘의 계시인 것처럼 거룩하고 장엄하게 들린다.

'그렇다. 내 몸뚱이가 썩어 없어지기 전에 만두소가 되어서 배고픈 자의 배를 불려준다면 구더기에게 파먹히는 것보다 나을 것이다. 죽어서라도 좋은 일을 하는 것이니 차라리 잘된 건지도 모르지.'

그런 생각마저 든다.

그래서 양사명은 앞서의 전사릉이나 이어곤과 달리 담담하게 죽음을 맞이할 준비를 했다.

그때였다.

벌떡.

죽은 듯 처박혀서 눈만 멀뚱거리고 있던 장팔봉이 갑자기 몸을 튕겨 일어서는 것 아닌가.

"멈춰!"

벼락같은 호통과 함께 그대로 몸을 던져 망노의 등짝에 부닛쳐 가는데, 그 재빠름이 비호와 같았다.

"엇!"

그 의외의 일에 망노는 물론 숙파파도 크게 놀라서 당황했다.

쿵!

장팔봉의 어깨가 그대로 망노의 등줄기에 부딪쳤다.

"어이쿠!"

등 뒤에 대해서는 아무 신경도 쓰지 않고 있다가 갑자기 충격을 받은 망노가 장팔봉의 억센 힘을 감당하지 못하고 외마디 비명과 함께 칼판 너머로 날려갔다.

주방 기둥에 얼굴을 호되게 찧고 쿠당탕 하며 나뒹군다.

충격이 의외로 컸던지 망노는 그대로 기절해 버렸고, 사태를 파악한 숙파파가 악을 쓰며 장팔봉에게 달려들었다.

"이 괘씸한 놈이 감히 내 영감을 치는구나!"

쪼글쪼글한 두 주먹을 그러쥐고 달려들며 휘둘러대는데, 휙휙 하는 매서운 바람 소리가 났다.

결코 골골거리는 노파의 주먹질이라고는 믿을 수가 없다.

장팔봉이 본능적으로 무영혈마 양괴철의 절세신법 환영마보를 펼쳐 몸을 어지럽게 움직이며 주위를 두리번거렸다.

달려드는 숙파파의 기세가 앙칼지고, 휘두르는 주먹의 솜씨가 신묘했다.

하지만 그녀는 십어 초식을 와르르 쏟아내고서도 장팔봉의 털끝 하나 건드리지 못했다.

비좁은 주방 안에서 회오리바람처럼 이리저리 움직이는 두 사람의 재빠른 그림자가 마치 귀신들이 쫓고 쫓기는 것 같았다.

유등 불빛을 받아 크게 일렁이는 그림자 때문에 더욱 어지럽고 괴기하다.

숙파파가 악을 썼다.

"이놈! 어떻게 된 거지? 어째서 네놈은 그렇게 빨리 기력을 회복할 수 있었단 말이냐?"

그녀는 장팔봉이 결코 이미 죽은 두 놈이나 죽을 두 놈보다 내공이 뛰어난 절세고수라고는 믿을 수 없었다.

하지만 그들은 아직도 산송장이나 다름없는데, 이 어린놈은 이렇게 빨리 기력을 회복했으니 궁금하다.

장팔봉에게는 원래 내공이라는 게 없는 거나 마찬가지 아닌가. 그러니 그녀가 쓴 산공독이 제대로 작용할 수가 없었다.

그것이 전문적으로 중독자의 내공을 흩뜨려 놓는 독이기 때문이다.

때문에 장팔봉은 다만 잠에 취해 있었을 뿐이다. 그래서 세상모르고 곯아떨어졌었다.

그 수면제의 기운이 사라졌을 때 잠시 몸을 움직이지 못했던 건 마비산 때문이었다.

하긴, 보통 사람이라면 그 마비산의 약효가 아직도 지속되고 있어야 한다. 그래서 다른 놈들과 마찬가지로 산송장처럼 되어 늘어져 있어야 옳았다.

그러나 장팔봉의 체질은 일반인과 달리 혈기가 역행하는 역오행체질 아닌가.

패천마련의 지하 뇌옥 안에서 다섯 늙은 괴물 사부들이 이

름 붙여준 대로 여토광한절맥(如土狂恨絶脈)이라는 기괴한 절
맥중을 가지고 있는 것이다.

보통 사람을 반나절 동안 마비시킬 수 있는 마비산이었지
만 장팔봉에게는 그저 잠시 몸을 편히 쉬게 해주는 기특한 약
정도밖에는 되지 않았다.

그걸 이해하지 못하기는 장팔봉 본인은 물론 숙파파나 양
사명, 서문한 모두 마찬가지였다.

칼판 위에 누워 있는 양사명이나 아직 대롱대롱 매달려 있
는 서문한은 그 믿지 못할 광경에 제가 지금 꿈을 꾸고 있는
게 아닌가 하고 생각했다.

숙파파 또한 그랬다.

아직까지 한 번도 실수해 본 적이 없는데, 이와 같이 믿지
못할 상황이 벌어졌다는 걸 이해할 수 없다.

게다가 자신의 나찰권 앞에서 장팔봉이 무려 스무 초식이
넘도록 저렇게 멀쩡하게 버티고 있다는 건 더더욱 믿을 수 없
었다.

그녀가 어리둥절해할 때, 비로소 목이 잘려 내팽개쳐져 있
는 전사릉과 이어곤을 발견한 장팔봉이 그 끔찍한 모습에
'억!' 하고 비명을 질렀다.

그제야 제 옷이 잘려 떨어졌고, 맨가슴이 드러났다는 걸 의
식한다.

저 또한 저 두 사람처럼 하나의 고깃덩이로 변할 뻔했다는

생각에 온몸에 소름이 돋았다.

"이 악독한 할망구 같으니!"

노여움에 치를 떤 장팔봉이 그대로 숙파파의 주먹에 부딪쳐 갔다.

쉬앙—

그의 주먹이 허공을 가른다.

절세적인 신공이자 마공의 하나인 독안효 공자청의 염왕진무 중 권법 초식이 펼쳐진 것이다.

춤을 추듯 흐느적이는 몸짓 속에 현묘한 기운이 어려 노파의 눈을 가리고 정신을 몽롱해지게 했다.

비록 내공이 담겨 있지 않은 주먹이지만 그것에 실려 있는 젊은 힘은 노파를 압도할 만했다.

게다가 세상을 벌벌 떨게 했던 공자청의 절세신공이 아닌가.

숙파파는 '앗!' 하고 놀랄 새도 없이 장팔봉의 그 현묘한 권법 앞에 실려 버리고 말았다.

퍼버벅—

그녀의 주먹과 거기에 실려 있는 권경을 가볍게 뚫고 들어간 장팔봉의 주먹이 연신 숙파파의 흐물거리는 몸뚱이를 두드려 댔다.

턱을 용서없이 쳐 돌리고, 옆구리와 가슴을 가리지 않고 두드려 대는데, 번갯불이 번쩍이는 것 같은 맹렬한 속도이고 격한 힘이 넘쳐 나는 주먹질이었다.

퍼버벅—

석 대를 연이어 때려 넣더니 주춤거리며 물러서는 노파를 쫓아 들어가며 다시 석 대를 인정사정없이 먹인다.

"끄으으—"

숙파파가 앓는 것 같은 신음성을 흘렸다.

아무리 용을 쓰고, 자신의 신법 재간을 다 발휘해도 장팔봉을 뿌리칠 수 없었다.

그의 주먹에 십 년의 내공만 실려 있더라도 그녀는 벌써 내장이 가루가 되어 죽고 말았을 것이다.

그렇지 않은 게 숙파파에게는 다행이었지만 몸뚱이에 파고드는 고통만큼은 어쩔 수 없었다.

장팔봉의 주먹에 맞을 때마다 온몸이 부서지는 듯한 고통이 전해진다.

"이놈이 이제 보니 대단한 절기를 감추고 있는 음흉한 놈이었구나!"

악을 쓴 숙파파가 자신의 내공을 한껏 끌어올렸다.

고기의 육질이 떨어질 것을 염려해서 적당한 힘으로 제압만 하려고 했던 생각을 싹 버린다.

그녀가 호신지기를 끌어올려 장팔봉의 주먹이 쳐오는 가슴에 집중했다.

퍽!

이내 젖은 모래주머니를 몽둥이로 후려친 것 같은 요란한
소리가 났다.

"끄응—"

그리고 이번에는 숙파파가 아니라 장팔봉의 입에서 된 신
음성이 새 나왔다.

노파의 몸뚱이를 가격했는데, 조금 전의 느낌과는 사뭇 달
랐던 것이다.

그녀의 반탄지력을 감당하지 못하고 세게 내던져진 것처
럼 뒤로 나가떨어졌다.

와장창—

식기대가 부서지면서 그 위에 얹혀 있던 그릇들이 떨어져
박살이 난다.

장팔봉이 그것들을 헤치고 끙끙거리며 겨우 몸을 일으켰
다.

손목이 부러질 것처럼 아프고, 그것을 통해 밀려든 한 가닥
엄중한 기운 때문에 가슴이 답답해진다.

이를 악물고 기혈이 역류하는 고통을 참은 장팔봉이 낯을
찌푸렸다.

'빌어먹을! 역시 내공이 있어야 해!'

절박하게 마음속으로 외치지만 그것만은 지금 당장 어떻
게 할 수 있는 일이 아니다.

숙파파의 기세가 사뭇 달라졌다.

두 눈에서 흉광을 줄기줄기 흘려대며 이를 악물고 다시 달려드는데, 귀신이 달려드는 것 같다.

이제는 장팔봉의 사정이 곤란해졌다.

숙파파가 조금 전과는 달리 호신기공을 한껏 끌어올려 제 몸을 보호하면서 침착하게 주먹을 날리기 시작했기 때문이다.

한 주먹 한 주먹에 실려 있는 힘이 조금 전과는 판이하게 달라졌다.

그녀의 그 주먹은 내력을 잔뜩 품고 있는 것인지라 바위라고 해도 간단히 부술 만했다.

위협적인 바람 소리를 내며 눈앞을 스쳐 가는 주먹에서 그것을 느낀 장팔봉은 위축될 수밖에 없었다.

얼떨결에 장팔봉에게 기습을 당하고 기절했던 노인, 망노마저 된 신음을 흘리며 깨어나고 있지 않은가.

'큰일 났다.'

장팔봉은 위기를 느꼈다.

눈앞의 허깨비 같은 노파 하나 때려잡지 못하는데, 노인마저 정신을 차리고 가세한다면 그 즉시 전사릉이나 이어곤 같은 신세가 되고 말 것이다.

'이대로 달아나 버릴까?'

그런 유혹을 참기 힘들었다.

지금 저 문을 박차고 달아난다면 노파를 따돌릴 자신이 충분히 있었다.

자신의 환영마보를 노파는 절대로 잡지 못할 것이니 그렇다.

하지만 대롱대롱 매달려 있는 서문한을 보고, 칼판 위에 누워서 눈알만 뒤룩거리고 있는 양사명을 보고서는 차마 그럴수가 없었다.

"이놈, 죽어라!"

숙파파가 앙칼지게 소리치며 후려쳐 왔다.

무거운 권법을 가볍고 날카로운 장법으로 바꾸자 그녀의 움직임도 그에 따라 지극히 가볍고 쾌속해졌다.

장력에 실린 막중한 공력이 공기를 찢으며 먼저 부딪쳐 온다.

장팔봉은 가슴이 답답해졌다. 어느새 숙파파의 권역에 갇혀서 움직임이 둔해지고 있었던 것이다. 사로잡힌 것과 다를게 없다.

장팔봉이 이를 악물고 버텼다. 내력으로 상대할 수 없으니겨우 환영마보의 절묘함에 의지해서 위태롭게 피해 다닐 뿐이다.

그런 형편인데, 등 뒤에서 노인의 날 선 음성이 들려오지 않는가.

"그놈이 제법 재간을 부리는데, 나한테 맡겨. 저놈은 산 채로 가죽을 벗겨내고 말 테다."

망노가 빠드득 이를 갈았다.

장팔봉에게 기습을 당해 추한 꼴을 보이고 만 게 지극히 분한 것이다.

늙은이가 아직도 손에 쥐고 있는 커다란 절삭도를 휘두르며 달려들었다.

장팔봉의 등줄기에 식은땀이 솟는다.

이 좁아터진 주방 안에서 노파와 노인의 합공을 견뎌낼 수가 없다.

노파를 상대해서 여태까지 버틴 것만 해도 누구나 혀를 내두르며 놀랄 일이었지만 이제는 사정이 달라졌다.

썽—

절삭도가 아슬아슬하게 옆머리를 스치고 지나갔다. 머리카락이 잘려 허공에 흩어진다.

장팔봉은 이런 열악한 상황에서는 무영혈마 본인이라고 해도 오래 버티지 못할 것이 틀림없다고 생각했다.

어떻게 해서는 이 두 늙은 요물들을 데리고 바깥으로 나가야 하는데 그게 마음대로 되지 않으니 화가 나기도 한다.

망노의 절삭도는 그 생긴 것만으로도 충분히 위협적이었다.

그것이 살기를 번쩍이며 좌우로 마구 떨어지자 정신이 아뜩해지지 않을 수 없다.

천하의 어떤 보검, 보도라고 해도 그것을 당해낼 수 있을 것 같지 않았다.

장팔봉은 다섯 노괴물의 초절한 절기 덕분에 간신히 목숨을 부지하고 있었지만 그것마저도 점점 위태로워진다.

하지만 한 가지 그에게 보탬이 된 점은 있었다.

이렇게 급박한 상황에서 목숨을 걸고 절기들을 펼치기 시작하자 그 어느 때보다 초식 하나하나에 빨리 익숙해진다는 것이나.

다섯 노괴물 본인들이 와서 같은 초식을 펼친다고 해도 장팔봉보다 나을 것 같지 않았다.

능숙함이 갈수록 깊어져서 신기가 내린 것처럼 제 스스로 팔다리가 움직여 준다.

그러한 장팔봉의 믿을 수 없는 절기에 숙파파가 눈을 휘둥 그레 뜨고 멈추어 섰다.

멍하니 바라본다.

자신이 직접 장팔봉과 싸울 때는 미처 그의 절기를 살펴볼 여유가 없었는데, 이렇게 영감과 어울려 싸우는 걸 보자 절로 놀라게 된 것이다.

영감의 능력이 어느 정도인지는 세상 누구보다 그녀가 잘 알고 있었다.

비록 지금은 저렇게 늙어서 기력이 쇠해졌다고 해도 자신이 알고 있는 영감이라면 장팔봉 같은 어린놈쯤이야 한 칼에 머리통을 두 쪽 내버리고도 남았어야 한다.

그런데 벌써 십여 초식이나 주고받았으면서도 장팔봉은 여전히 멀쩡하게 살아 있으니 놀랍다 못해 어이가 없기도 하다.

"아니, 대체 저 어린놈의 정체가 뭐야?"

숙파파가 저도 모르게 소리치자 망노가 칼질을 뚝 멈추었다.

숙파파를 물끄러미 바라보더니 퉁명스럽게 한마디 한다.

"안 도와줄 거야? 그렇게 구경하고 있으니 재미있어?"

"영감, 도대체 이런 일이 있으리고 언제 상상이라도 해본 적 있수? 아니, 우리 두 늙은이가 저렇게 어린놈한테 이런 수모를 당해도 되는 거유?"

심각하게 생각하던 망노가 고개를 끄덕였다.

장팔봉은 한쪽 귀퉁이에 숨듯이 서서 숨을 헐떡이며 이리저리 눈치만 보고 있는 중이었다.

망노가 한숨을 섞어서 말했다.

"에구, 이래서 사람은 늙으면 죽어야 한다고 하는 모양이야. 저깟 어린놈에게 놀림이나 당하는 신세가 되었으니 참 한심하구먼. 안 그래, 할망구? 드디어 우리도 관 속에 드러누울 때가 된 거야. 어허, 인생이 참 허무하구나."

숙파파가 눈을 흘긴다.

"이놈의 영감탱이가? 또 정신 줄을 놓고 헛소리를 지껄이는구나. 정신 차리지 못해?"

핀잔을 주더니 장팔봉을 가리키며 악을 쓴다.

"내 말은 그게 아니잖아! 저놈의 재주가 너무 신기하단 말이야! 대체 어디에서 저렇게 기막힌 재주를 배웠을까?"

"응? 그러고 보니 그렇구나. 나는 내가 기력이 떨어져서 자꾸만 헛칼질을 하는 줄 알았지 뭐야. 할멈 말을 듣고 보니 그게 아니었어."

털듯이 머리를 흔들고 난 방노가 불끈 칼을 고쳐 쥐고 장팔봉을 노려보았다.

결의가 넘쳐 나는 눈길이다.

'이거 갈수록 태산이로구나. 이놈의 요괴 늙은이들이 기어이 나를 죽여서 다진 고깃덩이로 만들어 버릴 셈인 모양이니 이를 어쩐다?'

힐끔 바라보니 주방 천장의 들보에 대롱대롱 매달려 있는 서문한이 눈짓으로 문 쪽을 가리켰다.

'우리는 상관하지 말고 장 공자 혼자서라도 어서 달아나시오. 장 공자만 무사할 수 있다면 나는 여기서 죽어 만두소가 되어도 상관없소.'

그의 그런 생각이 눈짓을 통해 전해진다.

그래서 장팔봉은 더욱 달아날 수가 없었다.

칼판 위의 양사명 또한 간절한 눈으로 바라보고 있었다.

'그의 말을 듣게. 내 한 몸 기꺼이 희생하겠네. 자네만 무사히 살아서 이곳을 빠져나가면 돼. 더 늦기 전에 어서 우리

를 버리고 달아나게.'

그의 그런 마음도 고스란히 읽힌다.

그래서 장팔봉은 더더욱 그들을 내버리고 저 혼자서만 살자고 달아날 수가 없게 되었다.

第四章

내 목숨이 어디 내 목숨이냐?

鳳鳴刀
봉명도

내 목숨이 어디 내 목숨이냐?

'좋아, 내 목숨이 언제는 내 목숨이었냐? 까짓, 죽으면 죽는 거지. 의리를 지키지 못하고 죽으면 개새끼 소리를 듣겠지만, 의리를 지키고 죽는다면 누가 욕하지 않을 것이다. 만두소가 되어도 더 맛이 좋은 만두소가 되겠지.'

그렇게 생각하자 없던 용기도 생기고, 오기도 더욱 불끈 생긴다.

장팔봉이 이를 악물고 주먹을 움켜쥐었다.

"해봐, 재주가 있으면 그 칼로 나를 다진 고기로 만들어보라고. 하지만 그전에 두 늙은 마귀의 턱주가리부터 내가 가루로 만들어주고 말 테다."

"히히, 이놈이 제법 귀여운 말도 할 줄 아는구나. 아깝다, 아까워."

망노의 말에 숙파파가 샐쭉해져서 소리친다.

"뭐가 아깝단 말이야? 고기 상하지 않게 단번에 잡아버리기나 해."

"응, 알았어."

대답은 시원스럽게 하면서도 망노는 장팔봉을 빤히 보며 히죽히죽 웃을 뿐 좀체 칼질을 하려고 하지 않았다.

그러더니 칼 대신 말을 던진다.

"너는 하는 짓이 제법 귀엽고 말하는 것도 마음에 든다. 지금부터 나를 할아버지로 모시고 내 가게에서 잔심부름이라도 하면서 효도하겠다고 약속하면 살려줄게."

"뭐라고? 나에게, 이 장팔봉이에게 고작 점소이 노릇이나 하라는 거냐? 그것도 이 빌어먹을 흑점에서? 지나가는 개를 아버지라고는 불러도 너를 할아버지라고는 못 부르겠다."

"히히, 고놈 참, 말하는 싸가지가 정말 귀엽단 말이야. 마음에 들어."

'욕을 하면 할수록 좋아하니 도대체 이놈의 늙은이는 머리 구조가 어떻게 되어먹은 인간이냐? 뇌세포가 썩어버린 거 아니야?'

낄낄거리던 망노가 머리를 갸웃거렸다.

"이상하다?"

인상을 찌푸리더니 멍한 눈으로 장팔봉을 보고 천장을 바라보는 것이 무언가 생각나지 않는 걸 생각해 내려고 무진 애쓰는 모습이었다.

"이상하단 말이야? 이놈아, 방금 뭐라고 말했느냐?"

"절대로 너 같은 마귀 늙은이를 모시지 않겠단 말이다!"

"아니, 그것 말고 네 이름."

"장팔봉님이시다!"

"장팔봉, 장팔봉, 장팔봉이라······."

망노의 얼굴이 더욱 멍해진다.

그러더니 알 수 없다는 듯 숙파파를 돌아보고 말했다.

"할멈, 이놈의 이름이 어디선가 들어본 것 같지 않아? 나만 그런가?"

망노와 장팔봉 사이의 수작이 영 마뜩치 않은 숙파파가 기어이 빽 고함을 지르고 나섰다.

"영감, 날 샐 거야? 장팔봉이든 뭐든 이름 따위가 무슨 상관이야? 빨리 안 잡을 거면 저리 비켜! 내가 잡고 말 테니까!"

망노의 손에서 칼을 낚아채더니 이를 한 번 뿌드득 갈고 그대로 달려든다.

장팔봉과 노파 사이에 다시 한차례 쫓고 쫓기는 숨 막히는 숨바꼭질이 벌어졌다.

멍해져 있던 망노는 그새 제정신으로 돌아온 듯 한쪽 구석으로 물러서서 박수를 치며 좋아하고 있었다.

재미난 구경거리가 생겨서 신이 난다는 듯하다.

"이크, 위험했구나."

"아이고, 아쉽다, 아쉬워. 할멈이 눈만 조금 더 크게 떴더라도 저놈의 팔 하나를 잘라낼 수 있었을 텐데 말이야."

"그렇지. 그럴 때는 그렇게 옆으로만 돌 게 아니라 다가섰다가 물러서는 게 요령인 게야. 저놈이 어디서 배웠는지는 몰라도 신법 하나는 제대로 배웠군 그래."

"할멈, 좀 더 힘을 내보라고. 칼질을 조금만 더 빨리 해봐."

"아이고, 저런, 저런. 이 멍청한 놈아, 피하려고만 하지 말고 너도 힘껏 때려봐. 공격이 최상의 방어라는 이치도 모르느냐?"

"히히, 잘한다. 우리 할망구의 솜씨가 어떠냐, 이놈아. 죽을 뻔했지?"

장팔봉 편을 들었다가 숙파파 편을 들었다가 혼자서 신이 나 있다.

그럴수록 숙파파는 더욱 약이 올라 앙칼지게 변해갔고, 장팔봉은 어이가 없어서 화가 났다.

뭐 이런 빌어먹을 늙은이들이 다 있나 싶으면서도 이것들이 정말 인간이 아닐지도 모른다는 생각이 든다.

그렇지 않고서야 이렇게 끔찍한 짓을 저질러 놓고서 저렇게 시시덕거릴 수가 없다.

장팔봉의 눈에 점차 절박한 빛이 서리기 시작했다. 아무래도 이렇게 피하기만 해서는 더 버틸 수 없었기 때문이다.

공격을 해야 한다는 생각은 머릿속에 가득한데 제 손에는 아무것도 없고, 또 이 노파의 내공을 당해낼 수 없을 테니 큰일이다.

그가 분하여 소리쳤다.

"빌어먹을! 이 장팔봉이가 오늘 여기서 기어이 만두소가 되고 말 팔자인가 보다! 서 형, 그리고 양 형, 그대들을 구해주지 못해도 나를 원망하지 마오!"

그 소리를 들은 숙파파가 갑자기 '어?' 하더니 공격을 멈추었다.

"영감, 방금 이놈이 지껄이는 소리를 들었지?"

"뭐라고 했는데?"

"이놈 이름 말이야."

"응, 장팔봉이라고 하더군."

"분명히 그랬지?"

이번에는 숙파파가 머리를 갸웃거렸다. 역시 무언가 생각해 내려고 애쓰는 모습이다.

망노가 그런 숙파파를 놀렸다.

"히히, 아까 내가 뭐랬어? 그때는 이름이고 뭐고 무슨 상관이냐더니 이제는 할망구가 상관하는구나."

망노의 비웃는 말에 숙파파가 다시 흉성이 발작해서 소리쳤다.

"흥, 장팔봉이고 뭐고 내가 알게 뭐냐? 내 눈에는 그냥 싱싱한 만두소 재료로만 보일 뿐이다!"

장팔봉을 무섭게 노려보면서 빽 소리친다.

"이리 오지 못해?"

'이것들이 미친 늙은이들이었군. 정신 줄을 놓았어도 벌써 놓은 게야.'

장팔봉은 기가 막혔다.

이렇게 정신이 오락가락하는 늙은이들에게 잡혀서 이런 신세가 된 제가 한심하고, 그 칼에 덧없이 뒈져 버린 전사릉과 이어곤이 참 병신 같은 놈들이라는 생각이 든다.

눈앞의 미친 두 노인이 도살부부라고 불리는 끔찍한 대마두라는 걸 조금도 알지 못하니 그런 것이다.

그런 사실을 알았다면 이렇게 잘 버티고 있는 제 자신에 대해서 더욱 놀라야 하리라.

그래서 칼판 위의 양사명과 들보에 매달려 있는 서문한은 또 다른 의미에서 넋이 나가 있었다.

바로 장팔봉의 그와 같은 신묘한 무공 때문이다.

'나는 군주에게서도 저와 같은 신묘함을 보지 못했다.'

서문한이 그렇게 비교 대상으로 생각하는 건 당연히 제가 군주로 모시고 있는 당가경이었다.

그가 신비의 문파로 존재하는 구천수라신교의 장로이고,

장로 급의 무공이라는 게 어떤 건지 잘 아는 그로서는 장팔봉의 저와 같은 조예가 경이롭게 보이지 않을 수 없었다.

그 초식의 정묘함과 신통함이 당가경보다 한참이나 위라고 인정하고도 남았던 것이다.

양사명 또한 그랬다.

'나는 정말 헛살았다. 검 한 자루를 들고 강호에 나와 조그만 명성을 얻었다고 우쭐댔으니 이 얼마나 어리석은 일이었단 말인가. 나는 진정 우물 안 개구리였구나.'

장팔봉이 도살부부를 상대로 해서 이 좁고 복잡한 주방 안에서 저토록 버티고 있으니 놀람을 넘어서 경이롭게까지 여겨진다.

'나였다면 어땠을까?'

스스로에게 그런 질문을 해보지 않을 수 없다.

그리고 스스로 어렵지 않게 답을 낼 수 있었다.

'전력을 다해서 대항한다면 십 초식은 버틸 수 있을 것이다. 그 이상은 절대로 아니다.'

최고라고 우쭐댔던 자신의 검법, 형산광검(衡山光劍) 이십사식에 대한 자괴감 때문에 허탈해지기도 한다.

도살부부의 무공은 이미 죽은 전사릉이나 이어곤, 그리고 자신과 서문한이 동시에 상대해도 승리를 장담할 수 없는 그런 것이었다.

고수의 반열에 올라 있는 양사명이나 서문한은 그런 걸 알아보고 계산하고 측량할 수 있었다.

그러나 장팔봉에게는 그저 정신 나간 늙은 두 마귀에 대한 증오가 있을 뿐이었다.

어떻게 해서든 저 가증스런 늙은이들을 하나씩 잡아서 죽여 버릴 생각을 할 뿐, 그들에 대한 두려움이 없다.

'넓은 데서 싸우고, 내 손에 칼 한 자루만 있다면 문제없어.'

그런 자신감이 드는 건 지금까지 두 노인을 상대로 해서 사십여 초 이상 버텨온 경험에서 나온 것이었다.

장팔봉이라는 이름 때문에 잠시 혼란스러워하던 망노와 숙파파가 다시 본래의 모습으로 돌아왔다.

짜증을 낸다.

"제기랄, 저까짓 놈 하나 만두소로 만들지 못한다면 이제 누가 우리를 도살부부라고 불러주겠어?"

망노의 말에 숙파파가 맞장구쳤다.

"어떤 개아들 놈도 더 이상 우리 부부를 무서워하지 않을 거야. 놀림거리가 되겠지."

"맞아. 그러니 저놈을 냉큼 잡아서 살과 뼈를 발라내야지. 좋아, 내가 한다. 할멈은 양념 준비나 해둬. 잡자마자 그 즉시 반 토막은 소금에 절여놓고 반 토막은 양념과 버무리자."

"좋아, 좋아. 영감이 이제야 정신을 차렸구먼. 오늘 아침은 저놈으로 만두를 만들어서 배 터지게 먹여줄게."

"흐흐흐!"

망노가 음흉한 웃음을 흘리며 군침을 삼킨다.

칼을 쥐고 천천히 장팔봉에게 다가가는데, 조금의 빈틈도 없었다.

달아날 곳이 없는 장팔봉으로서는 이가 갈리도록 지겨우면서도 한편으로는 겁이 나는 일이기도 했다.

두리번거리던 그가 손에 잡히는 대로 아무거나 집어 들었다.

식기대를 받치고 있던 굵직한 나무토막이다.

어린아이 팔뚝만 한 소나무 가지를 잘라서 껍질도 벗기지 않고 그냥 받침목으로 쓴 것이다.

바짝 말라서 단단해진 그것을 손에 쥐자 빈손이었을 때보다는 한결 마음이 든든해진다.

"와봐, 이 망할 영감탱이야! 내가 네 그 바삭거리는 골통을 쪼개서 맷돌에 넣고 갈아버릴 테다!"

험악하고 끔찍한 욕설을 퍼붓는 건 우선 노인의 기세를 죽여놓자는 속셈에서였다.

하지만 장팔봉이 깜빡 잊은 게 있었다.

노인이 욕을 먹을수록 좋아하는 이해할 수 없는 성격의 소유자라는 것이다.

"좋아, 좋아. 아주 듣기 좋은 말을 할 줄 아는 기특한 놈이구나. 조금만 더 강도 높게 해봐라. 그러면 칭찬을 해주지."

"뭐라고?"

화를 내기는커녕 가려운 곳을 긁어주었다는 듯 흐뭇해하는 망노를 보면서 장팔봉은 제가 실수했다는 걸 깨달았다.

그 즉시 말을 바꾼다.

"노인장의 풍채가 어째서 그렇게 아름다운가 했더니 다 이유가 있었구려. 그토록 훌륭한 무공을 지니고 있는데다가 내공 또한 쉬지 않고 평생을 갈고닦아 이미 신선의 반열에 들었다고 해도 과언이 아니니 풍채가 절로 좋아질 수밖에 없는 거야. 존경스럽소이다. 이 넓은 천하를 다 뒤져 보아도 노인장 같은 호걸은 찾아볼 수 없을 것이오. 감탄했소. 정말 감탄했어."

입에서 침을 튕겨가며 온갖 찬사를 늘어놓자 과연 망노가 우뚝 멈추어 섰다.

장팔봉의 말을 듣는 동안 점점 얼굴이 일그러지더니, 그의 말이 끝났을 때쯤에는 삶아놓은 우거지처럼 되어버렸다.

"이, 이, 이런 찢어죽일 놈이 감히 나를 희롱해?"

턱을 부들부들 떠는 것이 분노가 하늘을 찌를 듯한 모양이다.

"기특한 놈이라 고통없이 죽여주려고 했는데 소용없다! 그 누구보다 잔인하고 끔찍하게 죽여 버리고 말 테다!"

버럭 소리친 망노가 그대로 몸을 날려 부딪쳐 왔다.

흥분하면 누구나 평정심을 잃게 되고, 그러면 틈이 보이는 법이다.

그래서 고수일수록 절대로 적 앞에서 흥분하지 않는다.

화가 날수록 더욱 냉정하고 표독해지는 것이다.

그러나 망노는 장팔봉의 칭찬과 찬사와 감탄의 말에 미칠 것처럼 화가 났다.

원래의 성정이 그렇게 급하고 포악했던 건지, 앞뒤 가릴 새 없이 마구 쳐들어온다.

'왼쪽이 비는구나!'

장팔봉은 내심 회심의 미소를 지었다.

절삭도를 무식하게 휘두르며 쳐들어오는 망노의 왼쪽 옆구리 방비가 허술해 보였던 것이다.

장팔봉이 즉시 몽둥이를 휘두르며 마주쳐 나갔다.

막 그들의 몽둥이와 칼이 부딪치려는데 밖에서 난데없는 호통 소리가 들려왔다.

"대체 여기서 무슨 짓들을 하고 있는 거야!"

웅―

허공이 고함 소리에 실려 있는 막중한 신기 때문에 요동을 친다.

기파의 너울이 폭풍처럼 사방을 휩쓸어간다.

장팔봉으로서는 일찍이 경험해 본 적이 없는 엄청난 기운이었다.

"우욱!"

그가 혈관이 터지는 듯한 고통에 신음을 흘리며 비틀거리고 물러서다가 기어이 털썩 주저앉아 버리고 말았다.

망노와 숙파파도 크게 놀란 듯 낯빛이 변했다.

몸을 웅크리고 재빨리 대적의 태세를 취하는데, 장팔봉을 상대할 때와는 또 다른 모습이었다.

아무래도 그를 상대하면서는 반쯤은 방심하고 있었던 모양이다.

곧 죽일 듯이 욕을 하고 살기를 뿜어냈지만 저를 다 드러낸 건 아니었던 것이다.

하지만 이처럼 사자후(獅子吼)나 다름없는 절세음공을 펼치는 자의 등장에는 크게 놀라 그 태도부터가 달라졌다.

두 노인, 도살부부의 눈에서 여태까지는 볼 수 없었던 새파란 기운이 줄기줄기 뻗어 나왔다.

어둠 속에서 불을 켠 맹수의 눈빛과 같다.

"누구냐?"

망노 주수겸이 침중한 음성으로 물었다.

비록 낮고 무거운 음성이었지만 그 안에 깃들어 있는 내공은 초절하기 짝이 없는 것이어서, 조금 전에 들려온 음성을 눌러 버린다.

웅웅거리며 퍼져 나가는 그것의 음파에 장팔봉은 숨이 막혀 죽을 것만 같았다.

'이 늙은 마귀들이 정말 대단하구나. 끔찍해.'

절로 그런 생각이 들면서 이제 살기는 다 틀렸다는 절망감
도 엄습했다.

강호에 아무리 고수가 강변의 모래알처럼 많다고 해도 음
성에 이처럼 막중한 내공을 실어서 주위를 압도할 만한 고수
는 흔치 않다.

그런 두 노인을 눈앞에서 상대했고, 또 한 시림, 정체 모를
고수가 찾아온 것 같으니 이 자리에서 살아 나가기는 틀렸다
고 생각할 수밖에 없다.

다만 한 가지 실낱같은 희망은 사자후를 쏟아낸 정체 모를
자가 이 두 늙은 마귀와 한바탕 요란하게 싸움을 해주는 것이
다.

그러면 반드시 달아날 틈이 생길 것이라고 기대한다.

쿵!

커다란 바윗돌이 떨어진 것 같은 육중하고 웅장한 울림이
생겼다.

흑점이 곧 무너질 듯 요란하게 흔들린다.

천장에서 우수수 먼지가 떨어지고, 기둥이 삐걱거렸다.

쿵!

쿵!

점점 다가오는 육중한 울림과 진동.

그건 한 사람이 멀리서 다가오고 있는 발소리였다.

"천마보!"

망노가 놀라서 외친다.

천마보(天魔步).

한 걸음에 산을 무너뜨리고 강을 뒤집는다는 마보였다.

극강한 내력을 내딛는 발에 실어 흘려보내면 그 진동이 대지를 두드리고 바위를 쪼갤 만하다.

망노 주수겸과 숙파파 조약빙은 더욱 긴장하여 서로를 한번 바라보더니 재빨리 좌우로 벌려 섰다.

이제 그들의 눈에는 장팔봉이나 양사명, 서문한 따위는 보이지도 않는 듯하다.

망노는 어느새 장팔봉을 위협하던 절삭도를 버리고 쇠꼬챙이같이 생긴 기이한 병장기를 손에 쥐고 있었다.

숙파파 또한 시렁 아래에 손을 넣더니 제 키만 한 용두괴장을 꺼내 든다.

거무튀튀한 빛이 번들거리는 그것은 황동을 빚어 만든 것이었다.

처음에는 푸른 금색을 띠고 찬란하게 번쩍거렸을 텐데, 오랜 세월 동안 노파의 손때가 묻고, 그것에 머리통이 깨져 죽은 자들의 피와 뇌수가 범벅이 되어 찌들어서 지금은 마치 불에 그슬린 작대기처럼 거무튀튀하고 음산한 빛을 띠게 된 것이다.

두 노인이 각기 자신을 대표하는 병장기를 쥐고 기다리는데 주방 밖에서 음산하고 카랑카랑한 음성이 다시 들려왔다.

이번에는 사자후처럼 터뜨린 게 아니라 은근하게 속삭이는 듯하다.

"두 늙은 괴물이 어디에서 무얼 하고 자빠졌나 했더니 이런 데서 어린것들과 노는 재미에 푹 빠져 있었구나."

'어?'

도살부부보다 장팔봉이 먼저 놀랐다.

그 음성이 어딘가 귀에 익었기 때문이다.

'누구지?'

하지만 아무리 머리를 쥐어짜 봐도 대체 누구의 음성이었는지 기억나지 않는다.

그러나 도살부부는 즉각 그 음성의 주인을 생각해 냈다.

망노와 숙파파가 동시에 악을 쓰듯 소리쳤다.

"제기랄 놈! 감히 나를 놀리다니? 네놈도 만두소가 되고 싶은 모양이로구나!"

"어머나, 오라버니! 아직 뒈지지 않고 살아 있었네?"

'어라?'

장팔봉이 눈을 휘둥그레 떴다.

'이제 보니 한패였구나. 제기랄, 하늘이 무너져도 솟아날 구멍이 있다는 말은 죄다 헛소리였어. 엎친 데 덮친다는 말이 참말이다.'

새로 온 자가 두 늙은 마귀와 싸워주기를 바랐는데, 반응을 보니 서로 잘 아는 사이인 것 같지 않은가.

두 늙은 마귀만 해도 감당할 수 없는데 새로 온 자까지 더해진다면 절망에 절망이 겹치는 꼴이다.

장팔봉이 울고 싶어졌을 때 주방 안으로 한 사람이 성큼 들어섰다.

그리고 그를 본 장팔봉이 입을 딱 벌렸다.

"다, 다, 당신은……."

잊을 수 없는 얼굴이다.

한시도 잊어본 적이 없다.

그와의 첫 만남이 워낙 인상 깊었기 때문이고, 그에게서 받았던 느낌이 강렬했기 때문이다.

패천마련의 다섯 하늘이라는 오천주(五天主) 중 한 명.

마환천주(魔幻天主)인 무심적괴(無心赤怪) 도적성(都赤星)이었다.

아무리 눈을 비비고 다시 봐도 그 노인이 틀림없다.

장팔봉이 무림맹 풍운당 산하 풍운조의 조장으로 최일선에서 패천마련의 마환천에 속한 마졸들과 싸울 때 마주친 적이 있는 인물이기도 하다.

그는 장팔봉의 활약에 감탄해서 한 번 그를 만나볼 생각으로 몸소 우성현의 객잔에 찾아온 적이 있지 않았던가.

그곳에서 장팔봉은 그가 마환천주라는 것도 모른 채 지금 생각해 보면 재롱이라고밖에 할 수 없는 객기를 부려 보인 적이 있었다.

그런 장팔봉을 보며 살기와 호기심, 그리고 호감을 동시에 느낀 마환천주는 장팔봉을 죽이지 않고 아무 일 없이 떠난 적이 있다.

나중에야 그의 정체를 짐작하고 장팔봉은 얼마나 식은땀을 흘렸던가.

그 마환천주 도적성이 이런 상황에서 이런 곳에 물쑥 나타났다는 게 믿어지지 않는다.

더구나 두 늙은 마귀와 잘 아는 사이라는 것이 더 끔찍하다.

그를 확인한 순간 한 가닥 희망마저도 물거품처럼 꺼져 버렸다.

'살기는 이제 영영 틀렸구나. 이곳에서 꼼짝없이 만두소가 되는 수밖에 없어.'

그런 생각으로 질끈 눈을 감아버리는데 마환천주 도적성의 카랑카랑한 음성이 들려왔다.

"너희 두 늙은 물건은 자나 깨나 그저 인육 만두 반들 생각밖에는 없는 모양이니 참 한심한 일이다."

"히히, 도가야, 그게 우리 두 늙은이의 유일한 낙인 걸 어쩌라고? 그런 취미 생활마저 없었다면 벌써 죽었을 게다. 뭐, 살아갈 재미가 있어야지."

"차라리 그냥 죽는 게 나을 거다."

"엥? 어째서?"

"네놈이 여전히 이 짓을 하고 있으니 그렇지 않은 우리 같은 사람들까지 상종 못할 마귀라고 욕을 먹는 것 아니냐?"

"히히, 개소리 작작 해라. 어차피 너도 상종 못할 마귀새끼야. 안 그러냐?"

"쩝, 저놈의 썩은 주둥아리라니, 쯧쯧."

도적성이 쓴 입맛을 다시며 잔뜩 낯을 찌푸렸다. 그러나 망노의 말에 반박하지는 못한다.

그가 망노를 외면하고 숙파파에게 말했다.

"애야, 너도 그동안 많이 늙었구나. 저놈이 어지간히 속을 썩인 모양이지?"

망노에게 말할 때와는 달리 다정한 정감이 뚝뚝 떨어진다.

그 말에 숙파파가 옷소매로 눈물을 찍어냈다.

"에그에그, 도 오라버니, 말을 마우. 저놈의 영감탱이가 젊어서부터 내 속을 그렇게 썩이더니 이제는 노망기까지 있어서 더하는구랴. 온 김에 저 망할 영감탱이의 모가지를 아예 비틀어주었으면 좋겠어."

한탄을 늘어놓더니 다시 푸념을 한다.

"내가 눈이 삐었지. 그때 왜 도 오라버니를 차버리고 저놈의 쓸데없는 영감탱이를 쫓아갔던 건지 몰라. 그때 일만 생각하면 지금도 내 눈깔을 빼버리고 싶어진다니까. 에그에그, 그러기에 여자는 그저 몸을 조신하게 해야 하는 건데 말이야. 아무 데서나 벌렁벌렁 드러누웠다가는 나처럼 평생 이런 후회를 하게 되는 거 아니겠수?"

"끄응—"

"끄응—"

숙파파의 듣기 거북한 푸념에 도적성은 물론 망노마저 된 숨을 내쉬고 외면한다.

한숨을 쉰 도적성이 책망하듯 숙파파에게 말했다.

"내가 보기에는 네 상태도 만만치 않다. 정신 줄 놓기는 매 한가지야."

"어머나? 그게 무슨 섭섭한 말이우? 내 정신 줄이 어때서? 저 망할 영감탱이처럼 나도 노망이 들었다는 거유?"

"끄응—"

다시 탄식한 도적성이 저쪽 구석에서 아예 체념한 얼굴로 퍼져 앉아 있는 장팔봉을 가리켰다.

"저놈이 누구냐?"

"누구긴, 곧 만두소가 될 놈이지."

"저놈의 이름이나 아는 거냐?"

"꼭 알아야 될 필요가 있수? 알건 모르건 상관없이 만두소로 만들 놈인데."

"끄응—"

도적성의 인상이 보기 안쓰럽게 일그러진다.

이때라는 듯 망노가 나섰다.

저의 정신이 멀쩡하다는 걸 증명해 보이겠다는 결의에 차

있다.

"우허허허— 할멈, 그렇게 정신이 없어서야 어디 산 사람이라고 할 수 있겠어? 커흠. 조금 전에 저놈이 제 주둥이로 제 이름을 말해줬잖아. 그걸 벌써 잊었단 말이야? 나는 똑똑히 기억하고 있다네. 커흠."

"이놈의 망할 영감탱이가? 저놈의 이름이 뭐든 그게 무슨 상관이야? 앙?"

"히히, 저놈의 이름은 장팔봉이야, 장팔봉. 커흠. 나는 한 번 들은 건 절대 안 잊어버려."

"그래, 장팔봉이다! 그래서 어쨌다고? 장팔봉은 만두소가 되지 말라는 법이라도 있는 거냐? 냉큼 다진 고기로 만들지 않고 뭐 하고 있어?"

"그런 법이야 당연히 없지. 그냥 나는 할멈이 잊어버린 걸 기억하고 있다 이 말씀이야. 그러니까 내 말은 내 정신이 할멈보다……."

숙파파가 잡아먹을 듯이 째려본다.

찔끔한 망노가 쇠막대를 접어 품에 넣고 다시 절삭도를 주워 들었다.

"알았어. 하면 될 거 아냐."

어이없다는 얼굴로 바라보고 있는 도적성에게 히죽 웃어 보였다.

"자네, 잠시만 기다리고 있게. 내 금방 저놈을 잡아서 다져

놓을 테니까. 그러면 그걸로 할멈이 만두를 만들어줄 거야.
누구든 그 맛을 한 번 보면 환장을 한다네. 히히."

"기다려 봐!"

도적성이 무서운 얼굴이 되어 소리쳤다.

"왜?"

"정말 자네들 두 늙은이는 어쩔 수기 없고. 그렇게 정신이
없으니 차라리 일찌감치 관 속에 들어가 눕는 게 낫겠어."

"아니, 왜?"

'내 정신은 멀쩡하잖아?' 하는 얼굴로 망노가 빤히 도적성
을 바라본다.

도적성이 매우 화가 난 얼굴로 버럭 소리쳤다.

"이 미친 것들아! 얼마나 지났다고 그새 련주님의 명령을
까맣게 잊어버렸단 말이냐?"

도적성의 그 한마디에 몽둥이로 갑자기 머리통을 얻어맞
은 것처럼 망노와 숙파파가 멍한 얼굴이 되었다.

점점 늙고 쪼글쪼글한 얼굴이 흙빛으로 변해간다.

그러더니 급기야 덜덜 떨기 시작했다.

두 늙은이가 천천히 고개를 돌려 서로 마주 본다.

"영감……."

"할멈……."

여전히 사색이 된 채 애처롭게 서로를 불렀다.

망노가 한숨을 푹 쉬더니 기어들어 가는 음성으로 말했다.

"우리가 정말 정신 줄을 놓았나 보다. 그새 까맣게 잊고 있었다니……."

패천마련의 련주이자 절대마종으로 군림하고 있는 거령신마(巨靈神魔) 무극전(武極全).

그의 지엄한 명령을 받고 있는 몸이라는 걸 뒤늦게 생각해낸 것이다.

후다닥—

망노와 숙파파가 약속이라도 한 듯 동시에 몸을 날려 장팔봉에게 달려들었다.

"그만두라니까!"

그들이 또 무슨 짓을 할지 몰라 도적성 또한 버럭 소리치며 몸을 날린다.

하지만 도살부부는 더 이상 장팔봉을 죽여 만두소로 만들려는 생각을 하고 있지 않았다.

"에그, 이 녀석아, 한 데서 웃통까지 벌거벗고 뭐 하는 짓이냐? 감기라도 걸리면 어쩌려고. 쯧쯧."

"다 큰 녀석이 아이처럼 이렇게 지저분한 데에 주지앉아 있으면 어떻게 해? 어여 일어나라."

장팔봉의 좌우에 달라붙어 부축해 일으킨다.

자신들이 조금 전까지 어떻게 했는지 그새 까맣게 잊었다는 천연덕스런 얼굴이었다.

"젊어서 몸을 아끼지 않으면 나중에 늙어서 나처럼 고생하는 거야."

"어여 안으로 들어가자."

"……."

장팔봉은 어리벙벙했다.

대체 뭐가 어떻게 돌아가는 건지 알 수가 없다.

망노가 얼른 제 옷을 벗어 장팔봉의 맨살에 설쳐 주었고, 그에 질세라 숙파파는 엉덩이를 툭툭 털어준다.

마치 늙은 조부모가 개구쟁이 손자 녀석을 돌보는 것 같은 모습이었다.

걱정했던 도적성이 그런 광경을 보고 흐뭇하다는 듯 만족한 미소를 지었다.

"저 사람들은……."

망노와 숙파파에게 좌우 팔뚝을 붙잡힌 장팔봉이 눈짓으로 들보에 매달려 있는 서문한과 아직도 칼판 위에 누워 있는 양사명을 가리켰다.

망노가 히히 웃는다.

"아직 살아 있으니 운이 좋은 놈들이지. 걱정할 것 없느니라. 두어 시진만 있으면 저절로 마취에서 깨어날 테니까."

第五章
골치 아픈 보호자들

鳳鳴刀
봉명도

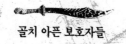

골치 아픈 보호자들

"이 녀석, 먼저 뒈진 두 놈 일은 미안하게 됐다. 그게 다 그 놈들이 타고난 팔자인 걸 어쩌겠어? 그나저나 배고프지 않으냐?"

망노가 붉은 혀를 내밀어 입술을 핥으며 그렇게 말했다.

숙파파가 엉덩이를 들썩거린다.

즉시 달려가 인육 만두를 만들어 올 생각인 모양이다.

장팔봉이 헛구역질을 했다. 생각만 해도 비위가 상하는 것이다.

전사릉이나 이어곤의 고기를 다져서 넣은 만두라니……

숙파파가 일어나려는 걸 본 장팔봉이 그녀의 치맛자락을

움커쥐고 매달렸다.

애원하듯 간절히 바라본다.

"됐거든요? 배 안 고프니까 그냥 앉아 있어요. 제발."

"오호라, 네 친구들로 만두를 만들어줄까 봐 그러는구나?"

"그놈들은 친구가 아니랍니다. 오히려 저를 감시하는 귀찮은 존재들이지요."

"그럼 잘됐네."

"그래도 안면을 튼 놈들인데 할머니 같으면 먹을 수 있겠어요?"

"나는 상관없어."

"제발 그만두시라니까."

"그럼 그럴까?"

숙파파가 마지못한 듯 다시 주저앉았는데, 아쉽다는 얼굴로 입맛을 다신다.

장팔봉은 어서 빨리 이곳을 떠나고 싶기만 했다.

선사릉이나 이어곤이 죽은 건 안됐지만 저하고 상관없는 일이니 미련을 둘 필요가 없다.

그놈들을 위해서 복수해 주고 싶은 마음도 조금도 없다.

다만 양사명이나 서문한은 살려서 데려가고 싶었다.

서문한이야 말할 것도 없고, 양사명이 저에게 호의를 보였다는 걸 잊지 않았던 것이다.

"이제 그만 가도 될까요?"

장팔봉의 말에 망노와 숙파파가 도적성의 눈치를 보았다.

묵묵히 앉아서 무엇을 생각하던 도적성이 껄껄 웃었다.

"전에 내가 너에게 석 잔의 술을 빚진 게 있지 않으냐? 언제든 갚겠다고 했던 말을 기억하겠지?"

"됐으니까 그냥 잊읍시다."

"나는 빚지고는 못 사는 사람이다. 은혜는 원한이든 마찬가지야. 석 잔의 술을 빚졌으니 술로 갚아야 마음이 홀가분해지지."

"아, 마신 걸로 치면 되잖아요?"

"내가 보는 앞에서 통쾌하게 마셔야지."

숙파파에게 말한다.

"술 있지? 안줏거리랑 좀 내오너라."

"안주는 만두밖에 없는데?"

"할 수 없지. 그거라도 집어먹을 수밖에."

"우웩!"

장팔봉이 다시 헛구역질을 한다.

그러거나 말거나 이제는 아무도 그에게 신경 쓰지 않았다.

기어이 숙파파가 한 단지의 술과 김이 무럭무럭 나는 주먹만 한 만두 한 접시를 가지고 왔다.

"우웩!"

만두를 보기만 해도 끔찍한 생각이 떠올라 견딜 수가 없다.

장팔봉이 연신 구역질을 해댔지만 지난밤부터 이 새벽까

지 먹은 게 없는지라 나오는 것도 없다.

"자, 내 잔을 받아라."

도적성이 커다란 대접에 철철 넘치도록 술을 따라주었다.

향기로운 주향이 코에 스며든다. 정신이 다 맑아지는 그런 주향이었다.

술이라도 한 대접 들이켜면 비위가 진정될 것 같은 생각이 든다.

장팔봉이 사양하지 않고 술대접을 받아 꿀꺽꿀꺽 숨도 쉬지 않고 단숨에 들이켜 버렸다.

뱃속이 짜르르해지면서 온몸에 화끈한 열기가 솟는다. 콧김에 단 술 냄새가 훅훅 뿜어져 나온다.

무엇으로 담근 술인지 향기롭고 독하기 짝이 없었던 것이다.

술이라면 어디에 가서도 지지 않는다고 자신하는 장팔봉인데, 한 잔에 벌써 정신이 어릿어릿해지려고 하지 않는가.

"흐흐, 그렇게 마시다가는 석 잔째는 염라대왕과 대작해야 할 게다."

"예?"

"이 술은 아주 독하고 향기롭지. 너처럼 그렇게 무식하게 마시는 자는 없어. 조금씩 나누어서 마셔야 제 맛을 느낄 수 있거니와 몸도 상하지 않게 되느니라."

도적성이 보라는 듯이 제 잔을 들어 한 모금 홀짝거리더니 지그시 눈을 감고 그 맛을 음미한다.

"캬, 정말 죽이는 맛이다."

무릎마저 치며 감탄하더니 입맛을 쩝쩝 다신다.

한 모금 마시는 것도 아까운 듯이 자꾸만 제 술 대접을 들여다본다.

장팔봉에게는 그럴 생각이 없었다.

어떻게 해서든 도적성이 따라주는 석 잔의 술을 홀짝 마셔 버리고 이곳을 떠날 생각만 가득한 것이다.

"어서, 어서!"

그가 빈 대접을 내밀며 재촉했다.

망노가 깡마른 손을 뻗어 장팔봉의 손목을 움켜쥔다.

그 차갑고 딱딱한 느낌이 마치 송장이 손을 뻗어 움켜쥔 것 같아서 섬뜩하다.

장팔봉이 부르르 진저리를 쳤다.

망노가 히죽 웃으며 최대한 친절하게 말했다.

"아가, 그렇게 서두르면 안 돼. 즐기자고 마시는 게 술인데, 마시다가 뒈질 일 있니? 천천히, 안주도 먹어가면서 그렇게 마셔야 무탈하니라."

"안주……."

무심코 쟁반 위의 큼직하고 먹음직스럽게 생긴 만두를 보았던 장팔봉이 다시 부르르 진저리를 쳤다.

도적성이 선뜻 젓가락을 내밀어 그 만두 한 개를 집더니 망설임없이 입에 넣고 씹는다.

"음, 과연 기막힌 맛이로군. 어디에서도 이와 같은 만두는 맛볼 수 없을 거야. 망노 네가 정신 줄은 놓았지만 아직 술 빚는 솜씨를 잊지 않았고, 숙매 너 또한 정신 줄 놓은 것과는 상관없이 만두 빚는 솜씨를 아직 잊지 않고 있으니 정말 다행이다."

으적으적 만두를 씹어 먹으며 연신 감탄을 하는 도적성 때문에 장팔봉은 더욱 죽을 맛이었다.

도대체 모두가 사람으로 보이지를 않는다.

사실은 내가 살아 있는 게 아니라 조금 전에 저 망노의 칼질에 죽어서 다진 고기가 되어버렸는데, 혼백은 남아 멀쩡한 모습으로 지옥에 떨어져 있는 게 아닌가 하는 착각마저 든다.

그래서 지금 지옥의 나찰, 악귀들을 이렇게 바라보고 있는 것인지도 모른다.

그렇다면 저 만두 속에 들어 있는 게 혹시 내 살점일지도 모른나.

그렇게 생각하자 이제는 머리가 터져 버릴 것 같았다. 미쳐 버리기 일보 직전이다.

"술, 술! 어서 나에게 술을 주시오!"

장팔봉이 빈 대접을 내밀며 마구 소리쳤다.

"흘흘, 그 녀석, 그래도 술 맛은 알아서……."

도적성이 흡족하다는 듯 웃으며 장팔봉의 대접에 다시 철철 넘치도록 술을 따라주었다.

장팔봉은 더 생각할 여력이 없었다.

이 한 잔을 마시고 정말 죽어버린다고 해도 지금은 도저히 마시지 않을 수가 없었다.

맨정신으로 어떻게 저 세 늙은 마귀들을 마주 보고 앉아 있을 수 있을 것인가.

"꿀꺽꿀꺽—"

마신다기보다 들이붓는다고 해야 할 것이다.

그렇게 두 대접의 술을 마시고 나자 가슴이 터져 버릴 것 같았다.

머리가 어질어질하고 눈앞의 모든 것이 빙글빙글 돈다.

눈앞의 세 노인이 여섯이 되었다가 둘이 되었다가 하더니 늘어나고 줄어드는 게 제멋대로 되어버린다.

"자, 자, 이것도 먹어봐. 안 그러면 큰일 난다."

"쯧쯧, 어린것이 빈속에 저렇게 화골주를 마셔대다니. 당최 술 무서운 줄을 모르는 놈이군."

"흘흘, 그래서 젊음이 좋다는 것 아닌가. 한번 마시면 죽도록 마시는 거야. 우리야 이제는 아무리 술이 좋아도 건강부터 생각하게 되는데 젊은것들이야 그저 술이 좋아 마실 뿐이니 얼마나 부러워?"

세 노인이 그렇게 주거니 받거니 하는 소리가 아득히 먼 곳에서 들려온다.

숙파파가 젓가락으로 만두 한 개를 집어 한사코 장팔봉의
입에 대주고 있었다.

"먹어봐. 괜찮다니까. 속을 채우지 않으면 정말 술기운이
올라 뒈질지도 몰라. 그래도 괜찮단 말이냐?"

"나, 난 죽으면 죽었지 인육 만두는 안 먹어. 딸꾹!"

"히히, 이놈이 오해를 하고 있구나."

망노가 귀엽다는 듯 장팔봉의 머리를 쓰다듬었다.

숙파파도 호물호물 웃는다.

"이 녀석아, 이건 인육 만두가 아니야. 어제까지 한 놈도
잡지 못했거든. 그러니 인육이 있어야 말이지. 그래서 할 수
없이 돼지 한 마리를 잡아서 만든 거다."

"딸꾹, 그 말을 딸꾹, 어떻게 믿어? 딸꾹."

"히히, 저 도적성이도 인육 만두는 안 먹는 놈이다. 그런
놈이 맛있다고 처먹는 걸 보면 몰라?"

"저, 정말이오? 딸국."

도석싱이 다시 한 개의 만두를 집어 우물거리며 고개를 끄
덕였다.

"만약 이 두 늙은 것들이 나에게 장난질을 쳤다면 내가 벌
써 그들을 때려 죽였지. 그나저나 이건 정말 맛있는걸. 돼지
냄새가 하나도 안 나."

게슴츠레해진 장팔봉의 눈에 아직까지도 김이 무럭무럭
나고 있는 만두가 정말 먹음직스러워 보인다.

"이, 인육이 딸꾹, 아니란 말이지? 딸꾹."

"오늘에야 두 놈을 잡았으니 한 달 만두소거리는 확보한 셈이지. 내일부터 다시 인육 만두를 만들 셈이다. 하지만 네가 정 먹고 싶다면 조금만 기다려라. 주방에 가서 얼른 고기를 몇 점 썰어서 만들어 줄 테니까."

숙파파가 엉덩이를 들썩거리다.

징신이 오락가락하는 중에도 장팔봉이 얼른 그녀의 어깨를 눌러 주저앉혔다.

"제기랄, 속에서 불이 나 못 견디겠구나. 쓰리고 아파. 이러다가 정말 죽어버릴지도 모르겠는걸. 대체 무엇으로 만든 술이기에 이처럼 독하단 말이냐."

비몽사몽간에 중얼거리면서 장팔봉은 정말 제가 죽을지도 모른다고 생각했다.

술에 취해서 죽는다면 저승길 찾아가기도 힘들 것 아닌가.

그가 입을 딱 벌리고 숙파파가 내밀고 있는 만두를 한입 덥석 베어 물었다.

입 안에서 사르르 녹아버린다.

도대체 어떤 재료로 어떻게 조리를 해서 만든 것인지 그 달콤새콤한 맛이 황홀하다.

씹고 말고 할 것도 없이 몇 번 우물거리자 저절로 녹아서 목구멍 아래로 흘러들어 가버리는데, 술이 취해서 그런 건지는 몰라도 그와 같은 맛은 진정 태어나서 처음이었다.

그래서 장팔봉은 제가 지금 무엇을 먹는 건지도 모르고 숙파파가 내미는 만두 한 개를 꿀꺽 해버렸다.

비로소 속이 조금은 진정되는 것 같다.

그러자 허기가 더욱 밀려들었고, 만두의 그 천상에서나 맛봄 직한 맛이 더욱 당긴다.

손이 저절로 만두 접시로 향하고, 큼직한 놈 한 개를 덥석 집어 든다.

그리고 입은 저절로 벌어져 그놈을 씹어대기 시작했다. 제 의지와는 상관없이 몸이라는 놈이 만두의 그 맛과 향을 갈망해서 그렇게 되는 것이다.

정신없이 세 개의 만두를 먹어치우고 나자 비로소 뱃속을 태우던 불길이 가라앉았다. 그러자 다시 술이 당긴다.

"하, 한 잔 더. 딸꾹!"

호기있게 빈 대접을 내미는 장팔봉을 물끄러미 바라보던 도적성이 흘흘, 하고 웃었다.

철철 넘치도록 술을 따라주면서 넌지시 말한다.

"너는 나 때문에 이렇게 살아 있으니 내 신세를 졌다고 할 수 있지. 그렇지 않으냐?"

장팔봉이 고개만 끄덕끄덕한다. 눈은 잔에 채워지고 있는 향기로운 술에 고정된 채였다.

"그렇다면 나를 위해서 한 가지 약속을 해줄 수 있겠지?"

"열 가지라도 하겠소."

"한 가지면 족하다. 이후로 어디에서도, 누구에게도 이곳에서의 일은 물론 나에 대해서도 함구하겠다고 약속해라."

"별로 어려운 것도 아니군. 약속하겠소. 저 마귀 늙은이 부부는 물론 당신에 대해서도 굳게 입을 다물지."

도적성의 얼굴에 흡족한 웃음이 번진다.

"이놈이 과연 화통한 데가 있는 놈이라니까. 도대체 미워할 수가 없단 말이야. 흘흘."

*　　　*　　　*

"공자, 공자, 정신이 드십니까?"

"끄응—"

"어서 거기 꿀물을 가져오게."

재빨리 꿀물 대접을 들고 오는 사람은 양사명이었다.

근엄하고 오만해 보이던 얼굴은 이제 간곳이 없다.

순박하고 부드러워 보이는 것이 강호의 명성 높은 검법 고수가 아니라 시골의 후덕한 촌장쯤 되어 보인다.

그에게서 꿀물 대접을 받아 든 서문한이 장팔봉을 일으켜 앉히고 입을 벌린 다음에 억지로 마시게 했다.

"꿀꺽꿀꺽—"

반은 흘리면서 한 대접의 꿀물을 마시고 나자 장팔봉이 비로소 눈을 떴다.

여전히 게슴츠레하고 초점이 뚜렷하지 않은 눈이지만 그 래도 살아 있다는 증거 아닌가.

서문한이 안도의 한숨을 쉬었다.

"여기가 어디요? 내가 지금 죽었소?"

"장 공자, 안심하십시오. 우리 모두 귀신이 아닙니다."

"응?"

장팔봉이 믿을 수 없다는 듯 서문한을 찬찬히 살펴보더니 벌떡 일어나 앉았다.

두리번거리는 건 그들 두 노인을 찾는 것이다.

양사명이 빙긋 웃었다.

"우리뿐이니 안심해도 된다네."

"그들은?"

"아직 거기 있는지 없는지는 모르겠네."

그러고 보니 지금 제가 있는 곳은 그 흑점이 아니었다.

은은한 향냄새가 나고, 적요한 중에 독경 소리도 들리는 것 이 절산인 깃 같다.

절간에 딸린 객방이었던 것이다.

비로소 장팔봉이 안도의 숨을 내쉬었다.

그러자 어제의 일이 하나하나 떠올랐다.

전사룡과 이어곤의 주검을 보았던 기억에 이르러서는 부르르 진저리를 쳤다.

"지금 때가 어떻게 되었소?"

"해가 중천에 떠 있네."

"그렇다면 우리는 아직 정변성을 떠나지 못한 것이오?"

"오늘 아침에 자네를 업고 무사히 성에서 빠져나왔지. 이 곳은 정변성에서 오십여 리 떨어진 곳일세."

"휴우—"

또 한 번 안도의 한숨을 내쉰 장팔봉의 얼굴이 심각해졌다.

정변성에서 나왔으니 군웅들과 다시 만나게 될 것이니 그 렇다.

"아, 그들이 그렇게 비참하게 죽었으니 이걸 어떻게 설명 한단 말인가."

전사룡이나 이어곤에 대해서는 좋지 못한 감정을 가지고 있던 장팔봉이다.

그들이 이보삼장에 속한 자들이기 때문이다.

하지만 저를 감시하러 왔다가 그들만 죽었으니 이보삼장 의 무리는 의심할지도 모르지 않는가.

장팔봉의 말에 양사명이 웃으며 그의 어깨를 다독여 주었 다.

"걱정 말게. 내가 증인이 되어줄 테니까. 그들의 죽음과 자 네와는 조금의 상관도 없지. 아니, 자네 덕에 우리까지 죽지 않고 이렇게 살아 있으니 오히려 자네의 신세를 크게 진 셈이 라네."

서문한이 크게 고개를 끄덕였다.

"장 공자님께 두 번씩이나 구명지은을 입었으니 이 몸은 이제 장 공자님의 것이라고 생각하셔도 됩니다."

"천만에, 천만에."

장팔봉이 손을 내저었다.

"내가 무슨 재주로 당신들을 살렸겠어? 그게 다 당신들의 운이 아직 죽을 때가 되지 않았기 때문이지."

"천만에, 천만에."

이번에는 양사명이 손을 내저으며 말했다.

"도살부부가 우리를 풀어주면서 분명히 말했다네. 자네의 얼굴을 봐서 한 번 살려주는 것이니 다시는 저희들의 손에 걸리지 말라고 말이야. 그러니 자네 때문에 살아난 게 맞네."

"응? 그럼 그들이 정말 나와 당신들을 곱게 보냈단 말이오?"

불안하게 두리번거리던 장팔봉이 다시 물었다.

"미환천주 도적성은? 그 음흉한 늙은이도 거기 있었는데?"

양사냉이 말한다.

"그는 떠났네. 아직 군웅들에게 저를 드리낼 때가 아니라고 하더군. 우리에게 자네를 잘 보살피라는 말을 했지."

말을 멈추고 잠시 무거운 얼굴이 되어 침묵하던 양사명이 탄식했다.

"휴— 하지만 우리가 무슨 재주로 자네를 보살필 것인가. 우리의 무공이라는 것은 자네의 발끝에도 미치지 못할 것이고, 우리의 인망이라는 것도 그와 같은데 말이네. 자네의 짐이나 되지 않으면 다행이겠지."

"그게 무슨 말이오?"

"자네가 도살부부를 맞아 장하게 싸우던 모습을 똑똑히 보지 않았나. 우리에게는 죽었다가 깨어나도 그런 배짱도 없고 실력도 없어."

동의를 구하는 듯 서문한을 돌아본다.

서문한이 웃으며 고개를 끄덕였다.

"장 공자님의 무위는 정말 황홀한 것이었습니다. 대체 어디에서 그처럼 절묘하고 신통방통한 초식을 배웠는지 모르지만 현재의 무림에 있어서 장 공자와 초식을 겨룰 사람은 없다고 해도 과언이 아닐 것입니다."

"제기랄. 그러면 뭐 해? 나는 그것을 제대로 펼칠 수 없는데 말이야. 내공이 없으니 한낱 기녀가 춤을 추는 것과 다를게 없지."

"내공은 하루아침에 이루어지는 게 아니니 서두를 것 없습니다. 반드시 장 공자님께 좋은 일이 있을 것입니다. 마음이 넓고 정이 많은 분이니 하늘에서 복을 주지 않을 리가 없지요."

"기연이라도 얻게 될 거라는 얘기요?"

"누가 알겠습니까?"

서문한이 더 말하지 않고 빙긋 웃기만 했다.

그는 아는 것이다.

장팔봉이 봉명도를 얻어야 하는 이유를.

"어쨌든 그 두 늙은 마귀의 소굴에서 벗어났다니 마음이 놓이는군. 그럼 이제 다시 우리 길을 갑시다."

장팔봉이 서둘러 일어섰다.

머리가 아직 조금 어지럽기는 하지만 이제 술기운은 사라지고 없었다.

오히려 몸이 가뿐한 것이 날아갈 것 같다.

'이건 또 무슨 조화냐?'

팔을 휘휘 저어본 장팔봉이 고개를 갸웃거렸다.

그 흑점에 붙잡혔을 때보다 오히려 기운이 더해진 것 같으니 이상하다.

이제 장성을 벗어났으니 기련산까지는 가로막는 무엇도 없을 것이다.

길이 험하고 고단하겠지만 사람들에게 시달리는 것보다는 그쪽이 더 참아줄 만하다.

그렇게 생각한 장팔봉이 급히 떠나자 양사명과 서문한도 급히 뒤를 따랐다.

황량한 벌판에 몇 그루 소나무를 의지해서 세워진 밋밋한 절이었다.

절이라기보다는 암자라고 해야 할 정도로 작고 낡은 곳이다.

어쨌거나 산문을 나서자 눈에 보이는 풍경이 확 달라져 있었다.

저 멀리 아득한 산봉우리가 길게 이어져 있는 게 보이고, 황량한 벌판이 끝없이 펼쳐져 있었던 것이다.

장성 저쪽과 이쪽의 풍광이 이렇게 다르다는 데에 어리둥절해진다.

잡풀에 뒤넢인 완만한 구릉들이 마치 거북이 떼가 끝없이 모여든 것처럼 이어져 있고, 그 사이사이로 몇 갈래의 누런 길이 구불구불 나 있다.

장팔봉은 그 황량하고 낯선 풍경 앞에서 우두커니 서 있었다.

어디로 가야 할지를 알지 못해 근심하는 나그네 같다.

한참 뒤에야 그가 한숨을 쉬고 물었다.

"군웅들은 어디에 있소?"

서문한도 한숨을 쉬고 말한다.

"어디에 있겠습니까? 장 공자가 있는 곳이 바로 그들이 있는 곳입니다."

"그렇군."

장팔봉이 쓸쓸한 미소를 지었다.

그들도 뿔뿔이 흩어져서 성을 나왔을 것이다.

삼삼오오 무리를 이루고 어딘가에 웅크리고 있으면서 장팔봉이 드디어 성에서 나왔다는 소식이 들리기만 기다리고 있을 것이다.

그 소식을 들은 즉시 달려올 것이니 과연 제가 있는 곳이 군웅들이 있는 곳이라고 생각하지 않을 수 없다.

철저한 인질의 몸이 된 것이다.

그 생각에 장팔봉은 지겨운 한편, 어서 빨리 이 행로가 끝났으면 좋겠다는 소망을 가졌다.

봉명도가 누구의 차지가 되든 이제는 상관없다는 생각까지 든다.

예로부터 보물은 인연 있는 자의 것이라고 하지 않았던가.

어찌 되었든 빨리 그 속박에서 벗어나 자유로운 몸으로 돌아가고 싶기만 하다.

"갑시다."

터벅터벅 걸어 그 낯선 풍경 속으로 들어가는 장팔봉의 뒷모습이 유난히 쓸쓸해 보였다.

그렇게 두어 개의 초록빛 구릉을 돌아갔을 때, 장팔봉은 물론 서문한과 앙사명이 크게 놀라 걸음을 멈추었다.

"으악!"

약속이라도 한 듯이 세 사람의 입에서 동시에 비명이 터져나왔다.

십여 장 앞쪽, 한 그루 소나무 그늘 아래 태연하게 앉아 있는 두 사람을 보았기 때문이다.

도살부부.

망노라고 부르는 도살괴망 주수겸과 숙파파라고 부르는 도살괴숙 조약빙이다.

조는 듯 앉아 있었다.

먼 길을 나선 노부부가 지친 다리를 잠시 쉬어가면서 늙어서 기력이 없고, 죽을 날이 가까워진 제 신세를 한탄하고 있는 것 같기도 했다.

그들을 알지 못하는 사람이 보았다면 측은지심이 우러나 한마디 위로의 말이라도 건넸음 직하다.

하지만 장팔봉은 물론 서문한과 양사명은 그들이 어떤 인간인지 너무도 잘 알게 된 탓에 놀람과 두려움으로 뻣뻣이 굳어질 수밖에 없었다.

장팔봉 일행을 본 망노가 히죽 웃었다.

일어나 엉덩이를 툭툭 턴다.

"이제 오나? 늙은이들이 아주 눈 빠져서 죽을 뻔했잖아."

숙파파도 한껏 눈을 흘기고 일어난다.

"게으른 놈 같으니. 그래 가지고 밥이라도 제대로 얻어먹을 수 있겠느냐? 젊은것이 그렇게 게을러서는 못써."

"으악!"

장팔봉이 한마디 비병을 지르고 냅다 돌아서서 달아나기 시작했다.

서문한과 양사명도 새파랗게 질린 얼굴로 미친 듯이 장팔봉을 따라 달아난다.

하지만 겨우 한 개의 초록빛 언덕을 돌았을 때 다시 우뚝 서버리고 말았다.

"쯧쯧, 소걸음도 아니고, 그렇게 느려터져서야 언제 기련 산까지 가누?"

망노와 숙파파가 어느새 앞질러 와 기다리고 있었던 것이다.

"제기랄, 저 마귀 같은 두 늙은이의 손에서 벗어날 수가 없겠구나."

장팔봉은 체념했다.

그럴 수밖에 없는 일이다.

비록 몸에 무영혈마 양괴철의 절세 경공 신법을 지니고 있으나, 내력이 없으니 힘껏 펼칠 수가 없고, 오래 펼칠 수가 없지 않은가.

당장은 감쪽같이 따돌리고 달아날 수 있겠지만 반 시진을 넘기지 못하고 다시 잡히고 말 것이다.

'괜히 힘만 뺄 필요 없지.'

그런 체념이 들자 마음의 두려움도 서서히 가라앉는다.

장팔봉이 뱃심을 든든히 하고 물었다.

"대체 왜 이러는 거요? 나하고 생전에 불구대천의 원한이라도 맺은 게 있소?"

"흘흘, 그런 거 없다."

"그럼 뭐요?"

"그냥 너를 따라가려고."

"뭐라고?"

"왜 놀라느냐? 누구든지 너를 따라갈 수 있다면서?"

"아니, 그럼 두 노인도 봉명도를 얻겠다는 것이오? 그 나이에? 참으로 주책이로군."

"히히, 봉명도 따위에는 관심이 없어."

"그럼 대체 왜 날 따라오겠다는 거요?"

"명령을 받았거든. 그새 깜빡 잊고 있었지만 부끄러운 건 아니지. 우리 나이쯤 되면 누구나 잠시 깜빡할 때가 있는 거니까 말이다."

"명령?"

장팔봉의 머릿속에 즉시 그림이 그려졌다.

그러고 보니 오늘 새벽, 술에 취해 의식을 잃기 직전에 들었던 말이 떠오른다.

까맣게 잊고 있었는데, 망노의 천연덕스런 말을 듣자 기억이 되살아난 것이다.

"명심해. 봉명도를 찾을 때까지 이놈은 절대로 죽어서는 안 되는 몸이라는 걸. 만약 이놈이 덜컥 죽어버린다면 그 즉시 너희 두 늙은 주책바가지의 목은 땅에 떨어지고, 쓸모없게 된 몸뚱이를 들개들이 뜯어 먹게 될 것이다."

마환천주 도적성의 말이었다.

"알았어, 알았어. 이제 잔소리 좀 그만 해라. 다시 생각이

났으니까 이제는 절대로 잊어버리지 않을 거야."

"도 오라버니는 말을 너무 흉악하게 해. 내가 그 꼴이 되면 좋겠수?"

"그러니까 잔소리를 하는 거야. 그런 꼴을 당하지 말라고 말이다. 련주님의 분노를 사기 전에 정신 바짝 차리고 이놈을 잘 지켜."

"아, 알았다니까. 에그, 이놈의 잔소리는 도대체 지겨워서 못 듣겠어. 벌써 몇 년이야? 햇수로 오십 년이 넘나보다. 잔소리하는 너도 지겹지 않으냐?"

망노의 그 투덜거림이 기억의 마지막이었다.

장팔봉은 비로소 확연히 상황을 깨달았다.

우둔한 한 명으로 안심하지 못한 거령신마 무극전은 장성 밖에 도살부부를 대기시켜 놓고 있었던 것이다.

그리고 마환천주 도적성을 시켜서 암중에서 수시로 저를 감시하게 한 게 틀림없다.

그동안 도적성은 한 번도 모습을 드러낸 적이 없었는데, 오늘 새벽에 그처럼 갑자기 뛰어든 건 상황이 어지간히 급박했기 때문일 것이다.

마환천주 도적성이 나왔다면 마환천의 고수들 또한 그를 따라왔을 게 분명하다.

어쩌면 군웅 속에 섞여서 시치미를 뚝 떼고 있을지도 모른다.

도적성 또한 변장을 한 채 그들 속에 섞여서 내내 동행해오고 있었던 건 아닌가 하는 의심마저 들었다.

그것뿐만이 아닐 것이다.

정변성에 이처럼 도살부부를 심어놓고 있었던 것처럼 기련산으로 향하는 요소요소마다 어쩌면 패천마련의 마두들이 신분을 감춘 채 잠복하고 있을지도 모른다.

그걸 생각하자 아무것도 알지 못하고 있는 군웅들이 불쌍해지기도 했다.

사마귀가 매미를 잡을 생각에만 빠져 머리 위에서 저를 노리고 있는 참새의 존재는 까맣게 잊고 있는 꼴이 아닌가.

그 모든 일을 뒤에서 조종하고 주관하는 거령신마라는 존재에 대한 두려움이 새삼 커진다.

'도대체 그의 눈과 귀가 어찌 이리 정확하단 말인가?'

장팔봉의 몸에 소름이 돋았다.

제가 어떤 경로를 통해서 어떻게 이동할지까지 거령신마는 이미 훤히 짐작하고 있었다는 얘기이기 때문이다.

하긴, 누구든 정상적인 생각을 하는 자라면 내륙을 관통해서 기련산으로 가려고 하지 않을 것이다.

가는 곳마다 탐심으로 눈을 번쩍이는 자들이 도사리고 있을 테니 얼마나 위험한 길이 될 것인가.

하지만 일단 장성을 벗어나 드넓은 초원길을 터벅터벅 걸어간다면 그런 위험에서 벗어날 수 있을뿐더러 훨씬 빠르게 기련산에 이를 수 있다.

거령신마는 장팔봉이 반드시 그렇게 행보할 것이라고 짐작했던 것이다.

그가 섬서를 통과하고 있으니 장성을 넘어 초원으로 나가자면 반드시 정변성을 지나지 않을 수 없을 것이다.

그런 추측을 하고, 그 밑그림을 바탕으로 해서 이러한 안배를 깔아놓은 거령신마의 주도면밀함에 절로 감탄하게 된다.

"나는 당신들 두 늙은 마귀가 싫어! 끔찍해!"

장팔봉이 악을 쓰지만 도살부부는 실실 웃기만 할 뿐, 물러설 기색이 아니었다.

포기할 수밖에 없다.

도살부부가 그런 장팔봉의 눈치를 채고 히죽 웃었다.

그러더니 즉시 안면을 바꾸어 냉정하고 싸늘한 얼굴이 되어 서문한과 양사명을 노려본다.

그들 두 사람이 사색이 되어서 절절맸다. 고양이 앞에 놓인 쥐 같다.

망노가 헛기침을 하고 말했다.

"우리 부부가 누구지?"

망설이며 서로 눈치를 보던 서문한이 양사명의 옆구리를 찔렀다.

마지못해서 양사명이 기어들어 가는 음성으로 대답한다.

"도살…… 부부이지요."

"틀렸어."

"예?"

"우리는 그냥 오래 강호를 떠나 있던 은거기인이다."

"예?"

망노의 천연덕스런 그 말에는 서문한과 양사명뿐만 아니라 장팔봉조차 어이가 없었다.

그러거나 말거나 망노는 제 말을 한다.

"오래 강호를 떠나 있었더니 심심해진 거야. 그래서 봉명도를 찾아가는 이 행렬을 구경하러 어슬렁거리며 다시 나온 거다."

"아!"

비로소 그 의중을 눈치챈 양사명과 서문한이 탄성을 발했다.

"그러니까, 두 분의 정체를 발설하지 마라 이 말씀이군요?"

"흘흘, 그렇지. 양사명이라고 했지? 네놈의 눈치가 제법 쓸 만하구나."

망노는 흡족해하지만 숙파파는 그렇지 않았다.

더욱 매섭게 눈을 치켜뜨고 한마디 한다.

"만약 우리 부부의 정체에 대해서 입이라도 뻥끗하는 날에는 너희 두 놈을 그 즉시 만두소로 만들어 버릴 테다. 그래서 그 만두를 너희 두 놈의 처자식들에게 먹이고 말 거야."

"으헉!"

숙파파의 그 끔찍한 말에 두 사람의 얼굴이 다시 사색이 된
다.

第六章

모사재인(謀事在人)

鳳鳴刀
봉명도

모사재인(謀事在人)

"헉, 사고(師姑)!"

장팔봉의 외침이 감격과 기쁨과 놀람으로 찢어지는 듯하다.

믿을 수 없게도 그의 눈앞에 염라화(閻羅花) 백무향(白無香)이 있었던 것이다.

그녀는 우문한의 호위를 받고 진소소의 공경을 받으며 마차 안에 좌정하고 있었다.

뭇 군웅들이 멀리서 그 전설적인 마녀의 강림을 지켜보며 수군거린다.

그녀가 어떻게 이곳까지 찾아왔고, 그동안 어디에서 무엇을 했는지는 아무도 알지 못했다.

장팔봉도 마찬가지였다.

대체 어젯밤부터 이 저물녘 사이에 무슨 일이 이렇게 갑작스럽고 어리둥절하게 벌어지고 있는 건지 머리가 다 어지럽다.

다만 오랫동안 보지 못했던 백무향을 만나게 되자 반가운 마음이 왈칵 밀려들었을 뿐이다.

진소소의 화려한 마차의 휘장을 활짝 열어젖히고 우아하게 앉아 있던 백무향이 손을 까닥거렸다.

장팔봉이 급히 다가갔다.

지마 종자허가 걱정스럽다는 듯 바라보았고, 무표정한 얼굴로 서 있던 우문한이 자리를 비켜주었다.

"올라와라."

그녀의 말에 대답할 새도 없이 장팔봉은 냉큼 진소소의 마차로 올라갔다.

비좁지만 규방처럼 아늑하게 꾸며진 마차 안에 은은한 향내가 감돌고 있었다.

그것이 진소소의 향기인지 백무향의 향기인지 알 수 없다.

코를 벌름거리며 냄새를 맡기에 여념이 없자 백무향이 가볍게 눈살을 찌푸리고 섬섬옥수를 들어 장팔봉의 이마를 튕겼다.

"이 녀석, 오랜만에 만난 고모에게 인사는 생략하고 그저 소소의 향기만 탐내는구나."

진소소가 얼굴을 붉히고 외면하는데, 그녀의 주사 빛 입술에 보일 듯 말 듯 미소가 떠올라 있었다.

황홀하게 그것을 바라보던 장팔봉이 문득 생각났다는 듯 백무향의 손을 덥석 잡고 흔들었다.

"사고, 대체 그동안 어디에서 무엇을 하고 있다가 이제야 나타난 겁니까? 사고가 없는 탓에 이 사질이 얼마나 수모를 당하며 이곳까지 왔는지 모르실 겁니다."

"흐흥, 네 녀석이 언제부터 그렇게 나를 의지하고 따랐더냐?"

"그거야, 내가 아쉬울 때마다 늘 그랬지요."

"흥, 솔직하구나!"

"내가 원래 거짓말이나 입에 발린 아첨의 말을 못하잖습니까?"

"흐흥."

"솔직히 깨놓고 말해서 사고가 이렇게 나를 찾아온 것도 내 걱정을 해서는 아니지 않습니까?"

"……."

"나에게서 빼앗아갈 게 있기 때문이지요. 그러니 내가 아쉬울 때만 사고를 찾는다고 타박할 입장이 아니라 이 말씀입니다. 안 그렇습니까?"

"흥, 내가 네 녀석에게서 무엇을 어떻게 빼앗아간단 말이냐?"

"그거야, 제가 봉명도를 찾고 내공을 대성하면 그때에 저를 사정없이 쓰러뜨리고 거시기…… 정혈을…… 그게 그러니까…… 그래서 반로환동하려고…….."

장팔봉의 얼굴이 붉어졌다. 진소소가 있는 자리에서 차마 제 입으로 말할 수 없는 일이 아닌가.

염라화 백무향이 곱게 눈을 흘겼다.

"이 녀석, 갑자기 말을 잊어버린 거냐? 왜 더듬어?"

"잘 아시면서."

"호호, 좋다. 어쨌든 너는 아직 무사히 살아 있고, 대담하게도 이렇게 많은 군웅을 거느리고 있으니 역시 대단한 놈이라고 인정하지 않을 수 없지."

"어디 이게 내가 거느린 놈들입니까, 나를 인질로 잡고 있는 놈들이지?"

"어쨌거나 이 많은 사람이 오직 너를 따라서 가고 서지 않느냐? 내 눈에는 네가 마치 어리석은 양 떼를 몰고 가는 목동 같다."

"양처럼 고집 세고 어리석은 놈들이라는 긴 맞는 말이지요. 하지만 순한 놈들은 결코 아니군요."

한숨을 쉰 장팔봉은 그제야 백무향의 안색이 예전과 같지 않다는 걸 알았다.

파리하면서 초췌해져 있었다.

활기와 자신감에 넘치던 모습이 많이 사라져 있는 게 보인다.

'왜?'

장팔봉은 그 이유를 알 수 없었다.

이 천하에 백무향을 곤란하게 할 수 있는 사람은 거의 없을 것이다.

그녀도 그것을 잘 알기에 언제나 냉랭하기 짝이 없었다.

강호의 그 많은 고수들을 오만하게 내려다보면서 비웃고 멸시했다.

하지만 지금 눈앞에 있는 백무향에게서는 그러한 도도함을 찾아볼 수 없었다.

여전히 쌀쌀맞게 말하고, 차가운 얼굴을 하고 있어도 왠지 한풀 꺾인 듯했던 것이다.

그녀가 신의봉 정상에서 거령신마 무극전과 경천동지할 일전을 벌였고, 그때에 심각한 내상을 입었으니 그렇다.

그 일을 세상의 누구도 눈치채지 못하고 있으니 장팔봉은 더욱 그럴 수밖에 없다.

백무향이 그때 입은 내상은 목숨이 위태로울 만큼 심각한 것이었다.

한 달 가까이나 인적 없는 곳에 숨어 요양한 끝에 겨우 회복 단계에 들었지만 예전의 공력을 되찾지 못한 상태였다.

그럼에도 서둘러 장팔봉을 찾아온 것이다.

그녀가 우려가 섞인 음성으로 낮게 속삭였다.

"너는 대체 무슨 생각으로 이렇게 엄청난 일을 벌인 것이냐?"

"무슨 생각이라니요?"

백무향이 눈짓으로 마차를 멀찍이에서 에워싸고 있는 군웅들을 가리킨다.

장팔봉이 씩 웃었다.

"안 그러면 너도 나도 싸움질을 해대고, 이놈 저놈 할 것 없이 나를 납치하려고 달려들 테니 좀 귀찮고 짜증나는 일입니까? 차라리 가겠다는 놈들은 몽땅 데리고 가는 게 낫겠다고 판단한 거지요."

"장차 뒷수습은 어떻게 하려고?"

"흐흐, 내가 할 게 뭐 있습니까? 알아서 해줄 놈이 뒤에 있는데."

"뭐라고?"

"패천마련 말입니다."

"패천마련!"

그 이름을 들은 순간 백무향의 눈에 살기가 번쩍였으나 곧 사라졌다.

장팔봉이 아무것도 모르고 너스레를 떤다.

"패천마련에서 왜 아무 움직임도 보이지 않는다고 생각하십니까?"

"왜?"

"흐흐, 그들은 봉명도를 탐내지 않는 줄 아십니까? 련주인 거령신마는 속셈이 음흉하기 짝이 없는 자입니다. 쌀이 익어 밥이 될 때까지 느긋하게 기다렸다가 숟가락 하나만 들고 오려는 것이지요. 그러니 가만 놔두면 그것들이 군웅들을 몰아내거나, 아니면 군웅들이 합세해서 그 마귀새끼들을 쫓아내겠지요. 어느 쪽이 되었든 저에게는 몸에 달라붙어 있는 진드기들이 떨어져 나가는 것처럼 시원한 일이 아니겠습니까?"

그 말을 할 때 진소소의 얼굴에 불쾌함이 떠올랐고, 장팔봉을 흘겨보는 눈길이 매서웠지만 아무도 눈치채지 못했다.

잠시 생각하던 백무향이 배시시 웃으며 다시 물었다.

"네 말대로 그렇게 되리라고 어떻게 확신하지?"

"흐흐, 거령신마가 그런 속셈이 없다면 어째서 우문한을 딸려 보냈겠습니까? 어째서 마환천주 도적성이라는 마귀가 제 주위를 어슬렁거리고 있겠습니까?"

"마환천주 도적성이라고? 너는 그놈을 보았단 말이냐?"

"오늘 새벽에 만났습니다."

"어디서?"

백무향의 눈빛이 청광을 띠고 번쩍인다.

"그건 말씀드릴 수 없습니다. 신세 진 바가 있으니 약속한 걸 지켜줘야지요."

"그놈에게 무슨 신세를 졌단 말이냐?"

"마환천주가 제때에 나타나 주지 않았다면 꼼짝없이 배가 갈라지고 내장이 끄집어내졌을 겁니다. 그가 나타나서 몇 마디 말로 구해주었으니 신세를 진 거지요."

"그게 무슨 말이냐? 누가 너를 죽여?"

지금 강호의 분위기는 누구든 장팔봉을 죽이는 자는 그 즉시 공적으로 몰려 가장 처참한 죽임을 당한다는 것이었다.

그가 죽으면 봉명도의 희망이 사라지기 때문이다.

그런데도 장팔봉을 죽이려는 자가 있었다니 의아해진다.

장팔봉이 히죽 웃었다.

"미친 늙은이라면 능히 그렇게 할 수 있지 않겠습니까?"

"미친 늙은이라고? 이 녀석, 알아들을 수 있게 말하지 못해?"

"그런 일이 있었습니다. 그것도 말하지 않겠다고 한 약속에 포함되어 있으니 더 묻지 마십시오."

장팔봉의 고집이 어떻다는 걸 잘 알고 있는 백무향이 한숨을 쉬었다.

"휴— 좋다. 언제든 알게 될 날이 있겠지. 그나저나 너는 이제부터 이 마차 밖으로 나가지 마라. 여기서 나랑 소소와 함께 지내는 거야."

"저야 좋죠."

그녀의 말에 장팔봉의 입이 귀에 걸렸다.

진소소가 밉지 않게 눈을 흘기지만 아무 말도 하지 않는다.

다시 길을 간다.

수백 명의 군웅이 마치 병사들처럼 줄지어 마차를 뒤따라

움직이고 있으니 장관이었다.

기련산에 가까워질수록 그 수는 점점 불어났다.

진소소의 마차는 먼 길을 가도 지장이 없을 만큼 튼튼했지만 세 사람이 앉아 있기에는 좁았다.

마차가 덜컹거리며 흔들리니 싫어도 어쩔 수 없이 서로 몸이 닿게 되지 않겠는가.

왼쪽에 백무향을 두고 오른쪽에 진소소를 둔 장팔봉에게는 천국이 따로 없는 셈이었다.

백무향은 비록 세상이 다 아는 마녀이지만 모란꽃처럼 활짝 핀 중년미부 모습을 간직하고 있었다.

그녀의 정체를 모르고 그 모습만 본다면 어떤 사내든 침을 흘릴 만하다.

그러나 장팔봉은 그녀의 정체가 어떻다는 걸 누구보다 잘 알고 있었다. 그래서 괴롭다.

백무향의 농익은 요염함에 마음이 사정없이 쏠리다가도 그녀의 나이를 떠올리면 징그러기 짝이 없이서 굉나비기 별어지니 그렇다.

그러나 진소소는 그렇지 않았다.

그녀야말로 아직 남자의 손이 한 번도 닿은 적이 없는 풋풋하고 새콤달콤한 아가씨 아닌가.

게다가 천하제일의 미인이다.

자연히 장팔봉의 위치가 자꾸만 오른쪽으로 쏠릴 수밖에

없다.

백무향은 피곤해서인지 귀찮아서인지 상관하지 않았다. 지그시 눈을 감고 운기조식을 할 뿐이다.

장팔봉이 슬그머니 손을 뻗어 실수인 것처럼 슬쩍 진소소의 부드럽고 따듯한 손등을 스치기도 했다.

그때마다 진소소가 깜짝 놀라 몸을 물리며 눈을 흘겼다.

하지만 좁은 마차 안이라 더 떨어질 수도 없으니 어쩔 수가 없다.

그런 일이 몇 차례 거듭되고 나자 이제는 포기한 듯 반응하지 않았다.

그래서 사흘째 되는 날부터 진소소의 나긋나긋하고 몽실몽실한 손은 장팔봉의 것이 되었다.

이제는 대놓고 그녀의 손을 잡아 제 무릎에 올려놓은 채 조몰락거린다.

치음에는 그 황홀함에 얼이 빠질 지경이었지만 그것도 익숙해지다 보니 감흥이 떨어졌다.

더 큰 욕심이 생긴다.

그래서 장팔봉은 조는 척하며 슬그머니 그녀의 어깨에 제 체중을 실어보았다.

역시 처음에는 민감하게 반응하던 진소소였으나 그 일도 여러 번 거듭되자 포기한 듯이 가만히 있었다.

그래서 장팔봉은 온몸으로 그녀의 체온을 느끼고 체취를

마음껏 음미할 수 있게 되었다.

날이 저물면 마차를 멈추고 초원에 천막을 쳤다.

두 개의 천막 중 한 개는 종자허와 우문한, 가중악과 풍곡양이 썼고, 한 개는 백무향과 진소소가 사용했는데, 장팔봉은 남자이니 당연히 종자허 등이 쓰는 천막에서 잠을 자야 했다.

그게 불만이었지만 참을 수밖에 없다.

대가는 다음날 날이 밝아서 어두워질 때까지 마차 안에서 받을 수 있었으니까.

이제 장팔봉은 점점 대담해져서 진소소에게 딱 붙어 앉아 그녀의 허리를 감싸 안고 있었다. 때로는 팔을 어깨에 둘러 그녀를 끌어당기기도 한다.

그런 날들이 지속되고 기련산이 가까워질수록 진소소도 적응이 되었는지 어떨 때는 그녀 스스로 장팔봉에게 기대기도 했다.

아직 이십대 중반의 아가씨가 아닌가.

건장한 사내와 보름 동안이나 좁은 공간에서 몸을 가까이하고 지냈으니 절로 마음이 동하지 않을 수 없는 일이다.

"이제 사흘만 더 가면 주천에 이릅니다."

마차 밖에서 풍곡양이 그렇게 말했다.

어느새 거의 다 온 것이다.

정변성을 나온 지 보름이 지났을 무렵이다.

장팔봉은 그동안의 일들을 생각해 보았다.

꿈같기만 하다.

끔찍한 일을 겪었으며, 죽을 고비를 넘기기도 했다.

하지만 그 대가로 이처럼 진소소와 오붓한 시간을 가질 수 있으니 다행이기도 하다.

백무향은 내내 운기조식에만 열중했을 뿐, 좁은 마차 안에서 장팔봉이 진소소를 어떻게 주무르든 모르는 척했다.

처음에는 그녀의 존재가 장팔봉에게나 진소소에게나 마찬가지로 거북한 일이었는데, 이제는 그것도 익숙해져 갔다.

지금도 장팔봉은 한 팔로 진소소의 어깨를 둘러 제 가슴에 안듯이 하면서 그런 생각들을 하고 있었다.

'이제 며칠만 지나면 이 달콤하고 행복한 시간도 끝난다. 막상 기련산에 도착하면 어떻게든 봉명도를 찾게 될 텐데, 그러면 저 무지막지한 무리가 죄다 나를 죽이려고 할 테지.'

저를 지켜주는 몇 사람이 곁에 있지만 안심할 수 없는 일 아닌가.

아니, 저를 지켜준다고 하는 그들도 실은 속셈이 봉명노에 있는 건지도 모른다.

'믿을 놈이 하나도 없구나. 내 팔자가 늘 그랬지. 외로운 처지였어. 언제나 혼자서 모든 일을 해결하지 않으면 안 되는 고달픈 신세였다.'

제 팔자에 대한 한탄도 절로 나왔다.

그런 한편, 지금 제 품에 안겨서 잠들어 있는 진소소를 바라보는 행복함도 있었다.

'강호의 세 가지 보물 중 두 번째라고 하는 진소소를 이렇게 품에 안게 되었으니 행운도 있었던 거지. 세상일이라는 게 늘 나쁜 것만 있는 건 아니야. 나쁜 일 뒤에는 반드시 좋은 일이 따르는 게 이치이거든.'

세법 세상에 대하여 통달하기라도 한 듯 의젓한 표정으로 가만히 그녀의 머리카락을 쓸어주면서 행복해하던 장팔봉이 쓴웃음을 지었다.

아직 그녀를 완전히 제 사람으로 삼지 못했기 때문이다.

그녀의 마음이 이제는 저에게로 기울어 있다는 걸 이렇게 그녀의 체온과 체취로 확인하지만 언제든 떠나면 그뿐인 사람 아닌가.

그렇게 되기 전에 확실하게 붙잡아두어야 하는데, 그러기에는 지금의 제 처지가 너무나 불안하고 좋지 않았다.

손에 쥔 맛있는 떡을 먹을 수 없으니 더욱 미칠 노릇이다.

그런 저런 생각을 하던 장팔봉도 이느덧 꾸벅꾸벅 졸기 시작했다.

진소소와 머리를 맞댄 채 낮게 코를 곤다.

그때까지 지그시 눈을 감고 있던 백무향이 천천히 눈을 떴다.

진소소와 장팔봉의 모습을 물끄러미 바라보더니 알 수 없는 미소를 지었다. 그리고 그녀의 신형이 꺼지듯이 그 자리에서 사라졌다.

마차를 가리고 있던 휘장조차 펄럭이지 않는다.

잠시 후, 진소소가 살며시 눈을 떴다.

그녀의 입가에도 알 수 없는 미소가 떠올랐다.

백무향이 앉아 있던 자리를 보고 저에게 기대다시피 한 채 잠들어 있는 장팔봉을 보던 그녀의 얼굴이 수시로 변했다.

물끄러미 장팔봉을 바라보는데, 무수히 스쳐 가는 갈등 때문에 고심하는 듯하다.

"호, 이것도 하늘의 뜻이라면 어쩔 수 없구나."

그녀가 혼잣말처럼 낮게 중얼거렸다.

가만히 손을 뻗어 천진한 아이처럼 잠들어 있는 장팔봉의 볼을 쓰다듬다가 깜짝 놀라 몸을 굳힌다.

'어떻게 된 거냐? 소소야, 너는 어느새 이 녀석에게 마음을 주고 있었더란 말이냐?'

제 스스로를 책망하고 경계하지만, 장팔봉을 바라보는 눈길에는 여전히 한 가닥 따스함이 남아 있었다.

그렇게나 저를 원하는 뭇 사내들을 거들떠보지도 않았던 진소소이다.

그중에는 명문가의 자제도 있었고, 촉망받는 강호의 후기지수도 있었으며, 권력을 쥔 자, 금력을 쥔 자도 부지기수였다.

그러나 그 누구도 그녀의 눈에 차지 못했다.

그녀의 따뜻한 미소 한 번 받아본 자가 없다.

원래 사내 보기를 돌처럼 했고, 때로는 뱀이나 전갈처럼 끔찍하게 여기기도 하는 그녀의 차가운 성품 탓이다.

그녀는 이 세상에서 사내다운 사내라면 오직 한 사람을 알고 있을 뿐이었다.

바로 은밀히 사부로 모시고 있는 거령신마 무극전이다.

나이가 들면서 이성에 대한 감정이 싹트기도 했고, 때로는 남자의 품이 그리워 밤잠을 설치기도 했지만 그럴 때마다 진소소는 제 사부만 한 사내가 아니라면 결코 받아들이지 않겠노라고 스스로를 다잡곤 했다.

거령신마 무극전만큼 완벽한 사내가 아니고서는 결코 자신의 마음을 한 조각이라도 내주지 않겠노라고 굳게 결심했던 것이다.

그런 그녀의 눈에 장팔봉이 보일 리가 없었다.

생긴 것도 우악스럽고, 하는 짓이 자신의 이상형과는 멀어도 너무나 멀다.

권력도 명예도, 든도 가진 게 없는 주세인데다가 무공도 뛰어나지 않다.

대인의 풍모라도 갖추었다면 그럭저럭 봐줄 만하겠지만 툭툭 던지는 말투며 행동은 영락없이 저자의 날건달 같은 자 아닌가.

그에게 봉명도의 비밀이 없었더라면 버러지처럼 여겼을 게 틀림없다.

그런데 장팔봉과 여러 날 이처럼 몸을 맞대며 지내다 보니 처음의 그런 느낌이 어느덧 사라지고 있었다.

다정다감한 마음이 저도 모르게 우러났던 것이다.

청춘남녀가 함께 있으면, 그것도 이처럼 폐쇄된 공간이라면 저절로 그렇게 되는 것인지도 모른다.

그래서 진소소의 마음에는 어느덧 장팔봉의 존재가 부정할 수 없는 비중을 차지하고 있었다.

우악스럽고 못생겨 보이던 얼굴마저 사내다운 것으로 보인다.

혐오해 마지않던 그의 건들거리는 말투며 행동도 골목 안 개구쟁이의 그것처럼 귀엽게 보이지 않는가.

그녀가 장팔봉의 볼을 쓰다듬다가 굳어진 건 그런 사실을 깨닫고 스스로 놀랐기 때문이다.

장팔봉이라는 존재가 저에게 과연 지금은 어떤 의미인가를 다시 생각해 보지 않을 수 없다.

꿈속에서도 그녀의 손길을 느꼈던지 장팔봉이 손을 들어 그녀의 손등을 덮었다.

어루만진다.

진소소는 가만히 있었다.

제 손등을 통해 전해져 오는 그의 투박한 살결과 따뜻한 체온을 음미한다.

"일어나세요."

그녀가 장팔봉의 귀에 대고 낮게 속삭였다.

"함께 갈 데가 있어요."

"어디?"

장팔봉이 비로소 잠에서 깨었다는 얼굴로 눈을 떴다.

그의 음흉한 속을 뻔히 알련만 진소소는 싫은 얼굴이 아니었다.

마차는 멎어 있었다.

창문을 가린 휘장을 슬쩍 들추고 밖을 내다보니 저녁 무렵이었다.

다들 야영 준비를 하느라 바쁘게 움직이고 있었다.

땔나무를 구해오느라고 흩어지는 사람들이며, 저녁 식사 준비를 하는 사람들과 물을 구하기 위해 어디론가 가는 사람들로 어수선하다.

이 무렵이 가장 산만할 때인 것이다.

진소소가 장팔봉의 손을 잡고 살며시 마차에서 내렸다.

그녀는 허름한 겉옷을 두르고 긴 머리를 모자로 가렸으니 뒤에서 본다면 체구가 호리호리한 남자로 여길 것이다.

재빨리 주위를 두리번거린 그녀가 빠르게 동편으로 걸어갔다.

주변에 저에게 신경을 쓰는 사람이 아무도 없다는 걸 확인한 장팔봉도 서둘러 그녀의 뒤를 따른다.

저쪽에서 한창 천막을 치기에 바쁜 가중악과 종자허가 힐끔 이쪽을 바라보았지만 못 본 척했다.

'이것들이 사전에 이미 무언가 짜놓은 게 있는 모양이군.'

장팔봉은 그렇게 짐작했다.

그렇지 않고서야 제가 진소소와 둘이서 어디론가 슬쩍 가고 있는데 가중악이며 종자허 등이 모르는 척할 리가 없지 않은가.

그들은 그렇다고 치더라도, 우문한마저 모르는 척한다는 건 좀 이상했다.

가중악이나 종자허 등은 진소소의 명을 받았으므로 그럴 수 있다.

그러나 우문한은 굳이 그럴 필요가 없는 자 아닌가.

그는 오히려 저를 따라와야 옳았다. 패천마련에서 저의 감시 역으로 보낸 놈이니 그렇다.

'백 사고로부터 주의를 받은 모양이군.'

장팔봉은 우문한이 모르는 척하는 이유를 그렇게 짐작할 수밖에 없었다.

그렇다면 백무향도 무언가 진소소와 교감을 나눈 모양이라는 의심이 든다.

그랬기에 여태까지 한 번도 마차를 떠난 적이 없던 그녀가 슬그머니 자리를 비워준 것인지도 모른다.

하나를 의심하기 시작하면 열 가지, 백 가지가 모두 수상쩍어 보이는 게 사람의 마음이다.

'어쨌거나 상관없지.'

장팔봉은 그런 생각으로 제 마음을 달래고 복잡한 생각을 접었다.

여태까지 한시도 감시의 눈으로부터 벗어나지 못했는데 지금은 이렇게, 그것도 진소소와 단둘이서 인적 없는 수풀 속으로 마구 달려들어 가고 있다는 이 사실이 중요할 뿐이다.

숲을 벗어나자 낮은 구릉이 나타났고, 그것을 재빨리 뛰어넘자 노을빛을 받아 금빛으로 반짝이며 흐르는 작은 개울이 나타났다.

그 건너에 관목 숲이 넓은 지역에 걸쳐 펼쳐져 있었다.

키 작은 나무숲이지만 그 안에 들어가 주저앉는다면 밖에서는 아무도 모를 것이다.

장팔봉과 진소소는 허리를 한껏 숙인 채 관목 숲 깊숙한 곳으로 들어갔다.

"대체 어디로 가는 거요?"

장팔봉이 숨을 헐떡이며 묻자 진소소가 아무 말 하지 말라는 신호를 보냈다.

그의 손을 여전히 꼭 잡은 채 자꾸 안쪽으로 숨어들어 갈 뿐이다.

숲이 움푹 꺼져서 무덤처럼 가라앉은 곳이 나왔다.

진소소가 냉큼 그곳으로 뛰어내린다.

"와봐요. 아늑해요."

손짓하는 그녀의 유혹을 외면할 장팔봉이 아니다.

그가 주르륵 미끄러져 내려오자 진소소가 그의 손을 잡고 제 곁에 앉혔다.

"대체 무슨 일이오? 여기 감추어둔 거라도 있는 거요?"

장팔봉이 짐짓 의뭉을 떨며 두리번거린다.

진소소가 곱게 눈을 흘겼다.

교태가 철철 넘쳐 나는 표정이고 눈빛이었던지라 장팔봉은 그 즉시 정신이 아뜩해지고 말았다.

'제기랄, 이건 백 사고의 환희마령(歡喜魔靈)보다 백배는 더 지독하구나.'

흘러내린 머리카락을 쓸어 넘긴 진소소가 장팔봉을 바라보았는데, 촉촉하게 젖어 있는 그 눈빛에 무언가 호소하는 듯한 감정이 가득 담겨 있었다.

그것을 본 장팔봉은 제 심장이 두근거리는 소리를 귀가 먹먹하도록 들어야 헸다.

"장 공자."

그녀가 조금은 떨리는 음성으로 은근히 부르며 장팔봉의 손을 꼭 잡았다.

몸마저 기울여 안겨올 듯이 다가앉으며 바라본다.

장팔봉은 죽을 맛이었다.

턱 밑에 그녀의 달콤한 숨결이 와 닿으니 간지러워 미칠 것 같다.

"우리 멀리 달아나요."

"뭐라고?"

그녀의 입에서 나온 의외의 한마디에 장팔봉의 환상이 물 거품처럼 꺼져 버렸다.

"지금이 아니면 기회가 없을 거예요."

그건 그렇다. 기련산에 도착하면 이제는 달아나려고 해도 그럴 수 없을 게 뻔하다.

지난 보름 동안 군웅들은 장팔봉에 대해서 경계심이 많이 느슨해져 있었다.

그가 얌전하게 진소소의 마차 안에서 나올 생각을 하지 않았기 때문이고, 달아난다고 한들 이처럼 광활하게 펼쳐져 있는 초원에서는 금방 잡히고 말 것이기 때문이다.

평온한 가운데 보름이나 아무 변화 없이 흘러가자 군웅들은 어느덧 당연히 그러려니 하는 타성에 젖었다.

마차가 있으면 진소소가 있고, 그녀의 호위들이 있다.

그리고 그곳에 장팔봉이 함께 있다. 언제나 그렇다.

그 변하지 않는 일상이 군웅들의 마음을 저도 모르는 사이에 적잖이 풀어지게 했던 것이다.

그러니 이렇게 진소소와 함께 멀리 나와 있어도 뒤따라온 놈 하나 없다.

'지금이 아니면 기회가 없다.'

장팔봉의 마음속에 강한 충동이 일었다.

'하지만……'

망설이는 건 저를 빤히 바라보고 있는 진소소의 촉촉하게 젖은 눈빛 때문이었다.

혼자 달아나는 게 아니라는 걸 깨닫자 '그녀가 갑자기 왜?' 하는 의문이 들어 선뜻 결정할 수가 없다.

궁금한 건 그 즉시 풀지 못하면 벼락이라도 맞는 줄 아는 장팔봉이다.

"당신이 위험을 무릅쓰면서까지 나와 함께 달아나겠다는 이유가 뭐요? 수하들마저 다 따돌린 채 말이오."

"몰라서 물어요?"

진소소가 다시 눈을 흘긴다.

그녀의 그 눈 흘김은 언제 어디에서나, 때와 장소와 상황을 가리지 않고 장팔봉의 넋을 빼놓는 지독한 것이었다.

마력이라고 하지 않을 수 없다.

"바보."

장팔봉이 입을 헤벌린 채 넋을 잃고 바라보기만 하자 진소소가 살짝 삐친 얼굴로 그렇게 말하며 볼을 꼬집었다.

"아!"

장팔봉이 부르르 진저리를 친다.

진소소가 부끄러운 듯 배시시 웃으며 말했다.

"함께 봉명도를 찾자는 거지요."

"역시 봉명도였군?"

짐작하고 있는 말이지만 막상 그녀의 입에서 듣게 되자 실망감이 밀려든다.

진소소가 다시 말했다.

"이렇게 몰려간다면 누가 그것을 갖게 될지 알 수 없잖아요? 만약 그 보물이 엉뚱한 자의 손에 들어간다면 억울하지 않겠어요?"

"억울하지."

"그래요. 그건 장 공자가 가져야 해요. 장 공자의 물건이니까요."

"그럼 같이 도망가서 봉명도를 찾는데, 찾은 다음에는 내가 갖도록 해주겠단 말이오?"

"물론이지요."

"찾아서 당신이 가지려는 게 아니고?"

"봉명도가 있는 곳을 아는 사람은 장 공자인데 소녀가 어찌 그것을 찾을 수 있겠어요? 갖고 싶어도 장 공자를 통하지 않고서는 불가능한 일이지요."

말을 마친 진소소가 처량하게 한숨을 쉬었다.

사내의 애간장을 녹이고도 남을 만하다.

장팔봉은 즉시 그녀의 의중을 읽었다.

"그렇군. 그러니까 말을 정확히 하자면, 내가 봉명도를 찾아서 당신에게 주어야 한다 이거로군?"

진소소가 부끄러운 듯 얼굴을 붉히고 말했다.

"맞았어요."

"그럼 처음부터 그렇게 말할 것이지 마치 내가 찾아 가져야 한다는 것처럼 말해서 나를 헷갈리게 할 게 뭐요?"

"여자는 솔직히 말하는 걸 부끄러워해요."

"제기랄, 그대가 부끄러운 거지 내가 부끄러운 게 아니니 다음부터는 그냥 솔직하게 말하시오."

장팔봉의 말투가 퉁명스러워지지 않을 수 없다.

"그런데 내가 봉명도를 찾았는데 왜 당신에게 주어야 하지?"

"소녀에게 꼭 필요한 것이니까요."

"왜?"

"이유는 묻지 마세요."

"좋소. 당신에게 반드시 필요하다니 그런가 보지. 하지만 나하고는 상관없는 일 아니오?"

장팔봉이 퉁명을 부리자 진소소가 불안해한다.

그의 눈치를 보던 그녀가 기어들어 가는 음성으로 말했다.

"거저 달라는 건 아니에요. 대가를 드리겠어요."

망설이다가 겨우 그 말을 하더니 얼굴이 목덜미까지 빨개져서 고개를 푹 숙였다.

第七章

성사재천(成事在天)

鳳鳴刀
봉명도

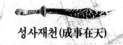

성사재천(成事在天)

　한참이 지났는데도 장팔봉에게서 아무 말이 없자 진소소가 살며시 고개를 들고 그를 바라보았다.

　장팔봉이 뚱한 얼굴로 빤히 쳐다보고 있는 것 아닌가.

　"왜 말이 없으세요?"

　"당신은 왜 그다음 말을 마저 하지 않소?"

　"예?"

　"대가를 준다고 하지 않았소? 대체 무슨 대가를 어떻게 주겠다는 건지 말해줘야 내가 득실을 따져 볼 수 있지 않겠소?"

　"장 공자는 정말 바보로군요."

　진소소가 한숨을 쉬었다.

"그걸 꼭 제 입으로 말해야만 아시겠어요?"

"말하지 않는 걸 내가 어떻게 알 수 있겠소?"

"여자는 냄새만 맡아도 그게 떡이라는 걸 알지만 남자는 손에 쥐어주고 떡이라고 말해줘야 비로소 아, 그렇구나 하는 바보 같은 존재예요."

"떡이든 밥이든 나는 확실한 걸 원할 뿐이오."

"말장난하고 있을 시간이 없어요. 군웅들이 아직까지는 소녀의 호위들이 그 자리에 있고 마차가 그대로 있으니 소녀가 장 공자와 이렇게 도망쳐 나온 걸 눈치채지 못했겠지만 조금만 더 지나면 알게 될 거예요. 그러면 이 천금 같은 기회가 사라져 버릴지도 몰라요."

"그러니까 어서 말을 해보라는 거 아니오?"

"휴— 할 수 없군요."

어쩔 수 없다는 듯 한숨을 내쉰 진소소가 다시 얼굴을 붉히너니 이번에는 외면하지 않고 장팔봉을 똑바로 바라보았다.

입술을 잘근잘근 깨물다가 기어이 그가 원하는 말을 내뱉는다.

"봉명도를 갖게 해준다면 그 대가로 소녀는 장 공자의 아내가 되어드리겠어요."

"아!"

비로소 알았다는 듯 장팔봉이 탄성을 터뜨렸다.

그녀를 바라보는 얼굴 가득 놀람과 기쁨과 의혹과 욕망이

범벅이 되어 떠오른다.

그가 소리치듯 말했다.

"우선 그 증표를 나에게 주시오!"

"예?"

"약속의 증표를 달란 말이오."

"무엇을 드리면 되겠어요?"

"그대 자신."

말을 마치자마자 장팔봉이 와락 달려들어 진소소를 꽉 끌어안았다.

부르르 몸을 떤 진소소가 장팔봉의 가슴을 밀어내려다가 멈칫했다.

숨이 막힐 정도로 그의 품에 갇히면서 입술을 악문다.

이렇게 된 이상 어쩔 수 없는 일이고, 이미 각오했던 일이니 받아들일 수밖에 없다는 얼굴이었다.

아니, 사실 이러기를 바라고 그를 유혹해 냈던 것 아니던가.

장팔봉이 진소소를 품에 안은 채 넘어졌다.

"아!"

진소소가 깜짝 놀라 낮게 비명을 터뜨렸다.

하지만 그것뿐, 본능적으로 움츠렸던 몸의 긴장을 푼다.

입술을 깨물며 질끈 눈을 감아버리는 그녀의 조각 같은 얼굴에 노여움과 수치의 그늘이 드리워졌다.

장팔봉은 더욱 용기를 냈다.

그녀가 반항하지 않기 때문이다.

지금 자신에게 필요한 건 용기와 과감한 행동일 뿐, 그녀의 눈치를 보고 비위를 맞추는 일이 아니라고 생각한다.

'이런 시간이 언제 또 찾아올 것인가. 지금이 아니면 영영 기회가 없을 것이다.'

그래서 장팔봉은 다른 건 모두 잊었다.

그녀를 거칠게 밀어서 완전히 눕히고 그 위에 엎어진 장팔봉이 서둘러 그녀의 입술을 탐했다.

"흡!"

처음 하는 입맞춤.

진소소가 깜짝 놀라 눈을 동그랗게 뜨고 장팔봉을 바라본다.

두려움이 하나 가득한 눈이다.

장팔봉 손은 어느새 그녀의 앞가슴 옷섶으로 파고들고 있었다.

따뜻한 맨살이 손바닥 가득 닿았다. 그 매끄럽고 부드러운 느낌에 미칠 것 같다.

진소소의 부릅뜬 눈에 언뜻 살기가 어렸다.

한 손을 들어 올리는데, 다섯 손가락이 빙옥처럼 투명해졌다.

절세적인 지공(指功) 중 하나로 알려진 빙천염지(氷泉艶指)

라는 것이다.

바위를 뚫고, 단단한 철갑도 무른 흙을 찌르듯이 쑤셔 버리는 무시무시한 지공이었다.

그것이 장팔봉의 뒤통수에 닿았다.

내력을 쏟아내기만 하면 그의 머리통은 수박이 깨지듯이 터져 버릴 것이다.

하지만 진소소는 그렇게 하지 못했다.

바르르 떨리던 손가락이 힘을 잃고 축 늘어지고 만다.

그래서 죽이기 위해 들어 올렸던 그녀의 손은 그만 장팔봉의 머리를 얼싸안는 형편이 되고 말았다.

제가 지금 막 죽음의 문턱을 딛었다는 걸 조금도 모르는 장팔봉으로서는 신나는 일이었다.

'옳거니, 소소도 즐기는구나.'

그런 엉뚱한 생각으로 용기백배해진다.

어느새 그의 투박한 손은 진소소의 가슴을 떡 주무르듯이 하고 있었나.

아직까지 누구의 손길도 닿지 않았고, 누구에게도 보여주지 않았던 그녀의 작고 따뜻한 가슴이 장팔봉의 손 안에서 이리저리 일그러진다.

그 고통과 수치심에 진소소가 눈을 질끈 감아버리고 말았다.

입술을 집요하게 비벼대는 장팔봉의 입으로부터 달아나지

도 못한다.

　장팔봉의 다른 손은 이제 그녀의 치마를 걷어 올리고 있었
다.

　속바지에 닿는다.

　'제발, 제발 그것만은!'

　진소소가 이를 악문 채 속으로 부르짖었다.

　지금이라도 이 뻔뻔하고 징그러운 놈을 일장에 쳐 죽여 버
리고 여기서 도망가고 싶은 충동을 참을 수 없다.

　그래서 다시 손을 들어 올렸던 그녀가 '아!' 하고 놀람과
고통에 찬 비명을 터뜨렸다.

　놀람으로 눈을 부릅뜬다.

　장팔봉의 염치없는 손이 서슴없이 그녀의 속바지 속으로
파고들었던 것이다.

＊　　　＊　　　＊

　"꺼져 버려."

　"흘흘, 누가 할 소리."

　"흥, 기어이 관을 봐야겠다면 할 수 없지."

　"흘흘, 이 허허벌판에서 관 두 개를 장만하려면 애 좀 써야
할 게야."

　"그럼 그냥 묻어줄 수밖에 없군."

"구덩이도 두 개를 파야 하니 역시 번거롭지 않겠어?"

"그것도 그렇군. 그냥 버려두지, 뭐. 들개들이 알아서 처리하겠지."

"히히, 늙어서 맛없는 살이라 뜯어 먹지도 않을 거야."

"아, 짜증난다! 정말 안 꺼질 거냐?"

기어이 빽 소리를 치는 사람은 염라화 백무향이었다.

그 앞에서 능글맞게 히죽히죽 웃고 있는 늙은이는 망노로 불리는 도살괴망 주수겸이다.

숙파파 도살괴숙 조약빙은 망노 곁에서 앙칼진 눈으로 백무향을 이리저리 흘겨보고 있었다.

백무향이 두 손을 옷소매 밖으로 내놓더니 꼼지락거렸다.

그것을 본 망노가 지금까지의 느물거리던 태도를 버리고 긴장해서 두 걸음을 물러선다.

숙파파와 어깨를 나란히 하고 서서 백무향을 바라보는데 물러설 기색은 아니다.

망노와 백무향의 수작을 째려보고 있기만 하던 숙파파가 갈라진 음성으로 말했다.

"너, 이 요망한 할망구야, 어떻게 아직까지 그 얼굴을 그대로 간직할 수 있었던 거지?"

백무향이 혐오가 담긴 비웃음을 흘렸다.

"흐흥, 궁금하냐? 나야말로 너에게 궁금한 게 있다."

"말해봐."

"주야장창 인육 만두만 처먹고 살았을 텐데 어떻게 그렇지 않은 사람보다 그처럼 팍삭 늙어 흉물스럽게 변할 수 있지?"

"뭐라고?"

숙파파의 눈매가 즉시 가늘어졌다. 번쩍이는 살기를 띤다.

백무향은 두려워하지 않았다.

그들 도살부부가 마귀 중의 마귀로 흉명이 높았고, 지닌 바 무공 또한 극강하지만 그런 것으로는 백무향에게 조금도 위협이 되지 못하는 것이다.

그러나 지금 그녀는 평소의 내공을 지니고 있지 못했다.

아직 내상에서 완전히 회복되지 않은 것이다.

비록 그것을 숨기고 이처럼 태연한 척 가장하고 있지만 그녀의 속마음은 불안하기만 했다.

'이 두 늙은 마귀도 이곳에 있었을 줄이야. 그걸 알았다면 좀 더 준비를 단단히 했을 텐데 이제는 늦었구나. 위험한걸. 위험해.'

그녀는 도살부부가 거령신마 무극전의 밀명을 받고 장팔봉이 봉명도를 찾을 때까지 그를 보호한다는 걸 모르고 있었다.

설마 이 미친 부부가 그런 일을 하리라고는 짐작조차 할 수 없는 것이다.

그래서 그들이 장팔봉이 사라진 걸 눈치채고 뒤쫓아가자 재빨리 따라와 앞을 가로막은 참이었다.

도살부부는 백무향이 장팔봉과 한 마차에 타고 있었다는 걸 이미 알고 있었다.

그게 벌써부터 불만이기도 했다.

'이 늙지도 않는 괴상한 년이 부끄러운 줄도 모르고 그 어린놈을 홀린 게 틀림없어. 제 치마폭에 가두고 독차지하려는 고약한 심보인 게지. 흥, 하지만 우리가 있는 이상은 마음대로 되지 않을걸.'

그런 마음이었다.

이렇게 마주친 김에 아예 백무향을 떨쳐 버릴 작정을 한 숙파파가 망노를 돌아보고 음침하게 말했다.

"영감, 이 기회에 저것을 잡아서 만두소로 만들어 버립시다. 쫄깃쫄깃한 게 아주 맛있을 거야."

망노가 군침을 삼킨다.

"흐흐, 그렇군. 나는 왜 그 생각을 하지 못했을까? 늙어서도 저렇게 탱탱한 몸을 가지고 있으려면 제 몸뚱이에 여간 공을 들였겠어? 고기 맛이 아주 좋을 거야."

백무향의 날씬하고 탱탱한 몸을 힐끔힐끔 훔쳐보면서 계속 입맛을 다신다.

망노의 그런 모습이 숙파파의 염장에 불을 질렀다.

"뭘 자꾸 훔쳐봐! 설마 딴마음을 먹은 건 아니겠지?"

"어이구, 할망구야. 내 나이가 얼마인데 딴생각을 하겠어? 줘도 먹을 수 없는 몸이라는 거 할망구가 잘 알잖아."

"흐흥, 그런 영감탱이를 데리고 사는 내가 더 한심한 거지."

의심을 푼 숙파파가 눈을 흘긴다.

그들의 수작을 지켜보던 백무향이 까르르 웃었다.

"참 안타까운 일이다. 그렇게 잘나가던 도살부부가 어쩌다가 이처럼 산송장이 되었을까?"

망노를 향해 방긋 추파를 던진다.

"한때는 지겹도록 나를 쫓아다니다가 어느 날부터인가 저 못생긴 계집에게 홀딱 빠져서 등을 돌렸지. 이제 보니 저년의 방중술이 색선의 경지에 있었던 모양이지?"

"어, 어, 그건 아니야. 아니라고."

망노가 두 손을 홰홰 내저으며 서둘러 말했다.

"뭐라고?"

숙파파의 뾰족한 고함 소리가 망노의 뒷말을 잘라 버린다.

"당신이 저 늙지도 젊지도 않은 요괴 같은 년의 꽁무니를 쫓아다녔다고?"

"그것도 아니야. 아니라니까! 오해라구!"

"흥, 이제 보니 과거가 있는 음흉한 영감이었구나! 아이고, 억울해!"

"쳇, 그러는 할망구는 과거가 없었고? 도적성 그 썩을 놈을 죽자 살자 쫓아다녔던 건 누구였지?"

"이놈의 영감탱이가! 나는 깨끗한 몸이었단 말이다! 당신이 처음이었어!"

"제기랄, 그걸 누가 믿어!"

"뭐야? 이놈의 영감탱이가 돼지려고 환장을 했구나! 감히 내 정절을 의심하다니!"

"할망구가 먼저 나를 의심했잖아!"

두 노인은 이제 눈앞에 백무향이 있다는 것도 잊은 듯 서로 악을 써가며 싸웠다.

백무향이 바라던 바대로 진행되고 있는 것이다.

'참, 젊었을 때나 지금이나 못 말릴 인간들이라니까. 재미있어. 푸훗.'

실소가 절로 나온다.

그들 도살부부의 고함 소리는 온 들판에 쩌렁쩌렁 울려 퍼졌다.

그러자 여기저기에서 군웅들이 달려오기 시작하는 기척이 느껴졌다.

장팔봉과 진소소가 사라진 걸 알고 사방으로 흩어져 수색하던 중이었는데, 도살부부의 외침이 그들을 끌어들이게 된 것이다.

그 외침은 장팔봉도 들었고 진소소도 들었다.

구덩이 속.

장팔봉의 팔에 안겨 흐느끼고 있던 진소소가 눈물범벅이 된 얼굴을 들었고, 장팔봉도 땀으로 범벅이 된 얼굴을 들었다.

"이런, 이런. 저 노망난 늙은이들이 눈치를 챈 모양이군."

"놔요."

상관없다는 듯 진소소가 조금은 떨리는 음성으로 차분하게 말했다.

장팔봉의 벌거벗은 품 안에 안겨 있는 그녀의 모습은 평소의 진소소의 모습이 아니었다.

수수한 옷을 입어도 정갈한 모습을 잃지 않아서 때로는 그게 더욱 빛나지 않았던가.

하지만 지금 그녀의 상의는 풀어헤쳐져 있고, 맨 가슴이 저녁노을에 붉게 물들어 있었다.

치마가 허리에 말려진 채다.

속바지는 흘러내려 한쪽 발목에 걸쳐져 있으니 아예 다 벗고 있는 것보다 더욱 보기 민망하면서 안타깝고 애처롭다.

장팔봉이 멋쩍은 얼굴로 외면하고 돌아앉았다.

부스럭거리며 등 뒤에서 진소소가 옷을 입는 소리가 귀를 간지럽게 한다.

마음속에 다시 그녀의 몸에 대한 욕망이 꾸물꾸물 일어선다.

장팔봉이 머리를 흔들었다. 후회가 되기도 하는 건 그녀에게 몹쓸 짓을 했다는 한 가닥 양심 때문이었다.

한순간의 충동을 참지 못하고 일을 저질러 버렸다는 후회이기도 하고, 이런 상황에서 짐승처럼 달려들었다는 후회이기도 했다.

적어도 그의 상상 속에서 진소소와의 첫 경험은 이렇게 거칠고 급하게 치르는 게 아니었다.

가장 좋은 침실에서 가장 은은한 분위기를 만들고, 느긋하고 황홀하게 긴 밤을 꿀처럼 달콤하게 속삭이며 보내는 것 아니던가.

그런데 망쳐 버렸다.

'제기랄, 이미 쌀이 익어 밥이 되었는데 후회한들 뭐가 달라질 것이냐. 좋다. 끝까지 책임져 주면 될 거 아냐. 이 장팔봉이가 그래 여자 하나 책임지지 못할 위인이냐?'

그런 생각으로 스스로의 행위에 면죄부를 주지만 마음이 찝찝한 건 어쩔 수 없다.

"이제 어쩔 거죠?"

어느덧 옷매무새를 단단하게 한 진소소가 차가운 얼굴로 물었다.

이런 일을 겪고 난 어느 여자나 그렇듯이 나를 책임지라는 말이나 다름없다.

장팔봉이 그녀의 손을 붙들고 벌떡 일어섰다.

"가자. 약속을 지켜주면 될 거 아냐. 나는 이래 봬도 사내대장부다. 한 번 한 약속은 반드시 지켜."

"믿어도 되나요?"

"지키지 못하면 나를 죽여라."

그 말에 진소소가 입을 다물었다. 하지만 그녀의 얼굴에는 아직 슬픔과 원망이 남아 있었다.

장팔봉의 넓적한 등을 바라보는 눈길에 잠깐 살기도 떠오른다.

"가자니까? 이러다가 군웅들에게, 아니, 저 노망난 늙은 부부에게 붙잡히기라도 하는 날이면 만사 끝장이다."

어느덧 장팔봉은 진소소에게 반말을 찍찍 하고 있었다.

다 그렇게 되는 일 아니던가.

그는 승리자이면서 정복자이고, 진소소는 한없이 나약한 여자로 돌아갈 수밖에 없는 것이다.

구덩이를 벗어난 그들이 손을 꼭 잡고 어둠 속으로 마구 달려가기 시작했다.

그가 이끄는 대로 따라가던 진소소가 우뚝 멈추어 섰다.

"지금 이디로 가고 있는 거예요?"

눈을 흘기며 따지듯 묻는 건 장팔봉이 향하고 있는 방향이 낯익었기 때문이다.

한 시진 전, 그가 장팔봉을 이끌고 도망쳐 왔던 그 길을 거꾸로 거슬러 올라가고 있지 않은가.

장팔봉이 씩 웃었다.

"어디로 가기는, 마차로 돌아가는 거지."

"뭐라고요? 나와의 약속을 어길 셈인가요?"

진소소의 얼굴에 새파랗게 노여움이 실린다.

그녀의 살기를 느끼련만 장팔봉은 느긋했다.

"말했잖아. 나는 한 번 한 약속은 목에 칼이 들어와도 반드시 지킨다고."

"그런데 다시 돌아간단 말인가요?"

"너한테만 약속한 게 아니야. 군웅들에게도 약속했거든. 봉명도가 있는 곳으로 데려가 준다고 말이다. 그런데 이렇게 너와 달랑 둘이서 도망가면 약속을 어기는 게 되지 않겠어?"

"이, 이런 말도 안 되는!"

진소소가 이를 바드득 갈았다. 무섭게 장팔봉을 노려본다.

"결국 나를 농락하고 속였다는 거냐? 정말 그래?"

독기를 세우고 따진다.

장팔봉이 머리를 가로저었다. 심각한 얼굴이다.

"천만에. 봉명도가 있는 곳까지 군웅들을 인도해 준다. 그러면 그들과의 약속은 끝나는 거지. 그다음에 봉명도를 찾는다. 물론 내가 찾게 되리라는 보장은 없겠지. 하지만 운이 좋아서 내가 찾게 된다면 그걸 너에게 주겠어. 그러면 너하고의 약속도 지키게 되는 거 아니냐? 그런 다음에는 네가 내 색시가 되어서 평생을 붙어사는 거다. 그게 네 약속이니까 너도 반드시 지켜야지. 안 그래?"

"말도 안 되는 소리!"

진소소가 악을 썼다.

"군웅이 한두 명이 아닌데 그들을 어떻게 따돌리고 네가 봉명도를 찾는다는 거야? 또 그들이 앞서서 그것을 찾으면 그때는 어떻게 할 거야?"

"그거야 내 운이 다했다고 할 수밖에 없지. 너에게 약속을 지키지 못했으니까 네 손에 죽어도 원망할 수 없겠지."

그녀가 악을 쓰며 따지지만 장팔봉은 여전히 느긋하기만 했다.

그런 그를 보면서 진소소는 생각했다.

'이놈이 무언가 감추고 있는 속셈이 있는 모양이로구나. 하긴, 그토록 중요한 물건을 찾는데 아무 대책도 없이 군웅들을 휘몰고 갈 리가 없지. 감추어둔 계획이 있는 게 틀림없어. 그렇다면 아직 희망이 있는 셈이지. 흥, 알고 보니 이놈도 속에 능구렁이가 들어 있는 음흉한 놈이었어. 어쨌든 봉명도를 찾을 자신이 있는 거야. 그렇다면 조금 더 믿고 기다려 보는 것도 괜찮겠지.'

하지만 그녀는 장팔봉의 속이 그토록 음흉하시 않다는 건 모르고 있었다. 그에게는 아무 속임수도 없는 것이다.

그에게는 무대책이 유일한 대책이고, 그가 한 말은 모두 진심이고 진실이다.

그 사실을 안다면 미쳐서 환장할 노릇이겠지만 다행히 진소소는 제 짐작만으로 잠시 장팔봉을 믿어주기로 했다.

진소소가 애써 노여움을 풀고 배시시 웃으며 장팔봉의 손을 꼭 잡았다.

"미안해요, 장 가가. 제가 잠시 흥분해서 못되게 굴었어요. 용서해 주실 거죠?"

다시 나긋나긋해졌는데, 어느새 호칭마저도 가가로 바뀌어 있었다.

도끼눈을 부릅뜨고 으르딱딱거릴 때와는 하늘과 땅의 차이다.

장팔봉이 그녀를 와락 껴안았다. 볼을 비빈다.

"에그에그, 귀여운 것. 토라져서 따질 때도 예쁘더니, 이렇게 사근사근해지니 더욱 예쁘구나. 미치겠다. 우리 구덩이 속으로 한 번 더 들어갈까?"

진소소가 얼굴을 빨갛게 붉힌 채 장팔봉의 볼을 꼬집었다.

"어라?"

장팔봉이 진소소의 손을 잡은 채 우뚝 멈추어 섰다.

저 앞에 군웅들이 몰려와 있는 걸 보았기 때문이기도 하고, 그들을 가로막은 채 떡 버티고 서 있는 세 사람을 보았기 때문이기도 하다.

도살부부와 백무향이었던 것이다.

그들은 언제 싸웠느냐는 듯이 어깨를 나란히 한 채 한 줄로 늘어서서 군웅들의 앞을 가로막고 있었다.

일촉즉발의 긴장감이 팽배해 있다.

저 많은 고수들이 일제히 달려든다면 제아무리 극강한 백무향과 도살부부라고 해도 절대로 당할 수 없을 것이다.

그 위험천만의 순간에 장팔봉이 나타났으니 분위기가 싹 바뀐다.

"장팔봉이다!"

누군가 먼저 그를 본 자가 그렇게 소리쳤고, 치열하게 대치하고 있던 자들이 약속이라도 한 듯 일제히 바라보았다.

백무향과 도살부부도 고개를 돌려 장팔봉을 바라본다.

"너!"

백무향이 뜻밖이라는 듯 장팔봉을 보며 눈을 크게 떴다.

그가 지금쯤은 멀리 달아나고 있을 줄 알았는데 이렇게 다시 돌아왔으니 어이가 없다는 얼굴이다.

도살부부도 고개를 갸웃거렸다.

저놈이 제정신인가 하는 얼굴들이다.

군웅들 중 누군가가 다시 소리쳤다.

"장 공자! 당신은 정말 우리와의 약속을 어기고 달아날 작정인가? 그렇다면 뒷일에 대한 모든 책임을 져야 할 것이네!"

"염병!"

장팔봉이 지지 않고 마주 소리친다. 여전히 진소소의 손을 꼭 잡은 채였다.

"내가 달아날 것 같았으면 벌써 달아났지 미쳤다고 너희들 앞에서 이렇게 어슬렁거리고 있겠어? 눈깔이 있으면서도 보지 못하는 거냐? 앙!"

"……."

군웅들이 침묵하고 백무향도 침묵한다.

장팔봉이 진소소의 손을 번쩍 들어 보였다. 다시 소리친
다.

"청춘남녀가 오붓하게 산책도 못하냐? 너희들은 사랑을 느
껴본 적이 없어?"

"……."

군웅들의 침묵이 더욱 깊어졌다.

두 사람이 날 저물도록 모두의 눈을 피해 어디엔가 숨어 있
다 온 모양이니 무슨 일이 있었을 것인지 능히 짐작할 수 있
기 때문이다.

"저런, 쳐 죽일 놈. 빠드득!"

군웅들 속에서 이를 갈며 잡아먹을 듯 장팔봉을 노려보는
자는 천검보의 옥기린 곽서언이었다.

아니, 군웅들 모두가 그런 심정이었다고 해야 옳다.

감히 저 형편없는 놈이 모든 강호인의 우상이자 염원이면
서 열렬한 사모의 대상인 진소소를 넘어뜨렸을지도 모른다고
생각하면 분노로 치가 떨린다.

장팔봉이 여전히 진소소의 손을 꼭 잡은 채 그들 사이로 뚜
벅뚜벅 걸어 들어갔다.

이제 이 여자는 내 여자다. 아무도 넘보지 마라, 하고 만천

하에 공개하는 것이나 마찬가지다.

군웅들의 눈길이 일제히 진소소에게 쏠렸다.

그녀가 조금이라도 거부하는 반응을 보이면 그걸 구실 삼아 장팔봉을 떼어놓으려는 것인데, 진소소는 부끄러움으로 목덜미까지 빨갛게 붉힌 채 묵묵히 장팔봉을 따를 뿐이지 않은가.

그에게 잡힌 손을 빼내려고 하지도 않는다.

진소소 또한 '나는 이제 이 남자의 여자랍니다. 그러니 아무도 넘보지 마세요' 하고 선포한 거나 다름없는 일이었다.

"아아—"

"에휴—"

"허어—"

여기저기에서 비통한 탄식이 흘러나왔다.

이미 쌀이 익어 밥이 된 모양이니 돌이킬 수 없게 되었다는 안타까움 때문이었다.

장팔봉에게로 다시 몰리는 눈들에 부러움과 질투, 원망과 좌절의 온갖 감정이 실린다.

눈빛만으로도 장팔봉을 태워 버리고 얼려 버릴 것 같다.

—저놈이 무림삼보 중 으뜸인 봉명도의 위치를 알고 있고, 이제는 무림이보로 꼽히는 진소소마저 손에 넣었구나.

그런 부러움은 하늘이라도 시샘할 만한 것이다.

그래서일까?

청명하던 밤하늘이 갑자기 어두운 구름에 덮이기 시작했다. 그리고 이내 쏴아― 하는 소리와 함께 소나기가 무섭게 퍼붓기 시작했다.

*　　　*　　　*

"으드득!"

곽서언의 이 가는 소리가 천둥소리처럼 울린다.

"공자, 복수를 해야 하지 않겠습니까?"

곁에서 노여움을 부채질하는 자는 진청악(秦靑岳)이라는 자인데, 강호에서 오원귀검(五元歸劍)이라고 부르는 천검보의 고수였다.

도살부부에게 죽은 뇌정철검 전사릉과 함께 쌍벽을 이루는 검법의 고수로서, 곽서언을 보좌하고 있는 중이었다.

장팔봉의 감시 역으로 나갔던 전사릉이 죽었다는 소식을 듣고 분노로 치를 떨었는데, 그게 바로 도살부부라는 희대의 마두가 한 짓이라는 걸 들었기에 더욱 증오가 솟구쳤다.

"도살부부가 아직 살아 있다는 게 놀랍기는 하지만 이제는 다 늙어서 산송장이나 마찬가지일 것입니다. 그 두 늙은 마귀를 죽여서 전 형의 복수를 한다면 강호의 동도가 모두 기뻐할 것입니다."

한시라도 빨리 제 손으로 전사룡의 복수를 해주고 싶어 안
달이 났지만 최종 명령권을 가지고 있는 곽서언의 마음은 다
른 곳에 가 있었다.

"기다려."

"이렇게 무작정 기다리기만 하다가는 저 교활하고 잔인무
도한 두 늙은 마귀가 천수를 다하고 늙어 뒈질 겁니다."

불만을 터뜨리자 곽서언의 차가운 눈길이 즉각 와 닿는다.

"너는 지금 우리 처지가 어떤지 몰라서 그런 소리를 하는
것이냐?"

"예?"

"지금 장팔봉을 따르는 무리는 모두 그에게 맹세를 했다.
봉명도가 있는 곳까지 가는 동안 절대로 분란을 일으키지 않
겠다고 말이다."

"하지만……."

"노살부부가 무리 속에 섞여 들었다는 걸 아는 사람이 우
리뿐일 것 같으냐? 지금쯤은 모든 사람들이 다 알고 있을 것
이다."

"……."

"그들이 도살부부에 대해 원한과 증오가 없어서 이렇게 가
만히 있는 줄 아느냐? 누구도 장팔봉에게 한 맹세를 깨뜨리고
싶지 않기 때문에 참고 있는 것이다."

그 사실은 진청악도 잘 알고 있었다.

누구든 맹세를 깨뜨리는 자는 무리에서 제외되는 것이다. 그러면 봉명도가 있는 곳으로 갈 수가 없다.

그게 무서워서 서로 쉬쉬하고 있는 마당에 곽서언이 수하의 복수를 하겠다고 외치며 도살부부와 싸울 수는 없지 않은가.

"끄응—"

진청악이 된 숨을 내쉬었다.

'좋다, 봉명도가 있는 곳에 도착하면 그 즉시 내 손으로 그 두 늙은 식인마귀들을 죽여 버리고 말 테다.'

그런 결심을 하는 수밖에 없다.

그건 하남 낙수장에서 나온 무리에게도 마찬가지였다. 그들이 장팔봉의 감시 역으로 보냈던 뇌음태보 이어곤 또한 도살부부의 손에 의해 죽었다는 말을 들었을 때는 분노로 미칠 것 같았지만 감히 발작하지 못했다.

그래서 낙수장의 무리를 이끌고 있는 깡호의 노고수 십면철권(十面鐵拳) 조위풍(趙委風)도 이를 갈며 때를 기다리고 있었다.

"봉명도가 있는 곳에 도착하면 그 즉시 제일 먼저 도살부부 그 늙은 마귀들을 천참만륙해 버린다. 그런 후에 봉명도를 찾는다."

평소 온화하던 그가 검은 수염마저 부르르 떨며 진노하는 건 단지 수하인 이어곤의 죽음 때문만은 아니었다.

평소에도 증오해 마지않았던 도살부부가 여전히 살아 있고, 여전히 인육 만두를 만드는 끔찍한 짓을 하고 있다는 데에 대한 참을 수 없는 분노다.

"너는 도대체 생각이 있는 거냐 없는 거냐?"

백무향이 힐난하지만 장팔봉은 느긋하기만 했다.

그녀가 보거나 말거나 아예 진소소를 품에 안은 채 행복하고 황홀한 표정으로 히죽히죽 웃고 있을 뿐이다.

지그시 눈마저 감은 채 다소곳이 안겨서 얌전을 떨고 있는 진소소를 보니 더욱 약이 오른다.

"떨어져 앉아!"

기어이 백무향이 빽 소리쳤다.

"도대체 어린것들이 어른 앞에서 부끄러운 줄을 모르잖아! 아무리 세상이 너그러워졌다고 해도 그렇지, 남녀 긴의 애정 표현은 눌이 있을 때를 가려서 해야 하는 것 아니냐? 남의 눈도 의식하지 않고 그렇게 과한 애정 표현을 하는 게 너희들에게는 자연스럽고 당연한 일인지 모르지만 보는 사람 눈에는 아주 역겹기만 하단 말이다! 이 염치도 모르는 것들 같으니!"

장팔봉이 넌지시 백무향을 건너다보았다. 여전히 품에 진소소를 안은 채였다.

"백 사고, 질투하시나요? 젊은 사람들의 마음이야 언제나 이처럼 뜨겁지 않습니까? 그걸 체면 때문에 감추고 살아야 한다는 게 얼마나 고통스런 일인지 백 사고는 이해할 수 없을 겁니다. 솔직하게 제 감정 표현을 하는 게 뭐 어때요? 오히려 보기에 아름답다고 해야 하는 것 아닙니까?"

"뭐, 뭐라고? 질투? 아름답다고 해? 에라, 이 뻔뻔한 놈 같으니! 도대체 요즘 젊은것들에게는 수치심이라는 것도 없단 말이냐? 저 좋으면 그만이야?"

"네."

"뭐? 네?"

"내가 좋으면 됐지 왜 백 사고의 눈치를 봐야 하나요? 백 사고가 내 인생을 대신 살아주는 것도 아닌데 말입니다."

"아이고, 내가 미쳐! 도대체 말이 통해야지."

기어이 백무향이 제 답답한 가슴을 콩콩 두드려대며 마차 밖으로 나가고 말았다.

더 보고 있다가는 제 속이 터질 것 같았던 것이다.

그래서 뻔뻔스러움을 무기로 천하의 백무향을 내쫓은 장팔봉과 진소소는 이제 아무 거리낌이 없었다.

"문 닫아 걸어. 창문에 휘장도 치고."

진소소가 즉각 시키는 대로 한다.

그들이 마차 안에서 무슨 짓을 하든 이제는 아무도 말릴 사람이 없었다.

본래 덜컹거리고 덜그럭거리며 달려가고 있는 마차이니

그게 조금 이상하게 흔들린다고 해서 표가 나는 것도 아니지 않은가.

진소소와 장팔봉을 태운 마차는 수시로 그렇게 요상하게 흔들려 대면서 밤낮을 가리지 않고 달려가고 있었다.

第八章

아, 기련산(祁連山)

鳳鳴刀
봉명도

아, 기련산(祁連山)

"그를 정말 죽일 거냐?"

우문한의 물음에 우울한 얼굴로 하늘을 바라보던 종자허가 느릿느릿 시선을 돌렸다.

"주인 센시쿤."

그의 어두워진 눈 속에서 그걸 읽은 우문한이 가볍게 한숨을 쉬었다.

"내가 상관할 일은 아니지. 하지만 봉명도를 찾을 때까지는 상관하겠다."

"그 말은 나를 막겠다는 것이냐?"

"봉명도를 찾은 뒤에는 네가 그를 어떻게 하든 상관하지 않겠어."

"봉명도……."

종자허가 다시 우울한 눈길을 밤하늘에 돌린 채 중얼거렸다.

진소소를 지켜준다는 건 그녀에게 한 맹세이기도 했고, 무엇보다 제 자신에게 한 맹세였다.

그래서 불귀림의 풍우주가에 '손대면 죽는다'는 전설이 생겨나지 않았던가.

하지만 지금 장팔봉은 진소소에게 손을 댄 정도가 아니었다. 아예 마차 안에 신방을 차린 것이나 다름없지 않은가.

그걸 지켜보고 있어야 하는 종자허의 마음은 이미 갈기갈기 찢어져 더 이상 마음이라고 할 만한 게 남아 있지 않았다.

더 괴로운 건 진소소 본인이 장팔봉을 받아들이고 있다는 거였다.

'도대체 왜?'

종자허는 그녀의 그런 마음을 이해할 수 없었다.

여태까지 얼마나 많은 사람들이 그녀에게 사랑을 구걸했던가.

눈이 번쩍 뜨일 만큼 뛰어난 미남도 있었고, 귀공자도 있었으며 고관대작의 자제도 있었다.

한 줄로 세워놓으면 일백 리에 걸쳐 늘어질 그 많은 영재 중 장팔봉보다 못한 자는 한 명도 없었다.

그런데 결국 그녀가 선택한 건 장팔봉이 아닌가.

종자허는 그걸 이해할 수 없었다. 아니, 그 이유를 잘 알기에 더욱 이해하기 싫다.

'봉명도가 그녀에게 그토록 큰 의미가 있는 물건이었단 말인가?'

자기 자신의 정절과 하늘을 찌르던 자부심과 자존심마저 내던지고 야수 같은 장팔봉의 음욕의 노리개로 스스로를 타락시킬 만큼 봉명도가 가치 있는 물건이란 말인가 하는 의문이 들지 않을 수 없다.

누구에게나 봉명도는 제 목숨마저 던질 만큼 욕심나는 물건이었다.

하지만 진소소만큼은 그렇지 않을 것이라고 굳게 믿지 않았던가.

종자허는 그런 저의 믿음이 제 눈앞에서 산산이 깨져 버리는 걸 보았다는 고통 때문에 더욱 괴로워하고 있었다.

장팔봉에 대한 미움과 증오가 더욱 커진다.

'하지만 그녀를 위해서라면 참고 견딜 수 있다.'

그는 그렇게 자신을 위로했다.

봉명도가 그토록이나 진소소에게 필요한 물건이라면 우선 제 목숨을 던져서라도 그것을 그녀가 갖도록 도와주려는 것이다.

장팔봉의 일은 그다음이다.

　　　　*　　　　*　　　　*

"기련산이다!"

누군가의 커다란 외침이 군웅들을 깜짝 놀라게 했다.

일제히 한곳을 바라본다.

날이 잔뜩 흐려 있어서 금방이라도 비가 퍼부을 것 같은 날씨였다.

하늘과 땅이 온통 먹장구름에 뒤덮여 있어서 십 리 앞이 제대로 보이지 않았는데, 어느 순간 그 구름이 좌우로 좍 갈라졌던 것이다.

그러자 그 사이로 맑고 청명한 푸른 하늘이 드러났고, 그곳에 아스라이 뻗어 있는 거대한 산악의 위용이 까마득히 보였다.

기련산이었다.

저 멀리 거무스름하게 보이고 있지만, 저 웅장하고 날카로운 산봉우리들이 바로 기련산의 모습이다.

"아!"

"오오!"

군웅들이 그 기막힌 광경에 입을 딱 벌렸다.

여기저기에서 감탄사가 쏟아져 나온다.

이처럼 짙은 먹구름 사이로 저렇게 모습을 드러내 보이는

산이기에 더욱 신비롭게 여겨진다.

그리고 갈라졌던 먹구름이 다시 밀려들어 곧 그 산의 웅자를 가려 버렸기에 더욱 아쉽다.

"이틀 길이다."

군웅들에게서 그런 희망에 찬 말들이 쏟아져 나왔다.

이틀 길.

이 답답하고 지루했던 여정이 이제 이틀 남았다는 것과 다름없다.

지쳐 있던 군웅들의 얼굴에 희열이 번졌고, 새롭게 힘을 내서 서로를 격려했다.

장팔봉이나 진소소의 감회도 다르지 않았다.

아니, 그들의 가슴속에는 다른 사람들보다 더 짙고 깊은 감회가 서려 있다.

"제기랄, 다 왔군."

장팔봉이 탄식을 섞어 그렇게 투덜거렸다.

진소소가 그의 가슴에 묻고 있던 얼굴을 들고 멍하니 밖을 바라보았다. '아!' 하고 감탄성을 터뜨린다.

휘장 사이로 그녀도 기련산을 본 것이다.

그녀가 몸을 일으켜 세우더니 풀어헤쳐진 저고리를 여미며 드러나 있던 맨가슴을 가렸다.

"기련산이군요."

장팔봉을 바라보며 수많은 의미가 함축되어 있는 한마디

를 탄식처럼 발한다.

그를 지그시 바라보는 그녀의 초롱초롱한 두 눈에 수없이 복잡한 감정이 사라지고 나타나기를 거듭했다.

이곳에 오기까지 살을 맞댄 시간이 그 얼마이던가.

그날, 구덩이 속에 숨어 기어이 살을 섞은 후부터 오늘에 이르기까지 달콤한 그 순간을 몇 번이나 되풀이했던가.

이제는 장팔봉의 몸이 제 몸에 익숙해져서 남처럼 여겨지지 않는다.

그래도 애써 미운 감정을 가져본다.

'내 정절을 유린한 놈.'

하지만 각오하고 있었던 일 아닌가. 먼저 유혹한 건 자기다.

'봉명도 때문이었을 뿐이야. 그것만 내 손에 들어오면 아무 미련도 없어.'

진소소는 애써 자기의 그 행위에 정당성을 부여했다.

사부님의 명령을 지키기 위해서는 봉명도를 반드시 손에 넣어야 한다.

그렇게 되면 사부님이 강호의 유일한 절대자로 군림하게 되고 자신의 앞길에도 무한한 영광이 있을 것이다.

천화상단이 강호 제일의 상단으로 성장하여 부귀를 한 손에 거머쥐게 될 텐데, 그때에 장팔봉의 존재는 짐이 될 뿐이다.

그런 생각을 하면 그를 죽여 자신의 안위를 꾀하는 게 마땅했다.

'죽여야 해. 내 정절을 유린한 대가를 치러야지. 잠시 너를 이용했을 뿐이지 내가 너 따위에게 내 마음을 줄 리가 있어?'

애써 그렇게 생각하며 입술을 깨물지만, 과연 그때가 되면 제 손으로 장팔봉을 죽일 수 있을까 하는 의문이 드는 건 어쩔 수 없었다.

진소소는 그런 자신의 처지와 약해진 마음이 한심하기도 해서 한숨을 쉬었다.

장팔봉이 그런 그녀의 속도 모르고 어깨를 감싸 안으며 위로를 했다.

"너무 걱정할 것 없어. 그저 나만 믿으면 돼. 내가 다 책임진다니까."

"믿어요."

"그런 의미에서 자."

질끈 눈을 감고 입술을 내민다.

그런 장팔봉을 바라보던 진소소가 어쩔 수 없다는 듯 살며시 입맞춤을 해주었다.

더 이상 마차는 소용이 없다.

기련산으로 접어들자 그 험한 길을 마차가 지나갈 수 없기 때문이다.

"이제 어디로 가야 하는 거냐?"

군웅들을 대표해서 찾아온 십면철권 조위풍이 탐스러운 수염을 쓰다듬으며 그렇게 물었다.

저만큼 떨어진 곳에서 지켜보고 있는 군웅들의 눈이 열망으로 이글거린다.

조위풍을 보고 그것을 본 장팔봉이 엄숙한 얼굴로 말했다.

"풍화곡에 가면 되오."

"풍화곡?"

들어본 적이 없는 이름 아닌가.

머리를 갸웃거린 조위풍이 군웅들을 한 번 돌아보고 나서 다시 물었다.

"거기에 봉명도가 있단 말이지?"

"정확한 곳은 모르지만 그곳 어딘가에 있는 게 틀림없소."

"정확한 위치를 모른다는 거냐?"

"내가 아는 건 풍화곡에 봉명도가 있다는 것뿐이오."

조위풍이 의심스럽다는 듯 노려보지만 장팔봉은 꿋꿋했다.

내 말을 믿지 못하겠느냐는 듯이 빤히 마주 본다.

탄식을 뱉어낸 조위풍이 어쩔 수 없다는 듯 말했다.

"좋아, 풍화곡에 가보면 알게 되겠지."

"어쨌든 당신들에게 한 내 약속은 거기까지요. 당신들을 풍화곡으로 안내해 주고 나면 그다음부터는 각자의 운에 맡기는 거야."

"좋아, 자네를 믿겠네."

"여기까지 왔는데 믿지 않을 수도 없겠지."

장팔봉이 비웃지만 조위풍은 불쾌한 내색을 할 수 없었다.

"내일 날이 밝으면 가기로 합시다."

"그러지."

"명심하시오. 내 약속은 당신들을 풍화곡까지 안내해 주는 걸로 끝나는 거요. 그다음에 봉명도를 누가 찾든 그건 각자의 운에 달린 일이니 서로 상관하지 않기로 합시다."

장팔봉이 같은 말을 다시 한 번 반복해서 확인시킨다.

조위풍도 크게 머리를 끄덕여 확답해 주었다.

군웅들에게로 돌아간 조위풍이 자초지종을 말해주자 다들 난감해했다.

풍화곡이라는 이름을 들어본 자가 없는 것이다.

이 넓은 기련산에서 풍화곡을 찾기란 백사장에서 바늘 한 개 찾는 일과 같을 것이다.

어쨌든 거기까지는 장팔봉을 믿고 그의 안내를 받을 수밖에 없다.

그러고 나서가 문제였다.

풍화곡에 도착한 다음에는 어떻게 할 것이냐 하는 걸 상의하기 시작하자 군웅들의 의견이 분분해졌다.

그때는 더 이상 장팔봉이 필요없으니 통쾌하게 죽여서 그

동안 그놈에게 당한 수모를 갚아야 한다고 핏대를 세워 말하는 자들이 꽤 되었다.

그리고 다른 무리는 봉명도가 세상에 모습을 드러낼 때까지는 아직 저놈이 쓸 데가 있을지 모르니 살려두고 있어야 한다고 주장했다.

잡다한 여러 가지 말들이 오갔지만 결국 그 두 가지 의견이 지배적이었다.

조위풍이 은연중에 군웅들의 우두머리 노릇을 하고 있는 몇 사람을 불러 모았다.

의견을 묻자 그들은 하나같이 봉명도를 찾을 때까지 장팔봉을 살려두자는 것이었다.

그래서 장팔봉의 목숨은 며칠 여유를 갖게 되었는데, 장팔봉 본인은 그런 데에는 전혀 신경을 쓰지 않는 것 같았다.

태평하기만 하다.

그날 밤.

달빛이 은은하게 배어드는 천막 안에서 장팔봉은 진소소와 어쩌면 마지막이 될지도 모르는 정사를 나누었다.

뜨겁고 환장하게 달콤한 시간이 지나고 나자 진소소가 알몸을 부끄러워하지 않고 일어나 앉더니 땀에 흠뻑 젖은 채 헐떡이는 장팔봉의 맨몸을 물 적신 수건으로 정성껏 닦아주었다.

그녀의 봉사를 받으면서 장팔봉은 마음이 아팠다.

이것이 어쩌면 그녀와의 마지막 정사가 될지도 모른다는 불길한 생각 때문이었다.

풍화곡을 찾아낸다면 군웅들이 저를 가만 놔둘 리 없지 않은가. 그전에 몸을 빼서 달아나야 하는데, 빠르면 내일이 될 수도 있는 것이다.

그런 생각을 한 장팔봉이 다시 진소소를 안고 누워서 그녀의 봉긋한 가슴을 부드럽게 쓰다듬으며 귓가에 속삭였다.

"당신에게 일러둘 말이 있어."

"뭔가요?"

"만약 내가 갑자기 없어진다면 말이지……."

진소소의 안색이 싹 변한다.

"설마…… 도망가겠다는 건……."

"그럴 리가 있어? 당신과 굳게 약속한 게 있는데 말이야. 하지만 사람의 일이란 어떻게 될지 알 수 없는 거잖아?"

"내가 있고, 밖에는 천화상단의 호위들이 있는데 누가 당신을 해치기라도 한단 말인가요?"

"그럴 수 없겠지. 하지만 말이야, 사람은 언제나 대비를 철저히 해두는 게 좋거든."

"……."

"이제 기련산에 왔고, 풍화곡만 찾으면 약속이 끝나잖아. 풍화곡 안 어딘가에 봉명도가 있는 게 틀림없으니 일단 그곳에 들어가면 밖에 있는 저놈들은 어제까지의 우정을 헌신짝처럼 내던지고 서로 죽고 죽여낼 거야."

"휴— 강호의 생리가 그러니 참 안타까운 일이랍니다."

"그런 놈들이니 나를 가만히 놔둘 리가 없지. 만약에 나에게 무슨 일이 생긴다면……."

장팔봉의 말이 조금 떨려 나왔다.

비장하기까지 하다.

그것을 바라보는 진소소의 얼굴에 만감이 교차했다.

미운 놈이면서 또한 미워할 수 없는 사람이기도 하지 않은가.

정인이라면 정인이고, 낭군이라면 이미 그렇게 된 사람이다.

하지만 달리 생각해 보면 절대로 용서할 수 없는 자이기도 하다.

저의 깨끗한 몸을 유린한 자이면서 장차 영화로움을 한 몸에 지니게 될 자기 자신에게 짐이 될 뿐인 사이기 때문이나.

그래서 진소소는 장팔봉이 저에게 있어서 언젠가는 떼어 버려야 할 혹이라고 애써 생각하면서 마음을 모질게 먹었다.

진소소의 마음속에는 그런 생각이 가득하건만, 장팔봉이 보는 그녀는 전혀 다른 사람이었다.

입술을 잘근잘근 깨무는 얼굴이 처연하고 눈빛이 애처롭기 짝이 없어서 장팔봉은 가슴이 뭉클해졌다.

'이렇게 나를 위해서 진심으로 걱정을 해주는 사람이 있으니 나는 여기서 죽어도 여한이 없다.'

그런 생각마저 든다.

그러니 어떻게 해서든 봉명도를 진소소가 갖도록 해주고 싶었다.

'내가 그것을 얻는다고 해도 쓸모없는 물건에 지나지 않는다. 나는 다만 그것에 새겨져 있다는 봉명심법만 얻으면 그만 아닌가 말이다. 그러니 그것은 다른 사람보다 진소소가 갖는 게 백번 옳다.'

그렇게 생각한 장팔봉이 그녀의 귀에 대고 속삭였다.

"잘 들어. 풍화곡은 화염봉 서쪽에 있다. 오늘 밤 나에게 무슨 일이 생기면 아무에게도 말하지 말고 혼자서 그곳에 찾아가. 가서 성급하게 봉명도를 찾으려 하지 말고 먼저 한 사람을 찾아라."

화염봉이라면 기련산 삼백육십 봉우리 중에서 다섯 번째로 꼽히는 봉우리다.

높고 험하기도 하려니와 그 생김이 마치 불길이 타오르는 형상이라 붙여진 이름이었다.

"한 사람이라니요?"

그 말에 진소소가 어리둥절한 얼굴을 했다.

장팔봉이 더욱 음성을 낮추어 속삭인다.

"그곳에서 육수천이라는 사람을 찾아야 한다. 봉명도가 있는 곳은 오직 그 사람만이 알고 있지. 내가 패천마련의 지하 뇌옥에서 무림맹주 적무광을 만났을 때 그가 나에게 해준 말은 이것이 전부야. 여태까지는 나 혼자서만 알고 있었는데 이제는 당신도 알게 된 거다."

육수천(陸壽千).

진소소는 아무리 기억을 더듬어보아도 그 이름을 들어본 적이 없었다.

봉명도를 지키는 사람인 모양이라고 짐작한다.

장팔봉의 말 한마디 한마디를 머릿속에 각인해 둔 진소소가 회심의 미소를 지었다.

드디어 원하던 것을 손에 넣은 것과 다름없기 때문이다.

저의 마음을 감춘 채 진소소가 장팔봉의 품에 살며시 안겨들며 속삭였다.

"가가, 그런 불길한 말은 하지 말아요. 오늘 밤 이렇게 저와 함께 있다가 내일 아침을 함께 맞을 텐데 무슨 일이 생긴다고 그러세요?"

"자꾸 그런 느낌이 들어서 그래."

장팔봉이 한숨을 쉬고 다시 말했다.

"만약 내가 사라진다면 군웅들은 모두 나를 욕하겠지?"

"가가의 마음이 그렇지 않다는 걸 알 거예요."

"아니, 저놈들에게는 오직 길 안내인으로서의 내가 필요할 뿐이니까 그런 건 상관하지 않을 것이야. 어쨌든……."

잠시 말을 멈추었던 장팔봉이 제 생각을 다시 한 번 정리하고 말을 이었다.

"그때는 당신이 군웅들을 이끌고 풍화곡으로 가. 그게 귀찮으면 아예 군웅들에게 풍화곡이 화염봉 서쪽에 있다고 말해주든지. 그러면 저희들이 알아서 찾아가겠지."

가만히 그의 말을 듣고 있던 진소소가 한숨을 쉬었다.

"당신은 정말 솔직한 분이로군요. 당신이야말로 한마디 말에 천금의 무게가 있는 대장부이고 협의지사라고 해야 할 것이에요."

"그런 건 다 필요없다. 그냥 나는 나일 뿐이야. 그걸로 만족해."

진소소의 칭찬에도 장팔봉의 얼굴은 어둡기만 했다.

날이 저물면서부터 그는 가슴이 묘하게 뛰는 걸 느끼고 있었다.

마치 매복에 나가 적이 다가오는 걸 지켜보고 있을 때 같아서 스스로 긴장하지 않을 수 없었다.

대체 왜 그러는 건지 영문을 알 수 없는 것이었는데, 장팔봉은 저의 그런 느낌을 굳게 믿고 있었다.

여태까지 수많은 위기를 넘기고 살아온 게 바로 그와 같은 직감 때문 아니었던가.

그리고 그의 직감은 그날 밤에도 어김없이 맞아떨어졌다.

저녁을 좀 짜게 먹은 탓에 물을 과하게 마셨더니 새벽녘 잠을 설치게 되었다.

요의(尿意)를 참고 참았던 장팔봉은 방광이 터질 것처럼 된 탓에 더 견디지 못하고 살며시 일어났다.

진소소는 단잠에 빠져 있었다.

행여 그녀가 깰세라 조심조심하며 천막 밖으로 나가자 어둠 속에서 곧 한 사람이 소리없이 다가왔다.

불침번을 서고 있던 우문한이다.

"어디로 가려고?"

"소변이 급해서 그런다."

아랫도리를 움켜쥐고 쩔쩔매는 장팔봉을 한 번 훑어본 우문한이 턱짓으로 앞쪽의 숲을 가리켰다.

어기적거리며 숲 속으로 걸어 들어간 장팔봉은 바지춤을 까 내리고 시원하게 물줄기를 뽑아냈다.

온몸이 부르르 떨릴 만큼 상쾌해진다.

그리고 오싹한 한기가 갑자기 밀려들었다.

머리를 흔든 장팔봉이 바지를 추슬렀을 때다.

뒷목에 따끔한 느낌이 와 닿았다.

'뭐지?'

벌레에게 물렸나 하고 생각한 순간 의식이 급속히 사라져 갔다.

'암습!'

하지만 그 외침은 입 밖으로 새 나오지 못했다.

*   *   *

장팔봉은 제가 바람을 가르고 뻗어 나가는 한줄기 화살처럼 무섭게 달리고 있다는 걸 느꼈다.

온몸이 출렁거린다.

희미하게 돌아오기 시작한 의식 속에서 그는 의아하게 생각했다.

'어느새 내 공력이 이토록 높아졌던가?'

그래서 무영혈마의 절정 경공 신법을 이처럼 아무 힘도 들이지 않고 펼칠 수 있게 된 건가 하는 엉뚱한 생각이 들었다.

하긴, 진소소를 안고 몇 날 며칠 동안 밤낮없이 운우지락에 빠져 있었으니 그럴 만도 하다는 생각도 든다.

그녀의 몸이야말로 모든 남자들이 탐내는 강호의 두 번째 보물이 아니던가.

천지음화지체(天地陰化之體)라는 천 년에 한 번 나올까 말까 한 기막힌 신체 조건을 가지고 있는 여자.

그게 진소소의 정체 아닌가 말이다.

그녀를 마누라로 삼아서 음양교접을 하면 할 때마다 남자의 내공이 절로 증진된다.

그녀의 음기가 양기를 북돋아줄뿐더러, 남자의 몸 안으로 흘러들어 음양의 조화를 이루게 해주기 때문이다.

십 년만 함께 붙어산다면 저절로 삼화취정, 오기조원의 경지에 오르게 될 것이다.

그것도 애써서 힘들게 운기행공할 필요가 없이 그렇게 되니 무공을 익힌 남자들로서는 환장할 노릇이 아닐 수 없다.

그래서 그녀는 그 자체로 두 번째 보물인 것이다.

그런 진소소와 낮밤 없이 즐겼으니 저절로 내공이 무럭무럭 자라난 것인지도 모른다고 잠깐 생각했다.

아직 정신이 온전히 돌아오지 않아서 비몽사몽간에 있기에 그런 착각을 한 것이다.

하지만 점차 정신이 돌아오자 장팔봉은 곧 그런 저의 생각이 대단히 잘못된 것임을 깨달았다.

'염병, 나한테는 내공이라는 게 없다시피 한데 무슨 증진? 그것도 내공이 어느 정도 있는 몸이라야 가능한 일이지. 그러니 나에게 진소소는 그냥 여느 여자보다 아름답고 훌륭한 몸매를 지닌 아가씨에 불과한 거나. 가만, 그런데 내가 왜 이렇게 달리고 있는 거지?

그런 자각이 들면서 비로소 제 처지를 파악할 수 있게 되었다.

당장 우거지상이 된다.

제가 달리고 있는 게 아니라 누군가가 쏜살처럼 달리고 있는데, 저는 단지 그 누군가의 품에 안겨 있을 뿐이라는 걸 깨달았기 때문이다.

납치당한 것이다.

'누가?'

우선 그런 의문이 들었다.

우문한은 물론 백무향의 이목마저 감쪽같이 따돌리고 이렇게 저를 납치한 자라면 보통 인간이 아닐 것이다.

정신은 돌아왔지만 몸은 여전히 물먹은 솜처럼 축 늘어져서 꼼짝할 수가 없었다.

마혈을 단단히 제압당했던 것이다.

'제기랄, 나쁜 예감은 여지없이 들어맞는구나. 한 번쯤 안 맞으면 안 되는 것이냐?'

저의 놀라운 직관에 대하여 그런 불만이 생기지 않을 수 없다.

다음으로 도대체 저를 납치해 가고 있는 자가 누구인가 하는 궁금증이 일었다.

왜인지는 하나도 짐작하시 않니. 뻔한 일이타는 길 질 일고 있기 때문이다.

세 번째는 놀라움이었다.

제 몸무게가 만만치 않은데 그런 저를 품에 안고 이처럼 지칠 줄 모르고 달리는 자의 경공 신법에 대하여 감탄하지 않을 수 없었던 것이다.

내력이 지극히 고강한 자가 틀림없다.

그렇게 몇 개의 골짜기를 지나 인적이 없는 곳에 이르렀다.

군웅들로부터 도대체 얼마나 멀리 떨어져 나온 건지 알 수가 없다.

비로소 장팔봉을 안고 달리던 괴인이 멈추어 섰다.

달빛이 희미하게 스며들고 있는 깊은 골짜기 안이었다.

거친 바위와 무성한 숲 사이로 졸졸 개울물 흐르는 소리만 들릴 뿐, 깊은 물속처럼 고요하기 짝이 없다.

"흐흥, 이 녀석, 이제 그만 일어나라."

장팔봉을 던지듯 내려놓은 괴인이 그렇게 말했다. 음침하고 쉰 듯한 음성인데 장팔봉은 그가 일부러 저의 본래 목소리를 감추고 있다는 걸 눈치챘다.

그렇다면 자신이 알고 있는 자인 게 틀림없다.

'대체 누굴까?'

눈알을 뒤룩뒤룩 굴려보지만 괴인은 장발을 늘어뜨려 얼굴을 온통 가리고 있었으므로 용모를 알아볼 수 없었다.

장팔봉이 옷을 툭툭 털고 일어섰다. 어느새 마혈이 풀려 있었던 것이다.

괴인의 그 신기한 점혈 수법에 감탄하지만 겉으로는 내색하지 않았다.

얼굴을 뒤덮은 머리카락 속에서 음침한 눈빛을 쏘아 보내던 괴인이 다시 말했다.

"이 녀석, 여기서 죽는다면 아무도 알지 못하겠지."

"나를 죽일 셈이오?"

"그렇다."

"어째서?"

"흐흐, 네가 엉뚱한 짓을 했기 때문이다."

"군웅들을 죄다 이끌고 여기까지 온 것 말이오?"

"그렇다."

"당신도 그 군웅 속에 섞여서 따라오지 않았소?"

"홍, 틀렸다."

"아니라고?"

장팔봉이 의아하다는 얼굴을 했다.

"나는 벌써 이곳에 와 있었지. 두 달 전에 왔단 말이다."

"그렇다면 내가 군웅들을 이끌고 여기 온 것과 상관이 없지 않소?"

"또 틀렸다. 아주 깊은 상관이 있지."

"봉명도 때문이겠군."

"흐흐흐—"

괴인이 음침한 웃음으로 대답을 대신했다.

장팔봉은 내심 크게 놀랐다.

'대체 이 괴인이 누구인데 봉명도가 기련산 중에 있다는 걸 알고 있을까? 그것도 두 달 전부터 알고 있었다는 것 아닌가? 내가 전에 누구에게 말해준 적이 있던가?

거기까지 생각이 미치자 즉시 장팔봉의 얼굴에 당황한 기색이 가득해졌다.

'이런 염병할, 그렇구나. 한 사람을 까맣게 잊고 있었어. 제기랄, 나도 이제는 정말 관 속에 들어가 누울 때가 된 모양이다. 이렇게 기억력이 형편없어지다니.'

한 사람을 떠올린 것이다.

이대 무림맹주였던 남천검왕(南天劍王) 사자성(史紫星).

그의 명령을 받고 패천마련의 지옥 속으로 걸어 들어갔고, 그곳에서 전대 무림맹주였던 절대무제(絶對武帝) 적무광(赤武光)을 만났다.

그리고 봉명도의 위치에 대해서 알아내 그 지옥을 나왔다.

그때 가장 먼저 찾아간 사람이 바로 남천검왕 사자성이었으니, 그는 패망해 버린 무림맹 총단을 홀로 지키고 있던 쓸쓸한 신세였다.

그에게 기련산 풍화곡에 찾아가 육수천이라는 사람을 만나리고 말해주지 않았던가.

그걸로 자신의 임무를 완수하고 홀가분하게 안탕산을 떠났다.

그때의 일을 떠올린 장팔봉이 히죽 웃었다.

"내가 깜빡 잊고 있었지 뭐요. 바로 당신의 존재를 말이야. 이제 다 알았으니 굳이 귀신 흉내를 낼 필요 없소."

"흥!"

장발의 괴인이 머리를 쳐 올렸다. 얼굴을 뒤덮고 있던 머리카락이 넘어가면서 비로소 그의 진면목이 드러났다.

역시 남천검왕 사자성이었다.

장팔봉은 속으로 고개를 끄덕였다.

'과연 대단한 사람이다. 괜히 무림맹주 자리에 앉았던 게 아니었어.'

백무향의 이목을 감쪽같이 속이고, 눈앞에서 우분한을 허수아비로 만든 채 이렇게 자신을 납치해 왔으니 그 무공의 높고 심오함은 더 보지 않아도 짐작할 수 있다.

사자성의 얼굴은 음침하고 표독하게 변해 있었다. 늘 중후하고 사색에 잠겨 있던 얼굴이 아니다.

지난 두 달 동안 기련산을 이 잡듯 뒤지고 다니느라고 고생을 한 티가 역력했던 것이다.

심성이 변하고, 그래서 얼굴 생김마저 바뀔 정도로 봉명도에 집착하는 그의 무서운 집념에 소름이 끼친다.

第九章

풍화곡(風火谷)

鳳鳴刀
용명도

풍화곡(風火谷)

"너는 나에게 말해주지 않은 게 있지?"

사자성의 음침한 음성이 저승사자의 그것처럼 들린다.

하지만 장팔봉은 겁먹지 않았다.

그의 정체를 알았으니 그가 왜 이렇게 아무도 모르게 자신을 납치해 온 것인지도 절로 이해가 된다.

장팔봉이 빙긋 웃었다.

위기에 처할수록 더욱 여유로워지고 침착해지는 게 장팔봉이 가지고 있는 훌륭한 무기 중 하나 아니던가.

"이제 보니 맹주는 지난 두 달 동안 고생을 막심하게 하셨군요. 아직도 풍화곡을 찾지 못하신 거요?"

"이놈, 나를 약 올릴 생각이라면 그만두는 게 좋을 것이다."

"천만에, 천만에. 진심으로 맹주의 처지가 안타까워서 그러는 거랍니다."

"너는 나에게 거짓말을 했다. 그리고 너를 따라 여기까지 온 저 멍청한 놈들 모두에게도 거짓말을 했겠지."

"틀렸소이다. 나는 천성이 거짓말을 하지 못하는 놈이오."

"그렇다면 정말 기련산에 풍화곡이라는 곳이 있단 말이냐? 그곳에 봉명도가 있기는 하고?"

"내가 전임 맹주로부터 들은 바로는 틀림없소. 그러니 거짓말을 했다면 내가 아니라 전임 맹주가 했다고 해야 하지 않겠소?"

"흥, 내가 그 말을 믿을 것 같으냐?"

"그런데 사 맹주는 풍화곡을 찾기는 찾은 거요?"

"찾지 못했다. 그동안 죽을 고생만 했지."

"그렇디면 이째서 내가 거짓말쟁이라고 할 수 있단 말이오? 풍화곡을 찾았는데 그곳에 육수천이라는 사람이 없거나, 육수천을 만났지만 봉명도는 없었다거나 해야 내 말이 거짓말이 되는 것 아니오?"

"흥, 두 달 동안 기련산을 이 잡듯 뒤졌는데도 풍화곡이라는 곳을 찾지 못했으니 처음부터 그런 곳은 없었던 거나 다름없지."

"틀렸소, 틀렸어. 기련산은 동서로 뻗은 줄기만 무려 이천여 리에 달하는 거대한 산맥 아니오? 어찌 사 맹주 혼자서 그것을 다 뒤졌다고 할 수 있겠소? 아무리 사 맹주의 경공 신법이 고절하다고 해도 혼자서는 평생을 뒤져도 부족할 것이오."

"그렇다면 너는 풍화곡이 어디에 있는지 알고 있단 말이냐?"

"그렇소."

"무엇이?"

사자성의 얼굴 가득 노여움이 불타올랐다.

그가 불쑥 손을 뻗어 장팔봉의 목줄기를 움켜쥐었다.

장팔봉은 그의 손에 천연덕스럽게 몸을 내맡기고 있었다.

반항해 봐야 아무 소용도 없다는 걸 아니 그저 그가 흔드는 대로 인형처럼 흔들린다.

그래도 분이 안 풀린 사자성이 기어이 한주먹에 때려죽이고 말겠다는 듯 주먹을 번쩍 들어 올렸다.

장팔봉이 그런 그를 빤히 바라보며 말했다.

"내가 사 맹주에게 그 말을 해주지 않았던가?"

"뭐라고?"

"풍화곡의 위치에 대해서 말이오."

"네놈은 한마디도 하지 않았다. 그저 풍화곡이라고만 했을 뿐이지."

"그랬나? 허, 그것참. 나도 그런 실수를 할 때가 있군."

장팔봉이 죽음 앞에서도 태연하게 히죽 웃는다.

"하지만 말이오, 내 입장이 되어서 생각해 본다면 충분히 이해할 수 있는 일 아니겠소?"

"……"

"나에게도 한 가닥 살 길은 감추어두고 있어야 하지 않겠느냐 그 말이외다. 그랬기 때문에 오늘까지 이렇게 살아서 맹주와 다시 만날 수 있게 된 것 아니겠소?"

"끄응—"

"만약 내가 그날 당신에게 눈치코치없이 모든 걸 죄다 털어놓았다면 제일 먼저 맹주의 손에 의해 죽임을 당했겠지. 그렇지 않소?"

사자성은 할 말이 없었다.

"하지만 걱정 마시오. 나는 끝까지 신의를 저버리는 자가 아니니까."

"그 말은 나를 그곳으로 안내해 주겠다는 것이냐?"

"그렇소. 이왕 이렇게 되었으니 맹주께서는 지난 두 달간의 고생을 깨끗이 잊고 나와 함께 갑시다."

"너를 따라온 놈들 속에 섞여서 말이지?"

"그렇소. 그들에게도 풍화곡으로 데려가기로 약속했으니 지켜야 할 것 아니겠소?"

"흥, 필요없다. 너는 지금 당장 나와 함께 가는 거야."

"그걸 알면 그들이 가만히 있지 않을 텐데, 뒷일을 맹주가 책임져 주시겠소?"

"책임지고 말고 할 게 뭐 있느냐? 흐흐, 봉명도를 찾으면 너는 그 즉시 죽은 목숨이 될 텐데 말이다. 죽은 다음에야 어느 놈이 욕을 하든 말든 알게 뭐야?"

"과연 그렇소. 맹주의 말을 듣고 보니 막혔던 머리가 뻥 뚫리는 것 같구려. 죽은 다음에는 모든 게 다 소용없게 되지. 그러니 죽은 자야말로 진정 자유로워지는 것이고, 행복한 것 아니겠소? 맹주는 부디 지금 이 자리에서 나를 죽여 나로 하여금 그런 편안함을 누릴 수 있게 해주시오. 부탁이오."

장팔봉의 말에 어리둥절해하던 사자성이 음침한 소성을 흘렸다.

"흐흐, 그렇게는 안 되지. 우선 봉명도를 찾아라. 그런 다음에는 네 소원대로 해줄 테니까."

하늘을 본 장팔봉은 머지않아 날이 밝으리라는 걸 알았다.

지금쯤 군웅들은 제가 없어진 것을 알고 펄펄 뛰고 있으리라.

'진소소가 내 말대로 그들을 이끌고 풍화곡으로 찾아오겠지. 아니면 그들 스스로 앞 다투어 몰려올 것이다. 그렇다면 그들보다 한발 앞서 그곳에 가 있는 것도 나쁘지 않겠군.'

그렇게 생각한 장팔봉이 비로소 엉덩이를 툭툭 털고 일어섰다.

"좋소, 사 맹주의 뜻이 그렇다니 복종할 수밖에. 자, 갑시다."

"어디냐?"

"풍화곡은 화염봉 서쪽에 있다오. 화염봉은 어디 있는지 알고 계시겠지?"

"홍!"

코웃음을 친 사자성이 덥석 장팔봉을 안았다.

그대로 몸을 날려 바람처럼 골짜기를 빠져나간다.

화염봉은 일백여 리 떨어진 곳에 있었다.

보통 사람의 걸음으로 가자면 사흘 길이다.

골짜기를 건너고, 험한 고개를 넘고, 울창한 숲을 헤쳐 나가는 일이 어찌 쉬울 것인가.

하지만 사자성에게는 두어 시진 남짓의 거리에 불과했다.

장팔봉을 안고 있으면서도 골짜기를 건너뛰는 것을 작은 개울 건너뛰듯 했고, 바위 능선을 오르내리는 것을 원숭이처럼 가볍게 했다.

장팔봉이 어지럼증이 나서 눈을 꼭 감고 있을 만큼 사자성의 질주는 거칠 것이 없었다.

'사 맹주의 무공이 이럴진대 패천마련의 마종지주라는 거령신마 무극전의 무공은 대체 어느 정도일 것인가?'

그런 두려움이 절로 생기지 않을 수 없다.

백무향의 무위도 사자성을 미루어 짐작해 볼 수 있으니 그
녀에 대한 두려움 또한 새삼 커진다.

"저곳이다."

　사자성의 말에 장팔봉이 고개를 내밀고 바라보았다.

　저 앞에 우뚝 솟아 있는 붉은 봉우리가 뚜렷이 보인다.

　마침 떠오르는 햇빛을 받아 온통 불에 타고 있는 것처럼 보
이는 바위 봉우리였다.

　수십 개의 작은 봉우리가 큰 봉우리를 감싸고 솟구쳐 있는
게 마치 활활 타오르는 불길 같았다.

　드디어 화염봉에 가까이 온 것이다.

　사자성이 훌쩍 벼랑 아래로 뛰어내렸다. 장팔봉이 다시 질
끈 눈을 감아버렸다.

　까마득한 그곳을 원숭이처럼 달려 내려가는 그의 절묘한
경신법에 이제는 익숙해졌을 만도 한데 여전히 무섭고 떨리
는 것이다.

　뜨거운 차 한 잔 마셨을 만큼 시간이 지났을까.

　사자성이 우뚝 멈추어 서더니 장팔봉을 내려놓았다.

　눈을 들어 바라보자 머리 위에 화염봉의 웅장한 자태가 있
다.

　그 거대한 바위 봉우리가 정수리 위로 우르르 쏟아져 내릴
것처럼 느껴진다.

낯설고 신기한 풍경이었다.

운무가 자욱한 골짜기에는 풀 한 포기 자라고 있지 않아 삭막하기 그지없었는데, 입구는 좁고 안으로 들어갈수록 넓어져서 일 리쯤 되는 곳은 수백 명의 사람이 한꺼번에 모일 수 있을 만큼 광장을 이루고 있었다.

누런빛을 띤 바위들이 온갖 기괴한 형상을 한 채 사방을 에워쌌고, 짙은 운무 때문에 열 걸음 앞을 알아보기 힘들었다.

음산하고 괴이쩍은 기분 때문에 장팔봉은 물론 사자성도 머뭇거리며 조심히 나아갔다.

그렇게 광장을 지나자 석벽이 앞을 가로막았다.

단단하고 누런 바위벽은 천연의 병풍을 두른 것 같았다.

그 사방에 무수히 많은 동혈이 뚫려 있어서 마치 악귀들의 거처와 같다.

그 아래쪽에 한줄기의 길이 희미하게 보였다.

바위벽의 병풍 한쪽이 찢어진 것처럼 보이는 유일한 통로인 것이다.

그 통로를 지나려면 바위벽 아래로 다가가야 하는데 망설여졌다.

그것에 수없이 뚫려 있는 크고 작은 굴들이 자꾸 신경 쓰이는 것이다.

"수상한걸, 수상해."

장팔봉이 중얼거렸다.

사자성도 그런 마음인지라 묵묵히 동혈들을 노려보기만 할 뿐 말이 없었다.

으스스한 한기와 함께 알 수 없는 살기가 그 수많은 동혈들 속에서 스멀스멀 흘러나오고 있는 것 같았다.

마치 수많은 뱀과 지네들이 소리없이 기어나오는 것 같다 는 착각마저 든다.

그 꺼림칙한 느낌 때문에 망설이던 사자성이 잔뜩 낯을 찌 푸리고 장팔봉의 완맥을 덥석 잡았다.

"이 녀석, 여기가 정말 풍화곡인 거냐?"

"나도 처음 와보는데 어찌 알겠소?"

"만약 나를 속인 거라면 너는 온전히 죽지 못할 것이다."

"의심도 지나치면 병이 되는 거요."

잠시 생각해 보던 장팔봉이 머리를 갸웃거렸다.

"그런데 저 산이 정말 화염봉이 맞는 거요?"

"그렇다. 틀림없다."

"그렇다면 여기가 화염봉의 서쪽인 것도 맞는 거요? 혹시 사 맹주가 방향을 잘못 잡아서 동쪽이나 남쪽으로 온 건지도 모르지 않소?"

"흥, 헛소리. 이곳이 분명히 서쪽이다."

"그렇다면 여기가 풍화곡이 틀림없다는 건데…… 그것참

이상하군. 도대체 사람의 흔적이라고는 없으니 말이오. 설마 적무광 그 양반이 나를 놀리려고 헛소리를 했을 리는 없고, 또 죽어가는 사람이 거짓말을 했을 리도 없으니 정말 알 수 없는 노릇이오."

사자성은 장팔봉의 말에 거짓이 없다는 걸 알았다. 그렇다면 이곳이 풍화곡이 틀림없고, 적무광이 말해주었다는 그곳일 것이다.

"우리 저쪽으로 가보자."

그가 여전히 장팔봉의 완맥을 쥔 채 한곳을 가리켰다.

"이 손 좀 놓아주면 안 되겠소?"

"흥, 너는 잔꾀가 많은 놈이라 안심할 수가 없다. 나를 속이고 달아나 버린다면 이 복잡한 곳에서 너를 찾기 위해 고생하게 될 것 아니냐?"

"제기랄, 그렇게 나를 믿지 못한다면 어째서 내 말은 믿고 여기까지 나를 데려온 것이오?"

"산말 말고 어서 가보자."

사자성이 장팔봉을 질질 끌듯이 하며 운무를 헤치고 나아가다가 우뚝 멈추어 섰다.

그와 동시에 장팔봉도 잔뜩 긴장하여 숨을 멈춘다.

그들은 동시에 무언가 급하고 불길한 느낌을 받았던 것이다.

사자성은 그의 극도로 예민하게 단련된 감각의 경고음을

들은 것이고, 장팔봉은 본능적인 느낌의 속삭임을 들은 것이다.

─위험하다!

그게 무언지 알 수 없지만 두 사람의 느낌은 그렇게 소리치고 있었다.

휙─

무엇인가 머리 위를 스치고 지나갔다.

휙, 휙, 휙─

그리고 사방에서 희미한 파공성이 들려오기 시작했다.

무언지 알 수 없는 것들이 아주 빠르게 움직이고 있었던 것이다.

짙은 운무 속에서 형체가 보이지 않는 것의 움직임을 느낀다는 건 두렵고 긴장되는 일이었다.

장팔봉이 주먹을 움켜쥐었고, 사자성 또한 경계를 늦추지 않은 채 등에 지고 있던 검을 천천히 뽑아 들었다.

보검의 번쩍이는 검광마저 빨아들이는 짙은 안개가 춤을 추듯 일렁인다.

"으앗!"

그리고 장팔봉이 갑자기 비명을 터뜨리며 급히 맴돌았다.

무엇인가 차고 날카로운 것이 그의 뺨을 훑고 지나갔다.

찰나의 순간만 늦었어도 뺨에 긴 상처가 생겼을 것이고, 조금 더 늦었더라면 여지없이 머리통이 쪼개지고 말았을 것이라는 생각에 소름이 좌악 돋는다.

"합!"

장팔봉이 몸을 비킨 것과 동시에 사자성도 짧고 격한 기합성을 터뜨리며 좌로 검을 후려쳤다.

그의 보검이 위잉 하는 소리를 내며 재빨리 훑고 지나간 곳에서 끼익 하는 작고 낮은 비명성이 들려왔다.

그러나 급히 그곳으로 이동한 사자성은 아무것도 발견할 수 없었다. 몇 개의 혈흔만 바닥에 떨어져 있을 뿐이다.

휙, 휙—

이제는 사방이 어지럽게 움직이는 것들의 바람 소리로 가득 찼다. 시끄러울 지경이다.

그것이 정체를 알 수 없는 짐승들이라면 도대체 이 짙은 운무 속에 몇 마리나 있는 건지 짐작조차 할 수 없다. 그래서 더욱 불안해진다.

한 번의 경험으로 그것들의 움직임이 예사롭지 않을뿐더러, 적의를 가지고 있다는 걸 알았으니 더욱 그렇다.

장팔봉도 이제는 바짝 긴장하여 품에서 한 자루의 번쩍이는 단검을 꺼내 들었다.

여차하면 목숨을 잃게 될 것이라는 절박함으로 식은땀을 흘릴 만큼 긴장하여 사방을 두리번거린다.

"내 곁에서 떨어지지 마."

사자성이 낮게 속삭였다.

그의 말이 아니더라도 장팔봉은 사자성의 곁에서 한 발짝도 떨어지기 싫었다.

이런 상황에서는 제 힘보다 사자성의 힘이 월등하다는 걸 잘 알고 있기 때문이다.

두 사람은 서로 등을 맞댄 채 천천히 한 바퀴 맴돌았다.

사방에서 여전히 획, 획 하는 바람 소리가 들리지만 두 번째 공격은 아직 없었다.

정체를 알 수 없는 것들이 한 번 공격해 보더니 이쪽의 두 사람이 만만치 않다는 걸 알고 제 무리를 더 끌어들이는 한편, 경계하고 있는 것인지도 모른다.

삐익—

휘파람처럼 날카로운 소성이 허공을 갈랐다.

사람의 소리는 아니다.

호각 소리도 아닌 것이, 정체를 알 수 없는 괴물 중 하나가 낸 것이 분명했다.

그리고 그놈이 우두머리일 것이다.

소성을 신호로 삼은 듯, 사방에서 일제히 시커먼 물체들이 달려들었다.

쏜살처럼 빠르고 격렬한 충돌이다.

"이놈들!"

사자성이 무섭게 외치며 팔방으로 번쩍이는 검기를 날렸다.

그의 절기인 남천팔검식(南天八劍式) 중 유성횡천(流星橫天)이라는 것인데, 한 번 검을 휘둘러 쓸어가는 곳에 무지막지한 검기가 뇌전처럼 작렬하고 수많은 검화가 구름처럼 피어나 사방 삼 장여를 초토화시켜 버린다.

우르르르—

은은한 뇌성과 함께 그의 검기가 미치는 곳마다 '끼악!' 하는 단말마가 터져 나왔다. 폭죽이 터지듯 운무 속으로 붉은 피가 마구 터져 나간다.

장팔봉은 처음 보는 사자성의 그 무시무시한 검법에 입을 딱 벌렸다.

사자성이 무림맹주에 추대되었을 때부터 그의 위명이 천하에 진동한다는 걸 알았지만 이처럼 대단한 자일 줄은 몰랐던 것이다.

그가 왜 남천검왕이라고 불리게 되었는지 서설도 이해가 된다.

세상은 사자성에 대하여 제대로 알지 못하고 있다는 생각이 들 정도였다.

후두둑 하며 육편이 함박눈처럼 쏟아져 주위에 쌓였다.

발치에 떨어진 그 조각들은 아직 신경이 살아서 꿈틀거리고 있었는데, 붉은 살 위에 시커먼 털이 덮여 있었다.

터럭이 마치 바늘을 꽂아놓은 것처럼 빳빳하다. 고슴도치의 바늘 같아 보이기도 한다.

사자성이 그처럼 일검에 무시무시한 위력을 보이고 몇 마리인지 모를 괴짐승들을 해치웠건만 그것들의 공세는 그치지 않았다.

도대체 수를 헤아릴 수 없이 많은 것들이 쇠나 쏟아져 나온 모양이니 이래서는 승산이 없다.

쐐애액—

이번에는 요란하고 뾰족한 파공성이 사방에서 들려왔다.

"암기다!"

사자성이 다급하게 외치고 호신 절초인 철벽암천(鐵壁暗天)의 초식으로 제 몸과 장팔봉의 몸을 보호했다.

번쩍이는 검광이 두터운 장막을 친 것처럼 사방을 에워쌌고, 쏘아져 온 수많은 암기는 단 한 개도 그 검막을 뚫지 못했다.

땡강거리는 요란한 소리가 우박 소리처럼 귀 따갑게 들려왔다.

사자성의 검광에 부딪친 것들이 우수수 떨어졌는데, 언뜻 보니 바로 고슴도치의 바늘같이 생긴 그 터럭들이었다.

화가 난 짐승들이 제 털을 뽑아서 암기 삼아 던져 낸 것이다.

그 사실이 더욱 놀라웠다.

어떤 짐승이 강호의 고수처럼 암기를 발출할 수 있으며, 더구나 제 털을 암기로 뿌릴 수 있단 말인가.

그 믿지 못할 일에 장팔봉은 물론 사자성의 안색이 흙빛으로 변했다.

몸에 난 털이 어디 한두 개이던가. 그러니 저것들은 무한정으로 암기를 쏘아낼 수 있지만 사람으로서는 체력과 힘의 한계가 있는 것이다.

제아무리 내공이 높은 자라고 해도 마찬가지다.

그러니 이렇게 싸우다가는 한도 끝도 없을 것이고, 결국 이쪽에서 먼저 지쳐 주저앉게 될 것이라는 위기감이 들었다.

"대체 저것들이 뭐지요?"

장팔봉의 말에 사자성이 고개를 가로저었다.

"나도 모르겠다. 볼 수가 없으니 짐작할 수도 없지. 대체 어떤 짐승이 저렇게 빠르고, 제 털을 암기로 뿌릴 능력이 있단 말이냐?"

오히려 장팔봉에게 되묻는다.

장팔봉이 탄식을 했다.

"그렇다면 우리는 이 빌어먹을 풍화곡에서 저것들의 밥이 되고 마는 거로군요. 제기랄, 이럴 줄 알았다면 내가 미쳤다고 봉명도를 찾아 여기까지 왔겠소?"

"그렇다고 죽음을 기다리고 있을 수만은 없지. 자, 가자!"

"가다니? 저 빌어먹을 것들이 운무 속에 몸을 숨기고 우리를 포위하고 있는데 갈 데가 어디 있단 말이오?"

"딱 한 군데 있지."

사자성이 덥석 장팔봉의 손을 잡더니 그대로 몸을 날렸다.

"엇?"

장팔봉이 미처 놀랄 새도 없이 그는 유성처럼 십여 장을 단숨에 건너뛰어 뚝 떨어져 내렸다.

"이런 제기랄, 고작 여기요?"

장팔봉이 불만을 터뜨렸다.

그의 앞에 있는 건 깎아지른 황색의 절벽이었기 때문이다. 무수한 동혈이 있는 그 꺼림칙한 절벽 아래다.

"여기다!"

사자성이 재빨리 장팔봉을 이끌고 그 암벽에 뚫려 있는 좁은 통로로 뛰어들었다.

한 사람이 겨우 몸을 옆으로 해서 지나갈 수 있을 만큼 좁은 바위틈으로 미끄러지듯 빨려들어 갔는데, 이제는 앞으로 나갈 수만 있을 뿐 뒤로는 물러날 수 없는 상황이었다.

저 앞에 더 무서운 괴물이 있다고 해도 몸을 돌릴 수가 없는 것이다.

그렇게 이십여 장을 재빨리 이동해 가자 드디어 앞이 넓어졌다.

그곳은 또 하나의 작은 광장이었다.

수십 명이 늘어설 만한 공간인데, 그곳 역시 깎아지른 절벽으로 가로막혀 있었다.

오도 가도 못하게 된 것이다.

"제기랄, 스스로 죽을 구덩이로 들어왔구나. 이제 괴물 짐
승들이 쫓아온다면 어디로 달아난단 말이냐?"

장팔봉이 투덜거렸다.

바깥에 있는 저 끔찍한 괴물들이 여기까지 쫓아온다면 이
번에는 꼼짝없이 그것들의 밥이 되고 말 것이다.

호리병 속에 갇힌 것처럼 된 신세이기 때문이다.

하지만 어쩐 일인지 아직도 정체를 알 수 없는 그 괴물들은
더 이상 뒤쫓아오지 않았다.

바람이라도 분 것처럼 운무가 잠깐 흩어졌다.

그러자 절벽 아래쪽에 숭숭 뚫려 있는 두 개의 구멍이 눈에
들어왔다.

한 사람이 기어서 겨우 들어갈 만한 입구다.

"우선 여기 숨자."

사사성이 그렇게 말하고 상팔봉을 왼쪽의 동굴 입구로 밀
어 넣었다.

장팔봉은 군말하지 않고 기어서 재빨리 동굴 안으로 들어
갔다.

그 동굴 속에 몸을 감추고 있으면 정체를 알 수 없는 짐승
들을 상대하기가 훨씬 수월할 것이라는 생각을 한 것이다.

입구만 좁을 뿐, 의외로 안쪽은 넓은 동굴이었다.

일어서도 천장이 머리에 닿지 않는다.

천연적인 동굴이 아니라 사람이 뚫어놓은 곳이라는 걸 알 수 있다.

비로소 안심해도 된다고 생각하자 의문이 들었다.

"그런데 어째서 저 무지막지한 것들이 우리를 막지 않았을 까요?"

"나도 그걸 의아하게 생각하고 있는 중이다."

과연 그랬다.

그들이 절벽의 비좁은 통로로 뛰어들자 짐승들은 더 이상 달려들지 않았던 것이다.

동굴이 있는 이곳으로 쫓아오지도 않는다.

바깥이 잠잠한 것이 모두 사라져 버린 것 같기도 했다.

아니, 무슨 조화인지 바깥의 소리가 하나도 들리지 않는다.

아마도 높은 절벽에 가로막힌 소리가 모두 되돌아가기 때문인지도 모른다.

그 비좁은 통로로 스며들어 왔던 소리들도 통로의 벽에 부딪치는 동안 소멸되어 버리는 모양이다.

그러니 통로 안쪽의 동혈 앞에서는 아무 소리도 들리지 않았다. 그저 깊은 물속처럼 고요하기만 하다.

평화롭기까지 하다.

그 고요 속에서 두 사람은 이제 자신들이 무작정 뛰어든 동굴 밖으로 나갈 생각을 하지 못했다. 한 번 크게 놀란 탓이다.

'큰일 났다. 진소소가 여기에 와서는 안 되겠는걸?'

장팔봉에게 그런 걱정이 생겼다.

군웅들이 수백 명이나 된다고 해도 이처럼 짙은 운무에 갇힌 채 저 흉악한 짐승들의 공격을 받는다면 커다란 혼란에 빠질 것이다.

짐승들이 사납고 빠르며 암기마저 뿌리는 이상 많은 사상자가 생길 것도 뻔했다.

장팔봉은 진소소가 짐승들의 밥이 되는 걸 조금도 원치 않았다.

그녀에게 이곳의 기이한 일에 대하여 말해주고, 이곳에 오지 말라고 해야 할 텐데 말을 전할 방법이 없지 않은가.

안절부절못하는 장팔봉을 본 사자성이 비웃음을 흘렸다.

"왜? 마누라로 삼은 진소소가 걱정되느냐?"

"어? 알고 계셨소?"

"흥, 너는 이미 무림삼보 중 하나를 가졌으니 죽어도 원이 없을 것이다."

"제기랄, 할 수만 있다면 무림삼보를 죄다 가져야겠소!"

장팔봉이 약이 올라 버럭 소리쳤다.

사자성이 다시 비웃는다.

"흐흥, 어디 재주가 있으면 밖으로 나가 그녀에게로 돌아가 보아라. 가서 이곳에 오지 않는 게 좋겠다고 말해줘."

"……."

"쓸데없는 일이라는 걸 너도 잘 알겠지?"

'그렇다. 쓸데없는 일이다.'

장팔봉은 사자성의 비웃음을 받아들일 수밖에 없었다.

이곳을 빠져나간다는 것도 불가능했고, 빠져나가서 진소소를 만났다고 해도 그녀가 과연 말을 들을지 알 수 없었기 때문이다.

제 말을 거짓말이라고 여길 것이다. 그녀뿐만 아니라 군웅들이 모두 그럴 것이다.

봉명도가 코앞에 있는데 누가 그렇지 않을 것인가.

"휴— 어쩔 수 없지요. 각자의 운에 맡기는 수밖에요."

장팔봉이 그렇게 말하자 사자성이 고개를 끄덕였다.

"그렇다. 각자의 운에 맡길 수밖에 없는 거야. 너는 운이 매우 좋은 편이지. 나를 만나지 않았다면 너 혼자서 여기까지 올 수 있었을 것 같으냐?"

"그렇소. 그 점에 대해서는 사 맹주에게 감사하오."

장팔봉이 포권했다.

만약 사자성의 보호가 없었다면 자신은 이 동굴까지 오지도 못하고 저 밖의 광장에서 짐승들에게 갈가리 찢겨 죽었을 것이기 때문이다.

장팔봉이 사자성을 재촉했다.

"어서 안으로 들어가 봅시다. 어쩌면 다른 곳으로 통하는 길이 저 안에 있을지도 모르잖습니까?"

"그러기를 바라야겠지."

사자성이 머리를 끄덕였다.

밖으로 나갈 수 없으니 결국 안으로 들어가 보는 수밖에 없다.

그곳에 길이 있기를 바랄 뿐이다.

몇 걸음 조심조심 걸어 들어가자 빛이 완전히 사라져 버렸다.

동굴 안은 빛 한줄기 스며들지 않아서 한 치 앞도 보이지 않는 흑암 속이었다.

음습하고 차가운 기운이 가득해서 안쪽으로 들어갈수록 온몸이 꽁꽁 얼어온다.

사자성은 자신의 심후한 내력으로 그 한기에 버티고 있었는데, 장팔봉이 은근히 걱정되었다.

'이 녀석은 내공이 없으니 이런 한기를 견디지 못하고 얼어 죽어버리지 않을까?'

그렇게 되면 봉명도를 찾는 데 차질이 생길지도 모른다.

그걸 걱정한 사자성이 장팔봉의 완맥을 쥔 손에 자신의 내력을 흘려 보내주었다.

그 즉시 장팔봉이 펄쩍 뛰며 고래고래 소리를 질렀다.

"으악! 지금 뭐 하는 거요? 나를 죽이려고 작정했으면 통쾌하게 일장으로 때려죽이시오!"

기겁을 하고 악을 쓰는데, 어찌나 갑작스럽고 큰 비명이었던지 사자성이 깜짝 놀랐을 정도이다.

　장팔봉은 내공을 감당할 수 없는 연약한 혈맥을 가지고 있
는지라 사자성의 뜨거운 내력이 갑자기 밀려들자 온몸의 혈
관이 터져 버릴 것처럼 고통스러웠던 것이다.

　그걸 알 수 없는 사자성으로서는 놀람 중에 의아할 뿐이다.

第十章
탐욕이라는 것

鳳鳴刀
봉명도

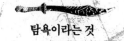
탐욕이라는 것

사자성이 깜짝 놀라 급히 내력을 회수해 들였다.

장팔봉이 다급하게 소리친다.

"나는 원래 체질이 허약하여 이와 같은 내력을 감당할 수 없는 몸이란 말이오!"

"정말이냐?"

"아니면 내가 이 나이 먹도록 한 줌의 내공도 쌓지 못했겠소?"

"그렇다면 너는 어떻게 이 한기를 견디고 있단 말이냐?"

"한기라고? 제기랄, 시원하기만 한데 무슨 소리요?"

"무엇이?"

사자성이 급히 장팔봉의 몸을 더듬어보았다.

정말 그에게서는 조금의 한기도 찾아볼 수 없지 않은가. 오히려 따뜻한 온기가 돌아서 그것이 저에게까지 전해져 시원하고 상쾌한 기분이 된다.

"아니, 이게 어떻게 된 일이냐?"

"괜한 엄살떨지 말고 어서 갈 길이나 갑시다. 여기서 이렇게 노닥거리고 있을 시간이 있는 거요?"

머리를 갸웃거리지만 사자성은 그 알 수 없는 일에 대해서 더 깊이 생각할 수 없었다. 장팔봉의 말이 맞기 때문이다.

장팔봉의 몸에는 무지막지한 음양의 기운이 혼재되어 있었다.

패천마련의 지하 뇌옥에 떨어졌을 때 멋모르고 그곳에서 극양한 기운을 지닌 귀양태원지령(歸陽胎元芝靈)을 무지막지하게 뜯어 먹었고, 다시 극음의 기운을 지니고 있는 극음복령지수(極陰復靈之水)를 배 터지게 들이켜지 않았던가.

귀양태원지령의 열기를 식히느라고 극음복령지수 속에 풍덩 빠져서 목욕을 했다.

그때의 기운이 몸 안에 갈무리되어 있으니 그 공능을 제대로만 이끌어낸다면 무궁무진한 효과를 볼 수 있는 것이다.

지옥의 다섯 노마귀가 장팔봉을 제자로 삼기 위해 혈안이 되었던 것도, 염라화 백무향이 그의 몸뚱이를 탐내는 것도 바로 그와 같은 이유 때문이다.

그래서 장팔봉은 보통 사람이라면 일각을 채 견디지 못하고 꽁꽁 얼어 죽어버리고 말았을 이 지독한 음한지동에 들어왔으면서도 추위를 모르는 것이다.

동혈 안의 냉기가 몸 안으로 스며들자 저절로 귀양태원지령의 양기가 발동하여 그것을 해소하기 때문이었다.

음기가 커질수록 그의 혈맥 속에 깃들어 있던 영물의 양기도 커진다.

그것이 두루 혈맥을 타고 움직이며 외부에서 침입해 들어오는 음기를 막아내고 있었는데, 마치 절정고수가 운기조식을 하여 기운을 전신으로 돌리는 것과 같았다.

장팔봉의 혈맥은 진흙과 같아서 내공을 운용하면 그 즉시 녹아 없어져 버릴 테지만, 그것 안에 깃들어 있던 양기는 내공이 아니라 순수한 양의 기운이었으므로 아무 상관이 없었다.

그것이 움직일수록 오히려 혈맥이 안정되고 굳어지는 것 같으니 기분마저 상쾌해졌다.

힘이 절로 솟아나는 것 같아서 장팔봉은 저도 모르게 소리쳤다.

"어, 시원타. 어, 시원타. 이건 정말 좋은걸."

감탄사를 연발하며 앞서서 뚜벅뚜벅 동혈 안으로 걸어 들어간다.

안으로 들어갈수록 음기가 더 커지니 몸이 절로 그것을 찾아 움직이는 것이다.

그 뒤를 따르면서 사자성은 자신의 모든 내공을 끌어올려 한기와 싸우느라고 안간힘을 다하고 있었다.

그의 심후한 내공으로 한기의 침노를 받지 않을 수는 있었지만 턱이 덜덜 떨릴 정도로 추운 건 어쩔 수 없었다.

그러니 장팔봉이 더욱 신기한 놈으로 여겨진다.

동굴 끝에 이르자 희미한 빛이 한 가닥 새 나와 은은하게 주위를 밝혀주었다.

비로소 주변의 모습을 분간해 볼 수 있게 된 장팔봉이 깜짝 놀라 '아!' 하고 소리쳤다.

동굴 벽이 온통 두꺼운 얼음에 덮여 있고, 석주처럼 고드름이 주렁주렁 매달려 있으며, 뿌연 한기가 안개처럼 흐르고 있었기 때문이다.

보는 것만으로도 뼈가 시릴 만큼 추워야 할 것이다.

장팔봉은 비로소 제 몸이 이상하다는 걸 알았다.

아무것도 보이지 않을 때에는 사자성이 엄살을 떤다고 생각했는데, 이처럼 제 눈으로 보자 턱을 덜덜 떨고 있는 사자성이 정상이고 제가 비정상이라는 걸 알았던 것이다.

'내가 어떻게 된 거지?'

기이한 제 몸의 상태에 대하여 의아해하는 한편, 더욱 마음이 급해졌다.

'제기랄, 진소소가 이곳에 와서 운이 좋아 바깥의 저 괴물

같은 짐승들의 손에 찢기지 않고 살아서 동굴 속으로 피신했다고 해도 죽는 건 마찬가지이겠구나.'

그런 생각이 들었기 때문이다.

다른 동굴들도 이곳처럼 지독한 음한지기를 품고 있는 곳이라면 여지없이 얼어 죽을 것이 아닌가.

사자성처럼 내공이 높아 얼어 죽지 않는다고 해도 오래 버틸 수 없을 것이다.

내공이라는 게 무한정 뽑아 쓸 수 없는 것이니 그렇다.

한동안은 내공을 끌어올려 한기에 대항할 수 있겠지만 시간이 지날수록 힘들어질 것이 아닌가.

그러다가 내공이 고갈되면 어쩔 수 없이 얼음귀신이 될 수밖에 없는 것이다.

사자성도 그러한 걸 알고 있기에 더욱 서둘렀다.

"저기 석실이 있다."

그가 반색을 하고 장팔봉의 팔을 잡아끌었다.

과연 동굴 끝에는 굳게 닫혀 있는 커다란 석문이 하나 있었다.

그것 또한 두꺼운 얼음에 덮여 있었다. 대체 얼마나 오랫동안 닫혀 있었기에 그렇게 되었는지 모를 일이다.

한줄기 흐릿한 빛은 그 석문 틈에서 새어 나오는 것이었다. 석실 안에는 무언가 밝은 빛을 내는 물건이 있는 게 틀림없다.

　　　　*　　　　*　　　　*

　그 무렵 군웅들은 앞을 다투어가며 화염봉을 향해 질주하고 있었다.

　장팔봉이 사라졌다는 걸 안 것은 새벽녘의 일이었다.

　진소소는 우문한의 보고를 받고 그가 사라진 얼마 후에 그 사실을 알았는데, 군웅들에게는 내색하지 않았던 것이다.

　진소소는 장팔봉의 실종에 기막힌 일이 숨겨져 있다는 걸 눈치챘다.

　장팔봉 혼자서는 절대로 우문한의 눈을 속이고 달아날 수가 없었을 것이기 때문이다.

　그러자 그가 지난밤에 자꾸만 자신에게 무슨 일이 생길지도 모른다고 하던 말이 떠올랐다.

　'혹시 이렇게 되려고 그랬던 것일까?'

　그런 의문도 들었지만 다시 생각해 보면 그건 아니었다.

　슬며시 달아날 장팔봉이 아니라는 믿음과 함께, 그럴 작정이었다면 자신에게 화염봉 서쪽에 풍화곡이 있다는 걸 말해 주었을 리가 없지 않은가.

　그래서 진소소는 호위를 모두 풀어 군웅들이 눈치채지 못하게 장팔봉을 수색하는 한편, 백무향에게도 그 일을 귀띔해 주었다.

백무향이 즉시 수색에 나섰음은 물론이다. 그러자 그녀의 감시를 겸해서 내내 곁에 따라다니던 도살부부도 무언가 좋지 않은 낌새를 챘다.

그들은 다시 백무향을 가로막은 채 장팔봉을 두고 언쟁을 했고, 그 말이 군웅들 속으로 퍼지면서 모든 게 들통 났던 것이다.

그리하여 새벽녘에 분노하여 몰려든 군웅들 앞에서 진소소는 부득이 장팔봉이 했던 말을 전해줄 수밖에 없었다.

군웅들로서는 그녀의 말을 믿지 않을 수 없었다.

장팔봉이 실종되었다는 지금으로서는 그녀의 말이 유일한 희망이기도 하기 때문이다.

그래서 그들은 서로 앞을 다투어가며 물밀 듯이 화염봉을 향해 질주해 가고 있는 중이었다.

한 걸음이라도 빨리 그곳에 도착하는 자에게 그만큼 봉명도를 찾을 확률이 높아진다는 생각에서이다.

드디어 눈앞에 화염봉의 웅장하고 기험한 자태가 드러났다.

가장 앞서서 그곳의 서쪽 사면으로 바람처럼 달려가는 자는 역시 흑룡장주인 호남신권 양광추였다.

그 경공 신법 하나만으로도 그는 과연 절세의 고수로 꼽히기에 부족하지 않았다.

그 뒤를 조금 떨어져 필사적으로 뒤쫓고 있는 자는 검은 수염을 나부끼는 노인, 하남 낙수장의 장로인 십면철권 조위풍이었고, 그 뒤를 진소소와 그녀의 호위들이 바짝 뒤따르고 있었다.

백무향과 도살부부는 어디로 갔는지 보이지 않았는데, 아무도 그것에 신경 쓰는 사람이 없었다.

백무향과 도살부부가 이 경쟁에서 빠졌다는 걸 감사하게 여길 뿐이다.

그렇게 군웅들은 구름처럼 몰려들어 화염봉 서쪽 사면을 향해 달려갔다.

군웅들이 긴 줄을 이루며 정신없이 달려가는 걸 바라보던 불견자 풍곡양이 진소소의 옷소매를 잡아당기며 가만히 말했다.

"아가씨, 조심하는 게 좋겠습니다."

가중악도 잔뜩 눈살을 찌푸린 채 달리던 속도를 뚝 떨어뜨리고 진소소의 앞을 막아선다.

그녀의 좌우에 지마 종자허와 비천혈검 우문한이 달라붙었다.

그들의 안색 또한 심상치 않았는데, 마치 눈앞에 상대하기 어려운 적을 둔 것 같았다.

진소소가 초조한 마음을 감추고 말했다.

"이러는 사이에 다른 사람들이 모두 앞서 가고 있잖아요."

그러나 풍곡양은 머리를 가로저을 뿐이다.

"느낌이 좋지 않소. 무언가 흉계가 도사리고 있는 것 같아."

"그럼 장 공자가 나에게 거짓말을 했단 말인가요?"

"그거야 알 수 없소이다. 하지만 느낌은 확실히 불길한 것이오."

진소소는 마음이 급했다.

이렇게 주저하고 있는 사이에 다른 자가 봉명도를 찾아서 떠나 버린다면 어떻게 한단 말인가.

그래서 그녀는 저의 가슴속으로 파고드는 한 가닥 불길한 느낌을 애써 무시하고 있었다.

그건 다른 사람들도 마찬가지였다.

고수일수록 느낌이 발달하게 마련이다.

무를 통하여 초인에 가까워지고 있으니 사물에 대한 예리한 관찰력과 직관이 보통 사람과는 비교할 수 없을 만큼 뛰어나게 되는 것이다.

흑룡장주 양광추나 낙수장의 십면철권 조위풍 같은 사람은 그러므로 직관이 거의 점쟁이 수준으로 발달했다고 보아야 한다.

그들 또한 풍곡양 등이 느낀 불길함을 느꼈을 것이나 진소소처럼 조급한 마음이 앞서서 그것을 무시한 채 달려가고 있는 것이다.

자신의 무공에 대한 자부심 때문이기도 했다.

앞에 어떤 흉계가 도사리고 있든지 상관없다는 마음인 것이다.

그러나 오직 진소소의 안위에만 신경을 집중하고 있는 풍곡양 등은 그렇지 않았다.

선뜻 풍화곡을 찾아 달려가기가 자꾸만 망설여지는 것이다.

우문한의 경우에는 그들과 또 입장이 달랐다.

그가 여기까지 진소소의 호위 노릇을 하며 따라온 것은 오직 장팔봉이 그녀 곁에 있기 때문이었다.

사부인 거령신마로부터 받은 그의 임무는 장팔봉이 봉명도를 얻을 때까지 그를 보호하는 것이 아니던가.

그런 다음에 그를 죽이고 봉명도를 탈취하는 것이다.

이제 봉명도가 있다는 풍화곡에 왔으니 그곳이 아무리 위험한 곳이라고 해도 머뭇거릴 수가 없다.

"실례하오."

한마디 말과 함께 진소소에게 가볍게 머리를 숙여 인사한 우문한이 그대로 몸을 날려 군웅들의 뒤를 쫓았다.

그걸 본 진소소의 마음은 더욱 급해졌다.

"우리도 더 늦기 전에 어서 가요. 풍화곡에 무슨 일이 기다리고 있든 그대들과 내가 힘을 모은다면 걱정할 게 없지 않겠어요?"

그녀의 말이 무리라는 걸 알지만 풍곡양 등은 더 반대할 수 없었다.

하긴, 자신들 세 사람과 진소소의 힘이라면 그 어떤 강적도 두렵지 않다고 생각한다.

풍곡양이 할 수 없다는 듯 한숨을 쉬었다.

"그럼 한 가지 서로 약속합시다. 어떤 일이 있어도 우리 네 사람은 절대로 흩어져서는 안 되는 거요."

"약속할게요."

진소소가 다급하게 말했고, 종자허와 가중악도 침중한 얼굴을 끄덕여 약속했다.

그래서 그들은 다시 진소소를 삼면에서 에워싼 채 날듯이 달려가기 시작했다.

*   *   *

그 시간, 장팔봉은 사자성과 함께 신비한 석실 안에 들어와 있었니.

지독한 냉기에 뒤덮여 있어서 얼음굴이나 다름없는 곳이다.

사자성의 눈길은 한곳에 멍하니 고정되어 있었다.

정면의 얼음벽 위에 뚜렷하게 새겨져 있는 글자가 있었는데, 그것을 보는 사자성의 얼굴에 두려움과 기쁨이 수시로 교차되었다.

수라신부(修羅神府).

그것을 뒤덮은 얼음을 뚫고 붉은 그 글자의 광체는 생생히
빛나고 있었다.

사자성은 그 이름에서 바로 구천수라신교를 떠올린 것이
다.

'이곳이 그동안 철저하게 비밀에 가려져 있던 구천수라신
교의 성역이란 말인가?'

그런 생각은 사자성에게 두려움과 함께 어떤 기대감을 갖
게 했다.

봉명도가 구천수라신교의 신물이었다는 걸 짐작했기 때문
이다.

그렇다면 그것에 새겨져 있다는 세 초식의 봉명삼절도법
이야말로 절세의 신공일 게 틀림없다는 믿음이 든다.

구천수라신교의 무공이 얼마나 높고 심오했던가.

거기에서 나온 신공절학이라면 능히 하늘을 놀라게 하고
땅을 놀라게 할 것이다.

이제 그것을 손에 넣을 수 있게 되었다는 생각에 가슴이 마
구 뛴다.

그러나 장팔봉이 넋을 잃고 바라보는 건 다른 것이었다.

그는 제 이름 석 자를 겨우 쓸 줄 아는 까막눈인지라 얼음

벽에 새겨져 있는 글자가 무슨 의미인지 알 리가 없으니 그렇다.

그래서 그가 뚫어지도록 바라보는 건 전혀 엉뚱한 것이었는데, 한 개의 얼음 함이었다.

투명한 얼음 상자 안에 돌돌 말린 한 장의 양피지 두루마리가 들어 있었던 것이다.

호기심을 느낀 장팔봉이 성큼 다가갔다.

아무리 살펴보아도 상자를 여는 뚜껑이 보이지 않는다.

양피지를 얼음 덩어리 속에 박아 넣은 것 같다.

그가 '이걸 깨뜨려, 말어?' 하고 고민하는데, 비로소 장팔봉의 시선을 따라 눈길을 돌린 사자성이 '아!' 하고 탄성을 발했다.

급히 다가와 장팔봉을 밀치고 얼음 상자를 집어 든다.

그 차갑기가 보통 얼음보다 백배는 더한 것이어서 그는 그만 '으악!' 하고 비명을 터뜨리고 말았다.

집어 던지려고 하지만 얼음 상자는 그의 손바닥에 딱 달라붙어 버렸다. 떨어지지 않는다.

그것을 통해서 온몸에 전해지는 한기 때문에 사자성은 제대로 숨을 쉴 수가 없었다.

혈관의 피마저 꽁꽁 얼어버릴 것만 같다.

아무리 내공을 끌어올려 그 한기에 대항하려고 해도 소용없었다.

오히려 한기가 기혈의 운행을 따라 급속히 몸 전체로 퍼져
나가는 것 아닌가.

"어서, 어서 이것을 떼어줘!"

사자성이 새파랗게 언 얼굴로 다급하게 소리쳤다.

저를 밀치고 얼음 상자를 빼앗은 사자성에 대한 야속함으
로 뚱해 있던 장팔봉이 마지못한 듯 다가와 그것에 손을 댔
다.

"왜 그리 엄살이오, 애들도 아니고 다 크다 못해 늙어가는
양반이? 쯧쯧."

혀를 차면서 힘주어 얼음 상자를 떼어내려고 하는데 잘될
리가 없었다.

이미 사자성의 손바닥에 딱 달라붙어 있었던 것이다. 그의
손마저 꽁꽁 얼려놓고 있지 않은가.

장팔봉이 얼음 상자를 잡은 순간 극한의 한기가 몸 안으로
밀려들어 왔는데, 그러자 귀양태원지령의 극양한 기운도 극
성으로 치솟았다.

평상시였다면 장팔봉은 그 열기를 견디지 못하고 새까맣
게 타 죽어버렸을 것이다.

하지만 얼음 상자에서 쏟아져 들어오는 극한의 한기 때문
에 오히려 더없이 상쾌하고 시원한 기분이 되었다.

그 느낌은 마치 간지러운 곳을 긁어주는 것과 같아서 장팔
봉은 영원히 이 얼음 상자를 품에 안고 싶어졌다.

하지만 지금은 그럴 때가 아니다.

"이건 어쩔 수 없군. 그냥 당신이 가지시오."

장팔봉이 아쉬운 듯 혀를 차고 손을 떼었다.

사자성의 손바닥에는 닿는 즉시 철썩 달라붙어 버렸던 얼음 상자인데 어찌 된 일인지 장팔봉은 수월하게 그것에서 손을 떼는 것이 아닌가.

사자성이 부드득 이를 갈았다.

"이놈, 도대체 무슨 조화를 부린 거냐? 어째서 네놈은 극빙지정의 영향을 받지 않는 거지?"

극빙지정(極氷之精)이란 만년빙정보다 더 순수하고, 그래서 그만큼 지독한 것이었다.

만년빙정에서 뽑아낸 극한지기의 정화인 것이다.

이 석실이 이처럼 얼음에 뒤덮여 있고, 은은한 빛과 함께 참을 수 없는 한기가 뿜어져 나오고 있는 게 모두 이 작은 얼음 상자 때문이었다는 걸 알게 된 것이다.

그래서 사자성은 더욱 급해졌다.

조금만 지나면 제 몸이 얼음 동상처럼 되어버릴 것이기 때문이다.

"내 팔을 잘라!"

그가 이를 악물고 소리쳤다.

장팔봉은 제 귀를 의심한다.

"응? 뭐라고 하셨소?"

"네놈이 어떻게 극빙지정에 손을 대고도 멀쩡한지는 묻지 않겠다. 어서 내 한 팔을 잘라 버려!"

"그거 진심으로 하는 말이오?"

"더 늦으면 너는 얼음 동상 한 개를 보게 될 것이다! 그걸 원하지 않는다면 어서 내 한 팔을 잘라!"

"하지만 한 번 자른 팔은 다시 붙일 수 없을 텐데? 그래도 좋단 말이오?"

사자성의 두 손은 이제 팔꿈치까지 얼음으로 변해가고 있었다.

그가 온몸을 덜덜 떨면서 애원했다.

"제발 부탁이다. 어서 그렇게 해줘. 그 은혜는 잊지 않으마."

사자성의 변해가는 모습을 본 장팔봉도 사태가 생각보다 훨씬 심각하다는 걸 알았다.

즉시 품에서 단검을 꺼내더니 더 망설임도 없이 그것을 휘둘러 사자성의 왼팔을 쳐버렸다.

땅!

요란한 소리가 났다.

날카로운 칼이 살을 가르고 뼈를 쪼개는 소리가 아니라 쇠를 두드린 것 같은 소리였다.

"억!"

장팔봉이 크게 놀라 비명을 지르며 주춤 물러섰다.

사자성의 왼팔이 매끈하게 잘라지는 대신 조각조각 부서져 떨어졌기 때문이다.

 얼음이 깨진 것과 같다.

 그의 몸에서 떨어지게 된 손은 아직도 얼음 상자에 달라붙어 있었다.

 사자성은 고통을 느끼지 못하는 듯했다. '욱!' 하고 힘을 쓰더니 아직도 얼음에 뒤덮여 있는 잘려진 팔꿈치 부분에 공력을 집중한다.

 그러자 얼음을 뚫고 한줄기 뜨거운 선혈이 왈칵 뿜어져 나왔다.

 그것을 제 오른손에 뿌려대는 그의 모습을 보면서 장팔봉은 그 끔찍함에 치를 떨었다.

 사자성이 사람으로 보이지 않는다.

 제 피를 뿌려 간신히 오른손을 극빙지정의 상자에서 떼어 낸 사자성이 장팔봉을 돌아보고 흐흐, 웃었다.

 그의 오른손은 푸르게 변해 있었다. 간신히 얼음으로 화하지 않았을 뿐, 죽어버린 것과 다름없다.

 사자성이 선 채로 지그시 눈을 감고 운기조식에 들어갔다. 얼마나 시간이 지났을까, 비로소 그의 오른손에서 푸른 기운이 천천히 빠져나가고 제 살빛을 되찾는다.

 "휴―"

 한숨을 쉰 사자성이 머리를 설레설레 흔들더니 뭉텅 잘려 사라져 버린 제 왼손을 내려다보았다.

후회와 회한으로 얼굴이 보기 흉하게 일그러진다.

그것을 보면서 장팔봉은 사람의 욕심이라는 게 얼마나 무서운 건지 새삼 깨닫고 몸서리를 쳤다.

결국 사자성은 제 욕심 때문에 죽을 뻔했고, 팔 하나를 잃은 것이 아닌가.

하지만 사자성에게는 여전히 구천수라신교의 절세 무공에 대한 욕심이 남아 있었다.

그가 바드득 이를 갈더니 한곳을 노려보았다.

또 하나의 석문이었다.

수라신부라는 현판이 걸려 있는 곳이다.

"이얏!"

그것을 노려보던 사자성이 기합성과 함께 성한 오른손을 뻗어 위맹하기 짝이 없는 장력을 날렸다.

쾅!

석문을 뒤덮고 있던 얼음이 깨시면서 사방으로 흩어져 날린다.

사자성은 단단히 화가 나 있었다.

성큼 다가간 그가 한 발을 번쩍 들어 석문을 걷어차자 그것이 맥없이 부서져 안으로 떨어졌다.

은은한 빛은 그 작은 석실 안에서도 뻗어 나왔다.

얼음으로 뒤덮인 단이 있고, 거기 한 사람이 좌정하고 앉아 있었는데, 품에는 길쭉한 옥함 한 개를 안고 있었다.

검은 수염이 탐스럽게 늘어져 있고, 살빛이 창백하도록 흰 노인이다.

지그시 감고 있는 눈과 붉은 입술.

노인이되 살결만은 처녀의 그것처럼 맑고 투명한 것이 속세의 탈을 벗고 이미 신선이 된 것 같았다.

석실 안에도 음랭한 한기가 가득했고, 두꺼운 얼음으로 뒤덮여 있었지만 단 위에 좌정하고 있는 노인은 얼지 않았다.

노인의 발치에 한 장의 양피지가 활짝 펼쳐져 있었다.

거기 빼곡히 적혀 있는 작은 글자들은 장팔봉에게 아무 의미가 없었다. 일자무식이기 때문이다.

그것을 훑어본 사자성이 흥, 하고 코웃음을 쳤다.

그리고 장팔봉을 돌아보고 히죽 웃으며 이미 죽어 굳어버린 노인을 가리켰다.

"네가 말했던 바로 그 사람이로군."

"아니, 그럼 이 노인이 바로 육수천이란 말이오? 이런 황당한 일이……."

풍화곡에 와 육수천이라는 사람을 만나면 봉명도를 금방 찾을 수 있을 줄 알았는데, 그가 이미 오래전에 죽은 사람이라니 허탈해진다.

"믿을 수 없군, 믿을 수 없어."

장팔봉의 중얼거림은 저에게 이러한 길을 가르쳐 준 전대 무림맹주 무극전에 대한 실망에서였다.

하지만 사자성은 장팔봉이 제 말을 의심하는 것이라고 받아들였다.

그가 좌화한 노인의 발치에 펼쳐져 있는 양피지를 가리켰다.

"여기 그렇게 적혀 있지 않으냐? 제가 육수천이라고 말이다."

말하고 난 사자성은 장팔봉이 일자무식이라는 걸 깨닫고는 피식 웃었다.

큰 소리로 읽어주기 시작한다.

노부는 육수천이다. 구천수라신교의 세 명의 호법사자 중 수좌이기도 하다. 본 교가 세상에 나간 후 수많은 강호 동도의 두려움과 존경을 받았고, 오해도 받았다. 돌이켜 보건대, 그들이 본 교에 대해서 갖게 된 두려움은 본 교의 비전 절기들 때문이었고, 본 교를 존경한 깃은 역대 교주님들로부터 진해저 버려온 교리가 광명정대하고 인의자애한 것이었기 때문이다. 하지만 오해를 피할 수는 없었으니 그 모든 헛된 말들이 본 교의 성세를 질투하는 자들에게서 비롯되었음이라. 본 교의 참뜻을 알지 못하고 마교시하는 데에는 실로 애통함을 금할 수 없었노라.

구구절절이 구천수라신교에 대한 말이 계속되었는데, 그

걸 다 듣고 있을 만큼 장팔봉의 마음은 한가하지 못했다.

사자성 또한 그랬다.

그래서 그는 건성건성 건너뛰고 요지가 될 만한 것들만 골라서 읽고 말해주었다.

"이곳이 이제 보니 구천수라신교의 비역(秘域)이라는구나."

"비역이라고요?"

"교주와 수석 호법사자 두 사람 외에는 제자들도 알지 못하는 금지라는군."

"음, 과연 여기가 이토록 은밀하고 위험한 곳인 이유가 있었군. 구천수라신교의 보물을 감추어두기에는 여기보다 좋은 곳이 없을 거야."

사자성이 머리를 끄덕인다.

"그렇지. 하긴, 문파마다 자신들의 비밀과 보물을 감추어두는 금역이 하나씩은 있는 법이니 구천수라신교가 이러한 비역을 가지고 있다고 해서 이상할 건 없구나. 하지만 오직 문주와 수석호법 한 사람만이 이곳의 존재를 알고 있어야 한다는 건 매우 위험한 발상이었다."

"어째서 그렇소? 오히려 비밀 유지가 더 잘된 텐데?"

"생각해 봐라. 문주와 수석호법이 죽는다면 가장 가까운 제자들이나 장로들마저 이곳을 찾을 수 없을 것 아니겠느냐? 그러면 세상에서 영영 사라져 버리는 거지. 수라신교의 그 값

진 보물과 비밀들이 그렇게 사라져 버린다면 그 얼마나 아까운 일이냐?"

"하긴 그도 그렇구려."

장팔봉이 머리를 끄덕였다.

무슨 이유인지 여태까지 봉명도가 세상에 나타나지 않았던 것도 바로 이와 같은 비역에 감추어져 있었기 때문이라는 걸 이해한다.

사자성이 다시 양피지의 글을 대충 읽고 말해주었다.

"구천수라신교가 언제부터인가 환란에 휩싸였다는구나."

"그래요?"

"호법사자 중 한 명이 배반을 했군. 그래서 교주인 제 사부와 또 한 명의 호법사자를 죽이고 수라신교를 떠나 강호로 나갔다는구나."

거기까지 말하더니 머리를 끄덕인다.

"봐라. 교주가 그렇게 시해를 당했고, 수석 호법사자였다는 육수천마서 이곳에서 서렇게 죽어버렸으니 구천수라신교의 비역을 아는 자가 아무도 없게 된 것이지. 만약 네가 이곳을 알아내지 못했다면 영원히 이곳은 비밀에 묻혀 버리고 말았을 것이다."

장팔봉은 사자성의 말에 반은 수긍하고 반은 수긍하지 못했다.

전대 무림맹주였던 절대무제 적무광은 이곳을 알고 있지

않았던가. 그는 수석호법이 아니었다.

그래서 장팔봉은 한 가지 일을 추측해 냈다.

'육수천 저분은 이렇게 될 줄 알고 있었던 거야. 그래서 수라신교의 비밀이 세상에서 사라져 버리지 않도록 한 사람에게 은밀히 귀띔해 주었겠지. 그게 적무광 그 양반이었던 것이다. 틀림없다. 그래서 백 사고가 지옥에서 적무광을 그토록 괴롭혔던 거야. 그녀가 알아내려고 했던 건 바로 이곳에 대한 일이었겠지. 가만, 그렇다면 백 사고도 음흉하게 다른 마음을 먹고 있다는 건가? 수라신교의 비밀을 혼자서 독차지하려고 했을까?

생각에 생각이 꼬리를 물고 일어나 머릿속이 터질 듯 복잡해졌다.

사자성도 한동안 묵묵히 제 생각에 잠겨 있다가 한숨과 함께 다시 말했다.

"어디든 그런 패역무도한 놈이 꼭 하나씩은 끼어 있는 법이지. 구천수라신교에도 그런 놈이 있어서 결국 이렇게 사라져 버리고 말았으니 애석하다면 애석한 일이다."

"그래서, 그다음은 어떻게 되었소?"

사자성이 다시 양피지를 훑어가며 건성건성 말해주었다.

"열 명의 장로가 그 패역무도한 배반자를 찾아 죽이기 위해 뿔뿔이 흩어졌지만 아직도 소식이 없다는구나."

그들의 소식을 장팔봉은 잘 알고 있었다.

바로 패천마련의 지하 뇌옥에 갇혀 있는 다섯 늙은 괴물 사부들과 삼절문으로 찾아왔던 네 명이 아니던가. 제 사부 왕 노인도 장로 중의 한 사람이었다.

그리고 백무향이 있다.

그러나 육수천이 죽을 당시까지도 그들은 아무 소식을 전해오지 않았으므로 육수천은 끝내 그들의 사연을 듣지 못한 채 우화등선한 것이다.

'그렇다면 절대무제 적무광은 이들과 어떤 관계일까?'

그런 의문이 들었다.

장로라는 다른 사람들은 알지 못하는데 적무광은 이곳을 알고 있었으며, 육수천이라는 저 노인에 대하여도 알고 있었다.

그 안에 무언가 또 다른 사정이 있는 모양이지만 장팔봉으로서는 지금 그것까지 생각할 여유가 없었다.

'그런데 그들이 모두 패천마련의 지하 뇌옥에 갇혀 있었다는 건?'

불쑥 그런 생각이 들었다.

그러자 불길 하나가 맹렬하게 일어서 척추를 훑고 지나가는 것 같은 충격이 왔다.

'그렇다!'

장팔봉이 속으로 버럭 소리쳤다.

'그 배신자가 바로 패천마련의 련주인 거령신마 무극전이 틀림없다!

그런 생각이 들었다. 확신하게 된다.

'그렇다면 그놈이 내 사문의 원수인 거로군.'

구천수라신교의 원수라면 제 사문인 삼절문의 원수이기도 하지 않은가.

빠드득 이를 간 장팔봉이 사자성의 말이 아직 끝나지 않았는데도 불구하고 털썩 육수천의 유해 앞에 무릎을 꿇었다.

절을 올린다.

"너 지금 뭐 하는 거냐?"

사자성이 깜짝 놀라 눈을 휘둥그레 뜬다.

절을 마친 장팔봉이 심각한 얼굴로 말했다.

"나 역시 구천수라신교의 사람이오. 전에는 몰랐는데 이곳에 오기 전에야 비로소 알게 된 사실이라오."

"무엇이? 네가 구천수라신교의 후예라고?"

"내 사부가 여섯인데, 그들이 모두 구천수라신교의 장로들이니 나도 자동으로 신교의 제자가 되어야 옳지 않겠소이까?"

"으음—"

장팔봉을 지그시 바라보는 사자성의 눈에 은은한 살기가 떠돌았다.

곧 손을 쓸 듯이 어깨를 움찔거리던 그가 탄식하고 살기를 거두었다.

'이곳에서 나가자면 아직 저놈의 도움이 필요할지도 모르지. 구천수라신교의 제자라니 더욱 그럴지도 몰라.'

그렇게 생각한 그는 다시 육수천이 품에 안고 있는 길쭉한 옥함을 뚫어지게 바라보았다.

'저 안에 봉명도가 있을 것이다!'

그런 느낌이 오는 건 옥함에 새겨져 있는 봉황의 문양 때문이었다.

금방이라도 훨훨 날갯짓을 하며 구천으로 날아갈 듯이 정교한 솜씨로 새겨져 있는 봉황의 문양이었다.

은은한 빛을 발하고 있어서 더욱 범상치 않아 보인다.

그래서 사자성은 육수천의 발치에 펼쳐져 있는 글을 더 이상 읽지 못했다.

오직 봉명도를 뚫어지게 바라볼 뿐이다.

탐욕이 걷잡을 수 없이 솟구치지만 선뜻 손을 내밀지 못하는 건 조금 전과 같은 실수를 할까 봐 두려워서였다.

第十一章
봉명도(鳳鳴刀)를 보다

鳳鳴刀
봉명도

봉명도(鳳鳴刀)를 보다

사자성이 장팔봉을 힐끔 바라보았다.

장팔봉은 글자도 읽을 줄 모르는 주제에 무엇에 그렇게 마음을 빼앗겼는지 양피지를 뚫어지게 바라보고 있었다.

딴마음 끼미는 보이지 않는다.

안심한 사자성이 좌화한 육수천의 유체 앞으로 천천히 다가갔다.

아무런 조짐도 없다.

죽은 사람이 무얼 어떻게 할 것인가.

회심의 미소를 지은 사자성은 그래도 최대한 조심하면서 느릿느릿 손을 뻗었다.

드디어 그의 오른손이 옥함에 닿았다.

짜르르한 전류가 그것을 통해 흐르는 것 같다.

그만큼 흥분한 것이다.

봉명도.

무림삼보 중 으뜸으로 꼽히는 희대의 보도이면서, 그것에 새겨져 있는 봉명삼절도법을 익힌다면 천하제일의 고수가 될 수 있다고 알려진 것.

그것이 이제 제 손에 들어왔다는 생각에 미칠 것처럼 가슴이 뛰었다.

왼팔을 잃었지만 봉명도를 얻었으니 하나도 아깝지 않다고까지 생각한다.

사자성이 천천히 옥함을 육수천의 품에서 빼냈다.

그것이 완전히 빠져나와 손 안에 들어왔을 때, 사자성은 너무 기뻐 미칠 것 같았다.

"으하하하! 드디어 봉명도기 니의 손에 들어왔구나! 나는 이제 천하제일의 고수가 되어 강호를 손에 넣을 것이다! 으하하하!"

그의 광소가 동굴 안에 쩌렁쩌렁 울려 퍼졌다.

그 음파의 진동을 견디지 못하고 사방에서 얼음덩이가 우수수 떨어진다.

하지만 장팔봉은 그 커다란 광소조차 듣지 못한 것처럼 열심히 양피지만 내려다보고 있었다.

글 한 자 읽을 줄 모르는 자가 대체 왜 저렇게 집중하고 있는지 알 수 없는 일이다.

"으하하하!"

사자성이 옥함을 번쩍 들고 미칠 듯한 기쁨에 사로잡혀 광소를 터뜨릴 때, 그것을 품고 있던 육수천의 손이 맥없이 툭 떨어졌다.

옥함을 품고 있다가 그게 사라지자 저절로 그렇게 되는 것처럼 보인다.

그래도 죽은 자의 움직임이라 놀랄 만도 하련만 장팔봉은 오직 양피지에 정신을 팔고 있는 터라 알지 못했고, 사자성은 옥함을 손에 넣었다는 기쁨으로 미처 그것을 보지 못했다.

옥함 안에 들어 있는 게 그토록 원하던 봉명도가 틀림없다는 생각에 다른 건 아무것도 눈에 들어오지 않았던 것이다.

어서 옥함을 열고 그 안에 들어 있는 칼을 보고 싶은 일념뿐이다.

육수천의 툭 떨어진 손은 교묘한 방향을 향하고 있었다.

한 손가락을 곧게 편 상태인데, 그것이 바로 곁에 서서 광소를 터뜨리고 있는 사자성의 허벅지를 할퀴는 초식이 된다.

"헛!"

사자성은 육수천의 손가락이 제 허벅지를 할퀴었을 때에야 비로소 심상치 않은 걸 느끼고 놀랐다.

찌익, 하고 바지가 찢겨지며 맨살에 한줄기 상처가 생겼던 것이다.

저절로 그렇게 된 일인 것 같지만, 그건 육수천이 죽기 전에 이러한 상황을 예상하고 마지막 한 줌의 기력을 남겨놓아 이와 같은 초식을 실현하도록 안배한 것이기도 했다.

"으음—"

사자성이 무거운 신음을 흘렸다.

옥함을 품에 안은 채 비틀거린다.

죽은 자가 무얼 어쩌겠는가 하는 생각에 신경도 쓰지 않고 있다가 당했으니 황당하기도 하다.

육수천의 손가락에 의해 입은 상처를 통해서 한줄기 음랭한 기운이 맹렬하게 솟구쳐 올라왔다.

육수천이 평생을 연마한 자신의 음한지기를 손가락 끝에 응집시켜 놓았다가 단 한 번의 기회가 왔을 때 모두 쏟아버린 것이다.

죽은 다음에도 그와 같은 한 가지 독한 수단을 남겨놓을 수 있었으니 육수천이라는 인물이 상상 이상으로 대단한 사람이었다는 걸 알 수 있다.

사자성의 상처를 통해 흘러들어 간 그 음한지기가 곧장 온몸으로 퍼졌다.

사자성의 수상한 신음 소리에 퍼뜩 고개를 돌려 바라본 장팔봉이 '어?' 하고 놀랐다. 그의 상태가 수상하다는 걸 한눈에 알아볼 수 있다.

하지만 장팔봉은 사자성이 뻣뻣하게 굳어가는 걸 보면서도 어떻게 손을 써볼 도리가 없었다. 방법을 알고 있지도 못하다.

사자성의 눈에 핏발이 서렸다. 악문 입이 새파랗게 질려간다.

그의 몸은 그대로 얼음 동상이 되어가고 있는 중이었다.

그 자신도 이것이 최후라는 걸 아는지 절망적인 눈길로 장팔봉을 바라보았다.

탐욕이 절세적인 고수 한 사람을 이토록 비참하게 만들었다는 데에 장팔봉은 허무해질 수밖에 없었다.

대체 천하제일인이라는 명예가 무엇이기에 저토록 자기 자신을 망쳐 버려야 하는 건지 안타깝기만 하다.

땡그랑―

사자성이 그렇게 원했던 옥함이 기어이 그의 손을 벗어나 바닥에 떨어졌다. 산산이 깨져 버린다.

그리고 그는 기어이 한 팔이 없고, 핏발 선 눈을 부릅뜬 채이를 악물고 있는 악귀 같은 형상의 얼음 동상이 되어버리고 말았다.

탐욕이 한 인간을 망쳐 버리는 과정을 똑똑히 지켜본 장팔봉의 마음은 허무한 중에 허탈해졌다.

대체 결국은 저렇게 되고 말 걸 무엇 때문에 그토록 악착같은 마음을 가지고 살아온 건지 불쌍하기만 하다.

"부디 극락왕생하시오. 이게 다 당신의 팔자소관이고, 탐욕의 결과이니 누구를 탓하겠소?"

한숨을 쉰 장팔봉이 비로소 바닥에 떨어져 깨진 옥함을 바라보았다.

과연 그 안에는 한 자루의 고색창연한 칼집에 들어 있는 보도(寶刀)가 있었다.

칼집 전체에 날개를 활짝 펼친 봉황의 문양이 빙 둘러 새겨져 있고, 은은한 자색으로 번쩍인다.

"이것이 봉명도인가?"

그토록 많은 사람들을 미치게 했던 절세의 보물을 눈앞에 두고도 장팔봉의 마음은 담담하기만 했다.

이것이 보물이라기보다는 사람들을 미치게 하고 비참하게 하는 마물이라는 생각이 든다.

단지 잘 만들어진 한 자루의 칼에 불과한 이것 때문에 서로 죽고 죽이며 스스로를 비참한 지경으로 떨어뜨리는 인간들의 어리석음에 대하여 불쌍하게 여기는 마음이 되었다.

장팔봉이 허리를 굽혀 봉명도를 집어 들었다.

천천히 뽑자 눈부시게 흰 칼 몸이 조금씩 드러나면서 번쩍이는 광채가 눈을 찔렀다.

과연 보는 것만으로도 황홀해지고, 절로 마음에 두려움이 생기는 천하의 보도가 틀림없다.

칼 몸에 다섯 개의 작은 구멍이 뚫려 있고, 창백하고 시린 칼 몸 전체를 붉은빛의 봉황이 휘감고 있다.

언제 만들어진 것인지 알 수 없는 보물.

장팔봉은 과연 그것에 봉명삼절도법이 들어 있는지, 봉명 심법이 들어 있는지 확인해 보았다.

칼을 완전히 뽑고 제 눈높이로 들어 올려 비스듬히 기울여 보자 칼 몸에 새겨져 있는 깨알 같은 글자들이 보였다.

봉명삼절도법의 초식과 비결일 것이다.

하지만 까막눈인 장팔봉에게는 아무짝에도 쓸모없는 것이었다.

칼 몸에 난 흠집과 다를 바가 없다.

"제기랄, 그림의 떡이로구나."

이래서는 어떻게 이것에서 봉명심법을 배우고 저의 내공을 완성할지 절망감이 밀려든다.

한숨을 쉰 장팔봉이 봉명도를 다시 칼집에 넣었다. 그것을 손에 들고 뚜벅뚜벅 석실을 걸어나간다.

사자성이 부수어 버린 문 앞에 서서 잠시 멈추고 이제는 얼음 동상이 되어버린 그를 돌아보았다.

만약 사자성을 만나지 못했더라면 자기 혼자서는 결코 이곳까지 올 수 없었을 것이다.

밖에 있는 정체를 알 수 없는 괴수들에게 벌써 갈가리 뜯겨 먹히고 말았을 것이라고 생각하자 사자성에 대한 고마운 마음이 생겼다.

어쩌면 이것도 저를 이리로 불러들이기 위한 선조들의 보호하심일지도 모른다고 생각하면서 눈을 부릅뜬 채 얼어버린 사자성을 향해 머리 숙여 작별 인사를 했다.

                    *   *   *

그 무렵 군웅들은 드디어 풍화곡의 좁은 입구로 빨려들 듯
이 뛰어들고 있었다.

뒤처진 무리에 섞여 있던 진소소와 풍곡양, 가중악 등도 걸
음을 더욱 날듯이 하여 좁은 입구 속으로 뛰어들었다.

그렇게 일 리를 전진하자 드디어 툭 터진 광장이 나타났다.

여전히 짙은 운무에 휩싸여 있어서 십여 걸음 앞이 잘 보이
지 않을 정도였다.

광장 안에 괴괴한 기운이 감돌고 있었다.

모두가 그 싸늘하며 음습하고 괴이한 기운을 느꼈다. 불길
한 느낌에 망설인다.

제일 먼저 그곳에 도착했던 호남신권 양광추와 십면철권
조위풍이라고 다르지 않다.

그들은 무리 중에서 가장 무공이 뛰어난 고수인만큼 감각
도 누구보다 예민했다. 그러니 불길한 느낌을 더 크게 느낄
수밖에 없었다.

"이게 뭐지?"

양광추가 곁에 선 조위풍에게 물었다.

주변을 두리번거리던 조위풍이 잔뜩 낯을 찌푸린 채 고개

를 가로저었다.

"모르겠소이다. 아무 기척도 없는데 어째서 이처럼 음습하고 지독한 기운이 느껴지는 건지……."

"이대로 서 있을 거요?"

양광추가 초조한 듯 주위를 둘러보며 속삭였다.

그새 속속 도착한 군웅들도 광상이 가득 차고 있었던 것이다.

짙은 운무가 느릿느릿 흐르는 속에 우뚝우뚝 서 있는 군웅들의 모습이 괴기하게 보이기까지 한다.

군웅들도 모두 행동을 멈춘 채 침묵했다.

뒤늦게 도착한 진소소 일행도 꼼짝하지 못하고 있었다.

그녀를 에워싼 풍곡양 등은 숨이 답답해지는 걸 느낄 정도로 지독한 압박을 받고 있었는데, 곤충의 촉수처럼 예민해진 감각이 발하는 경고음에 심장이 두근거린다.

"아가씨, 돌아가는 게 좋겠습니다."

풍곡양이 진소소의 귀에 대고 속삭였다. 하지만 여기까지 와서 포기할 그녀가 아니다.

가만히 머리를 가로저은 진소소가 허리에 두르고 있던 연검을 풀어 들었다.

낭창거리며 흔들리던 그것이 그녀의 공력을 싣고 빳빳하게 펴진다.

보기 드문 보검이었다.

종잇상처럼 얇게 편 섬신이 매서운 한상을 뿌리며 번쩍였다.

검을 쥐자 용기가 나는 듯 진소소가 풍곡양에게 속삭였다.

"이곳이 귀신들의 소굴이라고 해도 겁날 것 없어요. 흥, 귀
신보다 더한 것이 있으면 어때?"

한숨을 쉰 풍곡양이 할 수 없다는 듯 자신도 품에 감추고
다니던 병장기를 꺼내 들었다.

돌돌 만 한 자루의 채찍이었는데, 풀어내자 일 장의 길이에
달했다.

교룡의 힘줄을 꼬아 만든 것으로써, 새끼손가락 굵기에 불
과하며 가볍지만 도검으로도 자를 수 없는 질기고 부드러운
교룡편(蛟龍鞭)이다.

풍곡양은 좀체 그것을 꺼내는 일이 없었는데 오늘은 실로
오랜만에 교룡편을 손에 잡은 것이다.

한때 그것으로 내로라하는 강호의 고수, 명숙들을 물리친
것이 손으로 셀 수 없을 만큼 많았다.

그 교룡편을 손에 쥐자 풍곡양도 용기가 샘솟았다.

크게 숨을 쉬고 나서 가슴을 불쑥 내미는 것이 이제는 어떤
상대라고 해도 두려워하지 않겠다는 의지가 엿보인다.

가중악도 자신의 보검을 뽑아 들었고, 종자허 역시 두 개의
기병을 손에 쥐고 서서 진소소의 곁을 지켰다.

그처럼 꺼림칙한 느낌 때문에 망설이고 있는 군웅의 무리 속에 두려움이 없는 자들도 있었다.

지금의 상황에서 그 말은 느낌이 무딘 자들이라는 것과도 같다.

그것은 무공이 그만큼 높지 못한 자들이라는 의미이기도 하다.

그렇기 때문에 꺼림칙하고 불길한 느낌에 무딘 것이다. 그래서 용기를 낼 수 있다. 자기 자신을 알지 못하는 만용이다.

머뭇거리는 무리 중에서 눈치를 보던 한 떼의 군상들이 그 만용의 충동을 이기지 못하고 앞으로 달려나갔다.

최초의 한 명이 그렇게 하자, 뒤질세라 너도 나도 달려나간 것이다.

아직 움직이지 못하고 있던 고수들은 그들의 행보를 유심히 지켜보기만 했다.

오십여 명의 군상들이 짙은 운무 속으로 꺼지듯 달려들어가 사라졌고, 이내 비명이 터져 나왔다.

"으아악!"

"아악!"

처절한 소리가 운무 속에 메아리쳤다.

앞에서 무슨 일이 일어난 건지 볼 수 없는 상황 속에서 끔찍한 비명성만 들려오니 더욱 가슴이 오그라든다.

군웅들이 달려들어 갔던 곳의 운무가 요동을 치는 게 보였다.

그리고 싸늘한 살기와 함께 냉랭한 한기가 훅 끼쳐 왔다.

"으아악!"

그 속에서 계속되는 비명.

휙, 휙 하고 무엇이 허공을 날 때 나는 바람 소리가 남은 자들을 더욱 불안하고 두렵게 했다.

이내 아무 일도 없었던 것처럼 잠잠해졌고, 고요한 적막이 다시 깔렸다.

허공중에 은은하게 피 냄새가 번져 오고 있었다.

저 운무 속으로 뛰어든 자들 중 한 명도 살지 못한 게 분명하다.

"대체 뭐냐? 저 속에 무엇이 있는 거냐?"

사람들이 그렇게 수군거리기 시작했다.

흩어지지도 않는 저 짙은 운무 속에 어떤 매복이, 혹은 어떤 기관진식이 있기에 그곳으로 달려들어 간 자들을 남김없이 도살하는 건지 궁금하다.

눈을 부릅뜨고 운무 속을 노려보던 양광추가 곁의 조위풍에게 말했다.

"무슨 낌새라도 눈치챘소?"

조위풍은 청력을 최대한 높여 운무 안에서의 움직임을 파악하고 있는 중이었다.

그가 머리를 가로저었다.

"아무 소리도 듣지 못했소이다."

"흥, 그렇다면 설마 저 운무 속에 귀신들이라도 숨어 있다는 거요?"

"알 수 없지요. 어쩌면 운무 자체가 독을 품은 독무(毒霧)일 수도 있지 않겠소?"

"독무라……."

고개를 끄덕이던 양광추가 다시 말했다.

"그렇다면 조금 전의 그 바람 소리는 무엇이겠소?"

"글쎄올시다. 기관에 의해 암기가 발사되는 소리였는지도 모르지요."

"듣고 보니 그럴 수도 있겠구려."

양광추가 다시 머리를 끄덕인다. 하지만 그의 얼굴은 더욱 심각해져 있었다.

저것이 정말 독무이고 그 속에 기관까지 숨겨져 있다면 더욱 저것을 뚫고 나가기가 쉽지 않을 것이라는 생각 때문이다.

주위의 사람들은 모두 기를 죽고 세우고 양광추의 그 위풍의 말을 들었다.

사태의 심각성을 느끼고 누구도 함부로 나서려고 하지 않았다.

많은 사람들이 광장에 들어와 있지만 무덤 속같이 깊은 침묵이 계속되었다.

그들 중 다시 용감한 자들이 나섰다.

용감하기는 하되 참을성이 부족한 자들이고, 더러는 봉명도에 대한 욕심으로 두려움을 이긴 자들이기도 하다.

모두 어리석은 자들이라고 해야 할 것이다.

다시 오십여 명의 무리가 이번에는 함성을 지르며 미친 듯이 운무 속으로 뛰어들었다.

누구도 그것을 말리지 않는다.

그들의 선두에 선 자는 다름 아닌 천검보의 공자인 옥기린 곽서언이었다.

그는 젊었고, 젊은 만큼 강호의 경험이 부족했으며, 인내심이 부족했다.

마음속에 봉명도를 누구보다 먼저 차지하겠다는 과한 탐욕만 가득한 것이다.

'늙은 용들이 제 몸을 신중하게 하느라고 움직이지 않고 있을 때야말로 내가 그들보다 앞서 봉명도를 차지할 수 있는 기회가 아니냐.'

곽서언은 양광추나 조위풍, 그리고 몇몇 강호의 절정고수급 명숙들이 나선다면 저의 기회가 그만큼 줄어들 것이 분명하다고 생각했다.

하지만 지금 그들은 알 수 없는 것에 대한 두려움 때문에 섣불리 움직이려 하지 않고 있다.

그러니 바로 이때야말로 저에게 둘도 없는 기회라고 여기지 않을 수 없다.

젊음의 특징 중 하나가 과감성 아니던가.

곽서언은 저의 무공을 믿는 한편, 모험심의 충동을 받기도 했다.

그가 앞으로 달려나가자 천검보의 고수들도 곽서언을 좌우에서 호위하며 운무 속으로 달려나갔다.

도살부부에게 뇌정철검 전사룡이 죽임을 당한 후 곽서언을 보필하는 임무를 맡게 된 또 한 명의 고수, 오원귀검 진청악은 온 신경을 앞쪽에 두었다.

제 목숨을 바쳐서라도 곽서언에게 아무 일이 없도록 해야 하는 것이다.

휙—

가벼운 바람 소리가 머리 위를 스쳐 간다.

깜짝 놀란 진청악이 즉각 검을 뻗어 후려쳤다.

그의 검격은 빠르고 맹렬한 것이었지만 머리 위를 스쳐 지나가는 그 무엇의 움직임을 따라잡지는 못했다.

"헛!"

놀란 진청악이 숨을 들이켜며 즉시 몸을 비틀었다. 그와 동시에 맹렬하게 좌우로 검기를 뿌리며 소리친다.

"공자, 조심하시오! 무언가 이 운무 속에 있소이다!"

그의 경고성이 아니더라도 곽서언 또한 느끼고 있었다.

'빠르다!'

그의 첫 느낌은 그것이었다.

'날카롭다!'

두 번째 느낌이다.

그게 무엇인지는 모른다.

섬뜩한 기운과 함께 시커먼 것이 눈앞에 나타났는데, 잘 벼려진 검을 휘둘러 쳐오는 것처럼 스산한 한기와 살기가 왈칵 덮쳐 왔던 것이다.

곽서언이 급히 고개를 숙여 그것을 피했다. 하지만 그의 머리카락 몇 올은 그대로 잘려 허공에 날렸다.

명가의 솜씨로 벼른 도검이라고 해도 부족하지 않을 예리함이었다.

곽서언은 그것이 병장기라고 생각했다.

어둠 속에 숨어서 움직이는 이 알 수 없는 것이 사람처럼 도검을 휘두르는 것이라고 믿은 것이다.

그의 왼쪽에서 '으악!' 하는 잠담한 비낑이 너서 나왔는데, 돌아보자 자신의 호위무사 중 한 명의 목이 깨끗하게 절단되어 허공에 둥실 떠오르고 있었다.

'대체 이게 뭐란 말인가?'

그런 의문이 드는 동시에 알 수 없는 존재에 대한 두려움이 왈칵 밀려들었다.

"으아악!"

그가 잠깐 숨을 고르는 사이에 앞서 있던 진청악의 왼팔이 잘려 떨어지는 게 보였다.

그가 고통을 참지 못하고 미칠 듯이 소리치며 검을 마구 휘둘러대고 있었다.

그를 치고 나간 것은 시커멓고 작은 그림자처럼 보였다.

한순간에 바람처럼 스쳐 지나가며 고수 중의 고수라고 불리기에 손색이 없는 진청악의 한 팔을 잘라 버린 것이다.

곽서언은 비로소 일이 잘못되었다는 걸 느꼈다.

이렇게 서두르는 게 아니었던 것이다.

하지만 이제는 물러서려고 해도 그럴 수 없었다.

휙, 휙—

사방에 빠르게 움직이는 바람 소리가 가득했고, 여기저기에서 군웅들의 처절한 단말마가 터져 나오고 있었다.

곽서언은 저의 주위에 온통 검은 그림자들뿐이라는 걸 알았다.

그것들은 어찌 보면 난쟁이가 잔뜩 몸을 웅크린 채 아주 빠르게 움직이고 있는 것도 같았다.

때로 가볍게 팔을 휘둘렀는데, 그때마다 군웅들 속에서 참담한 비명성이 터져 나왔다.

비로소 그것이 한 뼘 정도 되는 긴 손톱이라는 걸 알았다.

괴물은 자신의 손톱을 비수처럼 사용하고 있었던 것이다.

그것이 얼마나 단단하고 날카로운지 걸리는 건 무엇이든

찢고 갈라 버린다.

선혈이 짙은 운무를 검붉게 물들였다.

곽서언은 정신이 없었다.

검에 혼신의 공력을 다 실어 사방을 쉴 새 없이 치고 베어 댔는데, 제 주위에 있는 게 수하인지 아닌지도 구분하지 못했다.

그럴 정신도, 여유도 없는 것이다.

내 검격이 미치는 범위 안에는 나 외에 아무것도 남겨두지 않겠다는 절박한 생각만이 그를 지배하고 있었다.

그건 극한의 공포에 다름이 아니었다. 열 걸음 앞이 잘 보이지 않는 짙은 운무 속이라 더 그렇다.

그래서 그는 닥치는 대로 주위에 있는 것들을 베고 쳐 넘길 뿐이다.

"으아악!"

"끄악!"

그의 주위가 처절한 비명성으로 들끓기 시작했다.

그를 호위하던 수하들마저 전혀 예상치 못한 곽서언의 검격에 덧없이 희생되어 쓰러졌다.

"키키키—"

운무 속에서 비웃음인 것도 같고 괴성인 것도 같은 기이한 소리가 터져 나왔다.

"정체를 밝혀라!"

곽서언은 미칠 것 같았다.

더욱 맹렬하게 검을 휘둘러 자신의 몸 주위로 삼엄한 검막을 치며 쏜살같이 앞으로 달려나간다.

따당—

무엇인가 그의 검에 부딪쳤다.

손목에 짜릿한 느낌이 올 만큼 강한 힘이었다.

'이게 뭐지?

곽서언의 모골이 송연해졌다.

비로소 제 코앞에 닥쳐든 그 알 수 없는 것의 일부를 본 것이다.

두 개의 붉은 눈이었다.

그것이 곽서언을 노려보았다. 비릿한 숨결이 확 끼쳐 와 역겹다.

곽서언은 제 검을 후려친 것이 그것의 긴 손톱이라는 걸 알아보았다.

찰나의 순간에 부닥친 일이었지만 그 짧은 순간의 모습을 놓치지 않고 본 것이다.

그만큼 곽서언의 눈이 빠르고 반응이 빠르다는 증거이기도 했다.

그가 본 것은 온통 시커먼 털에 뒤덮인 괴물이었다.

몸집은 대여섯 살 먹은 어린아이만 했는데, 언뜻 원숭이를 떠올리게 했다.

하지만 원숭이라기에는 또 석연치 않은 것이 그것이 보여준 그 믿을 수 없는 움직임 때문이었다.

원숭이가 민첩하다고 해도 코앞에 닥쳐들었던 그 작은 괴물의 움직임은 그것보다 열 배는 더 빨랐다.

순식간에 닥쳐들고 순식간에 사라지는 것이, 절정의 경공신법을 익힌 고수가 오히려 혀를 내두를 지경이었던 것이다.

게다가 원숭이라면 맨손으로 날 선 검을 후려치고도 무사할 리가 없지 않은가. 저렇게 긴 손톱을 가지고 있지도 않다.

하지만 그 괴물은 분명히 맨손이었다. 손톱으로 진기를 가득 담고 있는 검을 후려쳤는데, 상처 하나 입지 않은 채 감쪽같이 사라져 버렸다.

곽서언은 멍해져 버리고 말았다.

제가 지금 악몽을 꾸고 있다고 믿고 싶었다.

어느덧 그의 주위는 잠잠했다.

모두 그 정체를 알 수 없는 괴물에게 살해당한 것이다.

도대체 무공의 고수를 우습게 죽여 버리는 이 괴물들이 무엇이며, 이런 것들이 얼마나 있는 건지 알 수 없다.

획—

다시 비릿한 바람 한줄기가 무섭게 덮쳐 왔다.

깜짝 놀란 곽서언이 저도 모르게 목청껏 고함을 질렀는데, 무슨 소리인지 스스로도 알지 못할 아우성이었다.

그리고 모든 재간을 발휘하고, 모든 힘을 다 쏟아서 맹렬하게 검을 휘둘렀다.

이 괴물이 세 걸음 안으로 들어오게 해서는 안 된다는 절박감이 그를 미치게 했다.

그래서 그는 본능적으로 가문의 절세 검법인 검향도첨(劍向桃尖)을 펼치고 있었다.

한 가닥 싸늘하고 예리한 검기가 일어 허공을 휘감았고, 그것이 뻗어나가는 곳마다 위잉, 하는 웅장한 파공성이 터져 나왔다.

그 검격에 실린 기운이 어찌나 대단한지, 아름드리 거목이라고 해도 단번에 동강을 내버릴 정도였다.

그리고 그와 같은 무서운 검법 앞에서 비로소 괴물들의 반응이 느껴졌다.

'베었다!'

곽서언은 검을 통해 전해져 오는 절삭의 익숙한 느낌에 통쾌함마저 맛보았다.

그리고 '캑!' 하는 작고 낮은 비명을 들었다.

그의 눈앞으로 쳐들어왔던 괴물 하나가 몸뚱이가 반쯤 벌어진 채 떨어지고 있었다.

붉은 피가 왈칵 뿜어져 허공에 퍼진다.

곽서언은 그것이 무엇인지 똑똑히 보기 위해 눈을 부릅떴다.

하지만 그것이 땅에 떨어지기도 전에 허공에서 불쑥 뻗어

나온 팔 하나가 재빨리 낚아채서는 짙은 운무 속으로 사라져
버렸으므로 끝내 확인해 볼 수가 없었다.

휙, 휙—

곽서언을 둘러싼 매서운 바람의 줄기 수가 더욱 늘어났다.

동료의 죽음을 본 괴물들이 지독한 원한을 품고 일제히 달
려드는 것이다.

곽서언은 공포와 분노의 복잡한 감정에 사로잡혀 거의 이
성을 잃고 있었다.

"우아아악! 이 괴물들아, 와라! 모조리 죽여 버리고 말 테
다!"

미친 듯이 악을 쓰며 온 힘을 다해 검을 휘둘렀다.

상대가 어디에 있는지 확인해 볼 정신도 없이 장님이 작대
기를 마구 휘두르듯이 그렇게 제 주위를 무작정 베고 찌르고
후려치는 것이다.

그러면서도 그는 앞을 향해 진주했다.

다행히 죽지 않았다.

하지만 절망마저 다 사라진 건 아니다.

곽서언은 제 앞을 가로막고 있는 깎아지른 벼랑을 보았다.

더 이상 갈 데가 없다.

휙, 휙—

등 뒤에서는 바람 소리가 밀려들고 있었다. 그를 쫓아오고
있는 괴물들이다.

비릿한 그것들의 냄새가 맡아진다.

당황한 곽서언이 정신없이 사방을 두리번거렸다. 그리고 절벽의 틈에 나 있는 좁은 길을 발견했다.

바로 장팔봉과 사자성이 괴물들을 피해 들어갔던 그 비좁은 통로인 것이다.

곽서언은 더 생각할 것도 없이 그 통로 속으로 몸을 던졌다.

똑바로 서 있지 못하고 몸을 옆으로 해도 꽉 끼어서 움직이기 불편한 좁은 통로였다.

곽서언은 바위에 쓸려 제 살갗이 벗겨지는 것도 모른 채 그 통로 속으로 마구 달려들어 갔다.

第十二章
혈해절곡(血海絶谷)

鳳鳴刀
봉명도

혈해절곡(血海絶谷)

"그가 살았소!"

운무 속의 비명과 아우성과 움직임에 귀를 기울이고 있던 십면철권 조위풍이 반가운 마음에 커다랗게 소리쳤다.

"함께 저 안으로 들어갔던 자들은 모두 죽었지만 곽서언은 살아서 무사히 빠져나갔소!"

"그렇다면 가능성이 있다는 거로군."

호남신권 양광추의 말에 군웅들은 용기를 얻었다.

벌써 백여 명이 저 앞 짙은 운무 속에서 죽었지만 아직도 광장 안에 머물러 있는 자들은 이백여 명에 달했다.

앞서 운무 속으로 뛰어들었던 자와는 다르게 내로라하는

고수들이 반쯤 되었고, 나머지 반은 이, 삼류의 무공을 지닌 무리이다.

고수들은 신중을 기하느라고 아직 남아 있는 것이고, 이, 삼류의 무리들은 두려움 때문에 남아 있었던 것이다.

그중 이번에는 고수들이 움직였다.

"자, 다 같이 저 운무를 뚫고 나갑시다! 저것만 벗어나면 반드시 살길이 있소!"

조위풍의 외침에 군웅들이 호응했다.

곽서언이 살아서 운무를 뚫고 나갔다니 저 운무 밖에는 틀림없이 활로가 있다고 믿는다.

이백여 명이나 되는 무리가 한꺼번에 밀려 나간다면 운무 속에 숨어 있는 괴수들이 아무리 많다고 해도 당황할 것이고, 그러면 살 확률이 더 높아진다.

"와아!"

함성과 함께 군웅들이 일제히 운무 속으로 뛰어들었다.

진소소 또한 풍곡양 등의 호위를 빌으며 몸을 날렸다.

이제 죽고 사는 건 운에 맡길 따름이다.

고수라면 살 확률이 더 높겠지만 안심할 수 없다.

괴물도 괴물이려니와, 이처럼 많은 사람이 제 목숨을 지키기 위해서 좌우를 돌아보지 않고 휘둘러대는 도검에 다치거나 죽을 확률 또한 높은 것이다.

그리고 그러한 걱정은 곧 사실이 되어 드러났다.

"으아악—"

절곡 안을 아비규환으로 만드는 비명들이 사방에서 쉬지 않고 터져 나왔다.

군웅들이 운무 속으로 밀려들어 간 지 일각쯤.

귀 따갑게 쏟아져 나오는 비명은 상황을 너욱 공포스럽고 처절하게 몰아갔다.

군웅들은 모두 제정신이 아니었다.

살기 위해서 함부로 병장기를 휘두르고, 닥치는 대로 장력을 쏟아내니 서로 죽고 죽이는 일이 흔할 수밖에 없다.

내가 살려면 주위에 있는 건 무엇이든지 우선 찌르고 때려야 한다는 절박감은 그들의 공포심에서 비롯된 것이었다.

한참이 지나고 나서야 그들은 비로소 자신들이 상대하고 있는 게 무엇인지 파악했다.

괴수라고 해야 옳을 기이하게 생긴 짐승인데, 생전 처음 보는 것이다.

원숭이 같기도 하지만 원숭이는 아니고, 작은 표범 같으면서 독이 잔뜩 오른 고슴도치 같기도 한 게, 도대체 저런 괴수가 세상에 존재하고 있었다는 것조차 알지 못했다.

생전 처음 보는 것이니 어떻게 대응해야 효과적인지도 알 수 없다.

그저 닥치는 대로 물리치는 것밖에는 다른 방법이 없다.

그들 사이로 재빠르게 움직이는 작은 괴수들의 지독한 살수가 군웅들을 질리게 만들었다.

모두가 당황하고 두려움에 사로잡혀 제멋대로 이리저리 날뛰니 통제가 되지 않았다.

통솔하는 자도 없다.

저 한 몸 살기에 급급한 것이다.

오합지졸들이 협곡 안에 갇힌 것과 다름없는 상황이었다.

그리고 그런 상황에서 제일 먼저 피해를 입을 수밖에 없는 자들은 이, 삼류의 무공을 지닌 채 그저 운에 제 목숨을 맡기고 무작정 달려든 자들이었다.

고수를 자처하는 자들은 자기 통제력이 뛰어나고 안목 또한 정확해서 어지간해서는 서로를 상하게 하는 일이 없었기 때문이다.

이런 난전에 경험이 있는 고수들일수록 자신을 지키는 일에 더욱 침착했으므로 실수도 그만큼 적었다.

군웅의 수가 빠르게 줄어들었다.

아직 살아 있는 자들은 이제 일류라고 부르기에 손색이 없는 고수들뿐이다.

그런 자들이 무려 일백여 명이나 되었는데, 운무 속의 괴수들도 그들을 상대하는 동안 많은 희생을 치르고 있었다.

짙은 재색이던 운무는 군웅들과 괴수들의 피로 검붉게 물들어 있었다.

그것이 이리저리 요동치며 움직이니 더욱 끔찍하게 보인다.

지옥의 구덩이가 있다면 바로 이곳이리라.

삐익—

운무 속에서 갑자기 날카로운 소성이 들려왔다.

산뜩 화가 나서 시프는 소리인네, 호각 소리 같기노 했으나 그것과는 또 다른 날카로운 소리였다.

짐승의 악에 받친 외침 같기도 하다.

그 소리가 높이 울려 퍼지자 군웅들 속을 재빠르게 오가며 닥치는 대로 부딪치고 찢고 할퀴어대던 괴수들이 싹 사라졌다.

획, 획 하고 그것들이 어디론가 사라지는 바람 소리가 한동안 요란하게 들렸다.

아직 살아남아 있는 군웅들은 거친 숨을 몰아쉬며 그 잠깐 동안의 휴식을 꿀처럼 달게 맞이했다.

그때였다.

"으악!"

다시 처절한 비명성이 어디에서인가 터져 나왔다.

그리고 그것이 또 다른 살육의 시작이 되었다.

쏴아아—

사방에서 요란한 금속성이 들려오기 시작했던 것이다.

마치 화살이 퍼부어지는 것 같은 소리였다.

"으아악!"

"크악!"

군웅들의 비명이 새로운 혼란을 가중시켰다.

"이게 뭐냐?"

누군가 버럭 소리쳤다.

여기저기에서 땡강거리는 소리가 끊이지 않고 들렸는데, 암기가 군웅들이 휘두르는 병장기에 부딪쳐 떨어지는 소리였다.

"암기다! 극독이 발라져 있다!"

"으아악!"

암기.

그것은 쇠꼬챙이 같고, 굵은 바늘처럼 빳빳한 괴수의 털이었다.

그것이 소나기처럼 군웅들의 머리 위로 쏟아지기 시작했던 것이다.

밝은 대낮이라고 해도 피하기 어려울 텐데, 이처럼 지독한 운무에 뒤덮여 있어 군웅들로서는 더욱 피하기 어려운 암습이었다.

여기저기에서 처절한 비명과 신음 소리가 끊이지 않고 들려왔다.

몸에 수십 개의 터럭이 꽂힌 자가 경련을 일으키며 마구 뒹굴었다.

목청이 찢어지도록 비명을 질러댄다.

그러더니 곧 숨이 끊어져 잠잠해졌는데, 순식간에 온몸이 시커멓게 변해 버리는 것이었다.

과연 괴수의 털에는 극독이 묻어 있는 듯했다.

독침인 것이다.

괴수는 제 몸에 치명적인 녹을 가졌고, 그것이 털을 통해 배출되는 게 틀림없었다.

군웅들은 그렇게 또 한 차례 괴수들에 의해 몰살당하는 비참한 결과를 맞아야 했다.

괴수들과 직접 상대할 때보다 더욱 심각한 상황이었다.

방법은 오직 하나.

이 짙은 운무와 소나기처럼 쏟아지는 독모침(毒毛針)을 뚫고 저 앞의 절벽까지 가는 것뿐이었다.

"이얍!"

양광추가 노성을 터뜨리며 위맹한 장력으로 사방을 휩쓸었다.

그가 자랑하는 청목기공(靑木氣功)을 장력에 한껏 실어 쳐내는 것이라 그 위력이 가공지경이었다.

쿠아앙—

그의 장력이 뻗어나가는 곳마다 굉음 같은 파공성이 터져 나왔고, 후끈한 기파의 해일이 거침없이 주위를 쓸어버린다.

과연 호남신권이라는 별호가 과장이 아니었고, 흑룡장이

이보삼장 중의 한자리를 차지한 게 우연이 아니었다는 게 증명되는 순간이었다.

그와 같이 위맹한 장력을 쳐내는 또 한 사람이 있었다.

노여움으로 검은 수염이 빳빳하게 곤두선 채 핏발 선 눈을 부릅뜨고 이를 악다문 십면철권 조위풍이었다.

하남 낙수장의 수석 장로이면서 그 무위가 어쩌면 장주보다 높을지도 모른다고 알려진 노기인.

그의 권격이 바람을 가르고 뻗어나가는 곳에서 살아남을 자가 없다고 오래전부터 이야기되는 고수.

그도 전력을 다해 풍운권(風雲拳)을 쳐내고 있었다.

눈앞에 대적이 있어서 그렇게 하는 게 아니라, 쏟아지는 암기를 막아내기 위해서 그렇게 하는 것이다.

양광추나 조위풍은 자신들의 장과 권에 막중한 내력을 실어서 마구 쳐냄으로써 몸 주위에 철벽같은 호신강기를 두른 효과를 보고 있었다.

그들에게 집중되던 독모침이 회오리바람을 맞은 사랑잎처럼 사방으로 분분히 흩어진다.

그것들은 그들 두 고수 주변의 사람들에게 위협이 될 수밖에 없었다.

그래서 양광추와 조위풍 주위에 있던 자들은 뜻하지 않게 그들이 쳐낸 독모침에 맞고 죽어 자빠지는 자가 적지 않았다.

그렇게 그들이 통로 안을 지나고 있을 때, 장팔봉은······.

*   *   *

"이것을 어떻게 해야 할까?"

그의 고민은 극빙지정으로 된 얼음 상자에 있었다.

그 안에 들어 있는 양피지 누루마리가 무엇인지 모르시만 매우 중요한 것이라고 짐작한다.

망설이던 장팔봉이 봉명도를 뽑아 들었다.

서늘한 기운이 온몸에 스며든다.

잠시 그것을 바라보던 장팔봉이 '에잇!' 하는 기합성과 함께 힘껏 내려쳤다.

우웅, 하는 웅장한 울림이 허공에 가득해진다.

봉명도의 칼 몸에 뚫려 있는 다섯 개의 구멍에서 나는 소리였다.

봉황의 울음과도 같은 그것을 듣는 순간 장팔봉은 기분이 상쾌해지고 정신이 맑아지는 걸 느꼈다.

온몸에 힘이 충만해진다.

그리고 봉명도의 더없이 예리한 칼은 극빙지정의 상자를 단번에 두 조각 내버렸다.

양피지 두루마리에 이르러 칼이 딱 멎는 건 장팔봉의 삼절 도법이 그만한 수준에 이르렀다는 증거다.

사문의 삼절도법에 있어서만은 이미 대성지경을 뛰어넘고

있지 않던가.

봉명도의 그 신비한 힘에 거듭 감탄하면서 장팔봉이 양피지 두루마리를 집어 들었다.

펼쳐 본다.

두어 자 남짓한 그것에는 역시 검은 글자가 가득 적혀 있었다.

"역시 그림의 떡이로군. 하지만 사부님은 아실 테지."

제 사부에게 선물해 주어야겠다는 생각으로 일단 품 안에 넣었다.

이제 이 지독한 빙동에 더 이상 미련이 없다.

그가 봉명도를 품에 안은 채 성큼성큼 걸어나갔다.

두 번째 동굴로 향하는 것이다.

처음 동굴처럼 입구가 좁았지만 기어들어 가자 그 안은 넓었다.

그리고 어둠과 후끈한 열기가 가득한 곳이있다.

지독하다.

이글거리는 숯덩이처럼 태워 버리는 그런 열기가 아니라 찜통 속에 들어 있는 것 같은 열기였다.

자욱한 수증기로 꽉 차 있어서 숨이 턱턱 막히는 무더움이다.

안으로 들어갈수록 점점 더 지독해진다.

앞서의 동굴이 빙동이었다면 이곳은 증동(蒸洞)이라고 할 만했다.

동굴 전체가 찜통인 것이다.

몇 걸음 걸어 들어가지 않았는데 벌써 온몸이 땀으로 흠뻑 젖었다.

보통 사람이라면 그 뜨거움에 벌써 질식해 쓰러졌을 것이다.

숨을 따라 들어오는 열기가 기관지와 폐를 쪄버릴 것이니 그렇다.

아주 푹 삶아질 정도였던 것이다.

그러자 이번에는 장팔봉의 체내에 잠재되어 있던 극음복 령지수의 한기가 발동했다.

그것이 혈맥을 타고 급하게 치닫는다.

외부에서 들어오는 열기에 대항해서 스스로 움직이기 시 작한 것인데, 그러자 장팔봉은 빙동에서 추위를 느끼지 못했 던 것처럼 이 증동에서도 더위를 느끼지 못하게 되었다.

따끈따끈한 것이 잘 데워진 목욕통 속에 들어앉은 것처럼 기분 좋게 나른해진다.

짙은 안개처럼 지독한 그 증기 때문에 서너 걸음 앞이 보이 지 않았다.

뜨겁기 이루 말할 수 없는 증기의 안개이지만 장팔봉은 그 속에서도 편하게 숨을 쉴 수 있었다.

체내에서 일어나고 있는 극음복령지수의 음한지기가 극성으로 치닫고 있었기 때문이다.

빙동에서 극양지기로 인해 팽창했던 그의 혈맥이 이번에는 극음지기로 인해 오그라든다.

그 느낌이 장팔봉에게는 기분 좋은 것이었다.

제 몸 안에 무언가 살아 있는 또 다른 생명이 있어서 온몸을 빠르게 돌아다니며 훈훈한 입김을 불어주는 것 같았던 것이다.

간지러운데, 불쾌한 간지러움이 아니라 기분 좋은 그런 간지러움이었다.

활력이 생기는 걸 스스로도 느낄 수 있다. 힘이 저절로 생기고 있었던 것이다.

장팔봉은 저의 체내에서 일어나고 있는 그러한 조화에 대해서 알지 못했지만 무언가 제가 변하고 있다는 건 충분히 느꼈다.

그가 머리를 갸웃거리면서도 무엇에 홀린 것처럼 그 뜨거운 증기 안으로 점점 더 걸어 들어갔다.

그러자 어둠이 점차 사라지고 빙동에서처럼 한줄기 희미한 빛이 주위를 밝히기 시작했다.

다른 점이 있다면 빙동과 달리 이곳의 빛은 붉다는 것이었다.

그 붉은 빛 속에 드러난 동굴의 벽들이 비에 젖은 것처럼 물기를 뚝뚝 떨어뜨리며 젖어 있었다. 증기 때문에 그렇게 된 것이다.

단단한 돌 벽이 시뻘겋게 달아 있을 정도로 뜨거운 열기가 뿜어지고 있는 곳에 한 개의 붉은 바위가 있었다.

동굴 안을 밝히고 있는 붉은 빛의 근원이기도 한 바위.

장팔봉이 홀린 듯 그것을 향해 나아갔다.

그의 몸 안에서 요동을 치고 있던 극음의 기운이 절정에 달했던 것이다.

그것이 더 뜨거운 열기를 원한다.

장팔봉은 그 붉은 바위가 용암에서 나온 극양지석(極陽之石)이라는 걸 알지 못했다.

달리 용정(鎔精)이라고도 하는 것으로써, 습기가 있는 한 자신의 열기를 수백 년 동안이나 간직한다.

건조한 곳에 내놓으면 며칠 만에 열기가 모두 증발해 버리고 말지만, 이 동굴 속처럼 습기로 가득한 곳에서는 자체의 열기를 오래 간직하는 것이다.

놋쇠 그릇에 퍼 담은 뜨거운 밥을 이불 속에 묻어놓았을 때와 같다.

장팔봉은 저의 의지와 상관없이 용정 앞에 주저앉아 그 뜨거운 바윗덩어리를 덥석 안았다.

살이 녹아내릴 만큼 뜨거운 것이지만 오히려 상쾌한 기분이 된다.

그러자 그의 혈맥 속에서 요동을 치고 있던 극음지기들이 팽창하기 시작했다.

무서운 힘으로 사지백해로 뻗어 나가며 막혀 있고 뭉려져 있던 혈맥들을 쾅쾅 두드려 뚫어버린다.

그곳으로 용정의 뜨거운 열기가 쏟아져 들어오고, 다시 그것을 몰아내기 위한 극음지기가 마주쳐 나간다.

장팔봉의 몸 안에서는 보이지 않는 그 두 개의 기운이 치열한 싸움을 하고 있었던 것이다.

장팔봉은 그 싸움이 거세질수록 고통보다는 간지러움을 느꼈다.

가슴이 시원하게 뚫리는 것 같은 상쾌함에 저도 모르게 휘파람을 분다.

씨이이—

그의 오므린 입에서 뿜어져 나오는 기운이 휘파람 소리가 되어 동굴 안에 가득 찼다.

그러자 빙동에서 사자성이 내공을 실은 광소를 터뜨렸을 때처럼 엄청난 반향이 생겼다.

그것을 견디지 못하고 뜨거운 돌덩어리들이 우수수 쏟아져 내린다.

자욱했던 증기가 크게 흔들리며 사방으로 밀려나고, 그러자 빙동에서처럼 하나의 석실 문이 보였다.

휘파람을 불어서 자신의 내부에 들끓어 오르고 있는 기운을 밖으로 내뱉고 나자 한결 정신이 맑아졌다.

장팔봉이 비로소 용정을 놓고 그 석실을 향해 걸어갔다.

그저 밀었을 뿐인데, 두꺼운 석문이 저절로 그렇게 된 것처럼 부서져 떨어진다.

쾅!

동굴을 흔드는 굉음과 함께 무너진 문 너머에는 빙동에서와 마찬가지로 하나의 석단이 있고, 그 위에 좌화한 노인이 앉아 있었다.

이글거리는 불덩이처럼 붉은 얼굴이고 붉은 머리카락이며 붉은 수염의 노인이었다.

그 자체로서 불덩어리를 보는 듯한 인상을 주는 노인.

그의 앞에도 양피지 하나가 펼쳐져 있고, 많은 글자가 적혀 있었다.

장팔봉은 그것이 빙동에 있던 것처럼 이 노인의 내력을 적어놓은 것이리라고 짐작했다.

그가 바로 제자에게 암습을 당해 죽었다고 알려진 구천수라신교의 마지막 교주 목극탑(木極塔)이라는 걸 알 리가 없다.

노인, 목극탑은 손에 하나의 작은 옥함을 받쳐 들고 있었다.

그 상태로 좌화한 것이다.

그 안에도 보물이 들어 있을 것이라고 짐작한 장팔봉은 그것을 취하기 전에 우선 목극탑에게 절부터 올렸다.

기도하듯이 중얼거린다.

"나는 당신이 누구인지 모릅니다. 하지만 이곳에서 좌화한 걸로 보아 육수천이라는 분처럼 수라신교의 높으신 양반이라는 건 알겠습니다. 저는 정식으로 수라신교에 입문한 적이 없으나 어쨌든 말단 제자인 셈입니다. 그러니 좌화했을망정 본교의 존장이 분명한 분에게 절을 드리는 겁지요. 영혼이라도 있다면 이런 저를 갸륵하게 여기사 제발 이곳에서 무사히 나갈 수 있도록 지켜줍시오."

간절히 빌며 절하기를 마친 장팔봉이 일어나 붉은 노인, 목극탑에게 다가갔다.

다시 한 번 꾸벅 인사하고 손을 뻗어 옥함을 취한다.

그것을 들어 올리자 빙동 안에서 좌화한 육수천이 그랬듯이 노인의 손도 툭 떨어졌다.

그것 또한 장팔봉의 허벅지를 노리는 절묘한 한 수의 초식이 된다.

옥함에 정신이 팔려 있던 탓에 빙동에서의 일을 잠깐 잊고 방심한 장팔봉의 허벅지에 목극탑의 손이 스쳤다.

옷이 찢겨 나가고 맨살에 한줄기 상처가 생겼다.

그곳으로 무지막지하게 뜨거운 열기가 밀려든다.

"억!"

장팔봉이 깜짝 놀라 비명을 지르며 펄쩍 뛰어 물러섰다.

비로소 육수천의 그 한 수에 당해 순식간에 얼음 동상으로 화해 버리던 사자성의 일이 떠올라 당황하게 된다.

이글거리는 불덩이가 몸 안에 쑤셔 박힌 것 같은 뜨거움 때문에 정신이 혼미해질 지경이었다.

그 극양한 기운은 목극탑이 평생 동안 연마한 열양기공의 정화였다.

그것이 한꺼번에 밀려들었지만 장팔봉은 완전히 의식을 잃지 않았다.

빙동에서의 사자성이 육수천의 극음기공의 정화를 감당하지 못하고 얼어버린 것과는 다르다.

목극탑의 열양기공이 가지고 있는 그 맹렬함은 지금까지 장팔봉을 지켜왔던 극음복령지수의 음기만으로는 대항할 수 없을 만큼 지독한 것이었다.

숨이 턱 막히고 오장육부가 타 들어가는 것처럼 뜨거워지는 순간, 또 하나의 극랭한 기운이 불끈 일어나 극음복령지수의 음기와 함세했다.

바로 빙동의 극빙지정에서 흘러들었던 극음한 기운이었다.

그 두 개의 극음지기가 합쳐지자 비로소 목극탑의 열양기공과 균형을 이룬다.

그래서 장팔봉은 제 몸 안에 세상에서 가장 극양한 기운과 가장 극음한 기운을 동시에 품게 되었다.

정점에 이른 음양의 기운이 상생상극하게 된 것이다.

그 충격으로 머릿속이 어질어질한 중에도 장팔봉은 옥함을 일단 품 안에 갈무리했다.

그 안에 무엇이 들어 있는지 살펴볼 정신이 없었던 것이다.

그리고 그의 눈에 붉은 노인의 좌대 뒤에 나 있는 조그만 통로가 보였다.

그가 노인의 열양기공에 타 죽지 않았기에 발견할 수 있었지, 다른 자가 그곳에 있었다면 사자성처럼 변을 당하고 말았을 테니 소용없었을 것이다.

장팔봉은 그곳이 어쩌면 이 무섭고 지긋지긋한 곳에서 저를 나가게 해줄 유일한 통로일지 모른다고 생각했다.

더 망설이지 않고 엉금엉금 기어서 그 좁은 통로 속으로 기어들어 간다.

*   *   *

그 무렵, 절벽 앞 광장의 참변은 극으로 치닫고 있었다.

비 오듯 쏟아지는 괴수들의 독모침은 도대체 그칠 것 같지 않았고, 그것에 의해 죽어가는 자들의 비명으로 아비규환을 이루었다.

장팔봉을 따라왔던 무리 중 일류라고 할 수 있는 고수들만 겨우 살아남았는데, 그들의 몰골은 말할 수 없이 처참했다.

상처를 입지 않은 자가 없고, 피를 뒤집어써서 끔찍한 모습으로 변하지 않은 자가 없다.

진소소와 그녀를 호위하고 있는 세 사람도 형편은 다른 고수들과 다르지 않았다.

진소소의 얼굴에 두려움이 가득했다.

아무리 심성이 차갑고 모질며 고수라고 해도 여자인 것이다.

이와 같이 끔찍한 괴수들에 대한 본능적인 두려움이 남자보다 크고, 이와 같이 혼란한 상황에 대한 것 또한 그렇다.

그녀를 무사히 지키는 걸 지상의 사명으로 알고 있는 가중악이나 종자허, 풍곡양 등은 필사적으로 보이지 않는 적과 싸웠다.

그들의 검과 편, 기병에 의해 얼마나 많은 괴수들이 죽거나 다쳤는지 모른다.

그리고 괴수들을 피해 그들의 주위로 다가온 자들 또한 맥없이 죽어 나갔다.

다른 고수들과 마찬가지로 그들도 진소소의 주위에 자신들 말고 다른 사람이 가까이 오는 걸 절대로 허락하지 않았기 때문이다.

여기 있는 자들이 모두 죽어도 상관없었다. 오직 진소소만 무사하면 그만이다.

"돌아가요!"

진소소가 연검을 휘둘러 또 한 겹의 검막을 치며 그렇게 소리쳤다.

그녀의 검막에 부딪친 독모침들이 요란한 소리를 내며 사방으로 튕겨진다.

역시 교룡편을 정신없이 휘둘러 자신과 진소소를 지키느라고 정신이 없던 풍곡양이 의아해서 소리쳤다.

"뭐라고 하셨소?"

"돌아가요! 이곳에서 헛되게 죽느니 돌아가는 게 낫겠어요!"

그녀의 말은 풍곡양이나 가중악 등에게 반가운 명령이었다.

그들의 관심이 처음부터 봉명도에 있지 않았으니 그렇다.

"아가씨의 판단이 옳소!"

풍곡양이 소리쳤고, 즉시 방향을 바꾸어 왔던 길을 더듬어 돌아가기 시작했다.

그의 뒤를 진소소가 따르고 가중악이 따른다.

하지만 종자허는 따르지 않았다.

'아가씨가 포기했다고 해도 나는 포기할 수 없소. 당신이 원하는 걸 내 손으로 얻어서 당신에게 바치리다.'

그렇게 생각한 종자허는 더욱 힘을 내서 오히려 맹렬하게 앞으로 뚫고 나갈 뿐이었다.

진소소에게는 한 가지 믿는 구석이 있었다. 바로 장팔봉이

해준 약속이다.

봉명도를 얻으면 저에게 준다고 하지 않았던가.

혹시 다른 자가 봉명도를 얻을까 봐 조바심을 내서 여기까지 왔지만, 이곳을 뚫고 나갈 자신이 없었고, 뚫고 나간다고 해도 더 이상 싸울 기력이 없을 것 같았다.

그럴 바에야 제 운에 맡기고 장팔봉의 운에 맡기는 게 나을 것이라고 생각한 것이다.

그에게 운이 있어서 봉명도를 얻는다면 자신에게로 돌아올 것 아닌가.

다른 자가 그것을 얻는다면 그때 가서 그자와 싸워 그것을 빼앗는 게 지금 이 지옥 같은 상황 속을 헤치고 나아가 봉명도를 두고 다투는 것보다 나을 것이라는 생각이기도 하다.

그렇게 그녀는 운무 속을 빠져나와 원래 있던 곳으로 돌아갔고, 그곳에서는 안전했다.

진소소가 운무 바깥, 처음 들어왔던 풍화곡의 그 좁은 입구로 물러나 비로소 안도의 숨을 쉬며 떨리는 마음을 다스리고 있을 때, 군웅들은 여전히 운무 속에서 괴수들과 싸우며 조금씩 전진하고 있었다.

수십 장에 지나지 않는 광장을 통과하는 게 마치 수백 리 길을 힘들게 싸워 나아가는 것처럼 어렵고 지겨웠다.

한 걸음을 내디딜 때마다 피가 튀고 주검이 즐비하게 깔리는 혈로(血路)였던 것이다.

그들은 혼신의 힘을 다했다. 아끼다가 죽는 것보다 지쳐 쓰러질지언정 온 힘을 다해 이 지독한 운무를 뚫고 나가는 게 현명하지 않은가.

군웅 모두가 그런 각오로 고군분투했고, 그중 실력이 뛰어나고 운이 좋은 자들이 드디어 하나둘 운무를 뚫고 광장을 가로질러 천 길 절벽 아래에 이르는 데 성공했다.

성한 자는 한 명도 없었다.

다들 찢기고 뜯겼으며, 지쳐서 헐떡인다.

온몸에 피 칠을 하여 끔찍한 악귀의 형상으로 변해 버렸다.

그들 중 가장 먼저 그곳에 도착하여 두리번거리던 양광추가 더 생각할 것도 없이 눈에 보이는 좁은 틈으로 몸을 밀어넣었다.

그곳이 지옥 같은 이 광장을 벗어나는 유일한 통로라는 걸 한눈에 알아본 것이다.

그의 몸 또한 여기저기 찢겼고, 자신이 흘린 피와 괴수의 몸에서 튄 피, 그리고 죽은 자들이 흘린 피로 인해 혈인처럼 변해 있었다.

그건 양광추의 뒤를 바짝 따르고 있던 조위풍도 마찬가지였다.

괴수들과 싸우며 운무를 뚫고 나오느라 내공의 소진도 컸다. 가쁜 숨을 헐떡이게 된다.

하지만 편하게 운기조식할 수 없으니 그 상태대로 급하게 움직일 수밖에 없다.

양광추가 절벽 사이의 틈으로 몸을 집어넣자 조위풍 또한 즉시 그렇게 했다.

워낙 비좁은 틈이다.

몸을 옆으로 해서 비벼가면서야 겨우 전진할 수 있는 곳인지라 절정의 경공 신법이 소용없다.

양광추와 조위풍이 그 속으로 들어가는 걸 본 생존자들이 아우성을 치며 서로 먼저 들어가기 위해 다투었다.

그 틈은 몸집이 작고 야윈 자에게는 하나밖에 없는 생문이었지만, 뚱뚱한 자에게는 절망의 문이나 다름없었다.

억지로 몸을 밀어 넣었다가 꽉 껴서 오도 가도 못하는 자가 생겼다.

그러자 유일한 통로가 막힌 셈이 되었다.

뒤에서는 아직 광장을 빠져나오지 못한 자들의 비명 소리가 끊이지 않는다.

언제 운무 속의 저 끔찍한 괴수들이 뒤쫓아올지 몰라 조바심이 난다.

한 놈이 검을 인정사정없이 휘둘렀다.

"끄아악!"

통로에 꽉 끼어 꼼짝 못하던 자의 입에서 처절한 비명이 터져 나왔다.

일검에 정수리에서부터 가랑이까지 두 쪽으로 갈라져 버린 것이다.

선혈과 함께 뇌수와 내장이 쏟아져 나와 끔찍하련만, 검을 휘둘러 그렇게 만들어 버린 자는 눈 하나 깜짝하지 않았다.

비천혈검 우문한이었다.

그가 두 쪽이 되어버린 자의 몸뚱이를 하나씩 끄집어냈다.

그 끔찍한 장면에 다른 자들이 모두 치를 떨지만 우문한은 그자의 내장과 뇌수가 달라붙어 있고, 그자의 피로 젖어 있는 절벽 틈으로 서슴없이 몸을 집어넣었다.

생존자들이 다투어가며 그 뒤를 따른다.

그렇게 비좁은 그 통로를 통과하고 작은 광장에 무사히 들어온 자들은 고작 이십여 명에 지나지 않았다.

그 많던 무리가 운무 속에서 덧없이 죽은 것이다.

자신의 탐욕 때문에 스스로를 죽인 것과 다름없으니 누구를 원망할 수도 없을 것이다.

두려움에 치를 떠는 자들의 눈에 두 개의 동혈이 보였다.

그들은 그게 어떤 곳인지, 그 안에 무엇이 있을지 생각해 볼 여유도 없었다.

오직 악에 받친 자와 극심한 공포로 공황 상태에 빠진 자들이 있을 뿐인 것이다.

그래서 누가 시킨 것도 아니련만 그들은 목청껏 괴성을 질러대며 그 두 개의 동굴 안으로 밀려들어 갔다.

십여 명은 좌측의 빙동으로 몰려갔고, 나머지 십여 명은 우측의 동굴로 밀려들어 간 것이다.

우문한이 빙동으로 향하는 걸 본 종자허는 우측의 동굴로 몸을 날렸다.

그곳에 또 어떤 위험이 있을지에 대한 걱정보다 내가 먼저 봉명도를 찾아야 한다는 생각만 가득할 뿐이다.

『봉명도』 제4권 끝

저작권 보호!!
장르문학의 성장에 힘이 되어주십시오.

저작물의 무단 전재와 복제, 불법 다운로드!
이것은 관심이 아니라 무관심입니다!

작가님들은 창의적 열정과 시간을 투자해 자신의 꿈과 생계를 유지합니다.
한 권의 책을 만들어 많은 사람들은 자신의 인생과 미래를 설계합니다.

저작물 속에는 여러 사람의 노력과 희망이
담겨 있습니다!

저작물의 무단 전재와 복제, 불법 다운로드는 여러 사람들의 꿈과 생계를
위협함으로써 장르문학을 심각한 상황에 빠뜨리고 있습니다.

이제는 무관심이 아니라 관심으로 장르문학의
성장에 힘이 되어주세요.

[도서출판 **청어람**은 항시적인 저작권 보호를 통해 장르문학과
여러분의 희망을 지키겠습니다.]

도서출판 **청어람**

은하의 계곡

무천향
武天鄉

허담 新무협 판타지 소설

**뿌리를 찾아가는 목동 파소의 여행.
그 여정의 끝에서
검 든 자들의 고향 대무천향 (大武天鄉)을 만난다.**

검객 단보, 그는 노래했다.

…모든 검 든 자들의 고향 무천향.
한 초식의 검에 잠든 용이 깨어나고, 또 한 초식의 검에 잠든 바다가 일어나네.
검의 흐름을 따라가다 보면 어느새, 세월도 잊어버리고, 사랑도 잊어버리고,
무공도 잊어버려…….
결국에는 자신조차 잊어버리는…….

은하의 가장 밝은 빛이 되어버린다는
그 무성(武星)들의 대지(大地).

아, 대무천향(大武天鄉)이여!

유행이 아닌 자유추구 -
WWW.chungeoram.com
Book Publishing CHUNGEORAM

閻王眞武

염왕진무

김석진 新무협 판타지 소설

"그, 그럼 어디서 오셨습니까?"
무심하게 고개를 돌리며 진무가 속삭이듯 말했다.

……지옥에서.

인간이라면 절대 익힐 수 없다는 강호삼대불가득!
그것에 얽힌 비사를 풀기 위해 그가 강호로 나섰다!
피처럼 붉은 무적의 강기, 혼돈혈애를 전신에 두르고
수라격체술과 염왕보로 천하를 질타하는 쾌남아, 진무!
염왕의 진실한 무학을 발현하여 무림삼패세와 고금십대천병을
이겨내고 속세의 악업을 심판하는 진정한 염왕이 되어라!

이제 강호는 진무의
일거수일투족에 열광한다!

유행이 아닌 자유추구-
WWW.chungeoram.com
Book Publishing CHUNGEORAM

신일룡
新무협 판타지 소설

풍신유사

태초에 우주를 구성하는
제 개의 기운이 있었다.

그것은 빛[光], 땅[地], 그리고 물[水]이었다.
이것들이 서로 조화되어 만휘군상(萬彙群象)을 이루었다.
그리고 이들 사이에서 또 하나의 기운이 탄생했으니,

그것은 바로 바람[風]이었다.

'풍령문' 제삼십구대 전인 관우.
제세(濟世)의 사명을 위한 길이 그의 앞에 펼쳐졌다.

"사람이 어찌 저 높의 뜻을 다 알 수 있을까?"

바람에 미쳐 바람이 된 자.
사람이되 신이 되어버린 자.
하늘의 뜻을 좇아 하늘을 거역한 자.

이것은 그에 관한 '남겨진 이야기[遺事]'다.

유형이 아닌 자유추구 -
WWW. chungeoram.com
Book Publishing CHUNGEORAM

절대군림

絶代君臨

장영훈 新무협 판타지 소설

문피아 골든베스트 1위, 선호작 베스트 1위

「보표무적」,「일도양단」,「마도쟁패」에 이은 장영훈의 네 번째 강호이야기.

절대군림

"왜 나를 선택했지?"
"당신은 좋은 어른이니까."

호북 제패를 시작으로 적이건의 강호 제패가 시작된다.

"비록 아버지의 강호가 옳다 해도, 난 어머니의 강호에서 살 거야.
아버지의 강호는 너무… 고리타분하거든."

왼손에는 군자검을, 오른손에는 지옥도를 든 천하제일 과일상 행운유수의 장남 적이건.
그의 유쾌하고 신나는 강호제패기

"문파를 세울 거야. 내 강호에서 가장 강하고 멋신."